ONTENTS

Illustration：池田和宏

Design：coil

序章

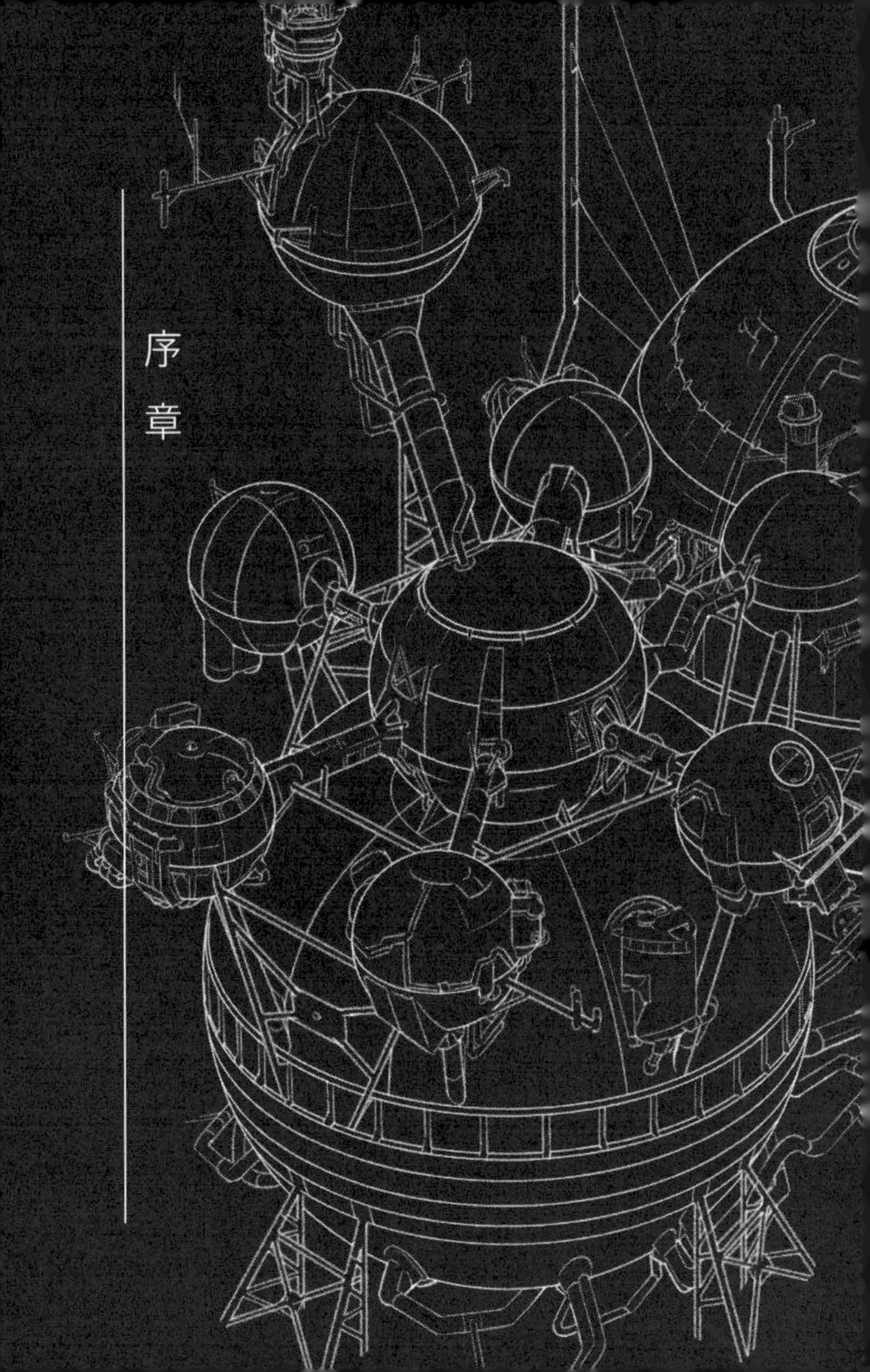

その夜も、私は彼女につき合って残業をしていた――

「遊（ゆとり）ってば、ねえ、聞いてるの？」

同僚の苛立（いらだ）った声を聞いて、鷲見崎（すみさき）遊は大儀そうに顔を上げた。

深夜二時四十分。夜通し明かりが灯（とも）る出版社のビルにも、空席ばかりが目立つ時刻だ。人の減ったオフィスには、煙草（たばこ）の残り香と、深夜に特有の気怠（けだる）い空気が充満している。今にも崩れそうな状態にまで積み上げられた資料に埋もれて、誰かが置き忘れていった携帯電話が鳴り続けていた。だが、それを止めようとする者はいない。普段の遊なら何とかしようと思ったのだろうが、あいにく今夜の彼女にそんな余裕はなかった。なにしろ最終校了日は一昨日（おととい）だったのである。

　夜明けまでに記事を仕上げなければ、遊の担当ページが白紙のまま、次号の東邦サイエンスが出版されてしまう。そんな状況だったから、今の彼女には口を開く時間さえ惜しいのだった。

「聞いてるよ」遊は、同僚に素っ気ない言葉を返すと、再びパソコンのモニターに目を落とす。

「要するに、真希がまた木村室長に嫌みを言われたんでしょ」

「だからさ、あたしだけじゃないのよ。洋子さんとか朋美とかもみんな言われてるの。水曜の合コンは楽しかったかい、とかさ」

宣伝部の久能真希が不機嫌そうに首を振った。

小柄な彼女は、今日びの高校生にも間違えられる童顔だ。話しぶりもどこか、女子高生の身軽さを引きずっている。

真希は遊と同期入社で、出身も同じ関西だ。残業で帰れなくなったときなど、彼女は遊のデスクに遊びに来て、始発が動くまでの時間をつぶすことが多かった。

「恵あたりが話したんじゃないの」遊が、おしゃべりな後輩の名前をあげる。

「違う違う。恵、泣いてたもの。あの子、営業部の菱井くんと別れたばかりじゃない。そのことで何か言われたらしいのよね」

「ふうん」相づちをうつ間も、遊の手は休むことなくキーを叩いていた。彼女も必死だ。

そもそも彼女の原稿がこんなに遅れてしまったのには、どうにも言い訳のできない事情がある。遊は、三十分ほどインタビューするだけの予定だった某大学教授の実験につき合って、一週間以上も神岡の鉱山跡地に籠もっていたのである。その実験が失敗に終わって手ぶらで帰ってくる羽目になったのも、自業自得。同情の余地はない。目の前に魅力的な謎を提示されると、それが解けるまで絶対にあきらめようとしないのが、遊の昔からの悪癖だった。たまには、つき合わされる私の身にもなって欲しいものだ。

「あんたのことも言ってたわよ」真希が言う。

「なんて?」

「アメリカに留学してる彼氏とはまだ続いてるのかって」

タイプを続けていた遊の指が止まった。艶のある前髪の隙間から、茶色がかった大きな瞳が久能真希を睨んだ。真希がにっこりと微笑む。

遊の視線を不快に思う者は多い。目つきが悪いというわけではないが、感情があまりにもストレートに表れるし、意志の光が強すぎる。だが、その光に魅力を感じる者も少なくない。私の知る限り、久能真希は間違いなく後者だった。

「なんで木村室長が御堂のことを知ってるのよ?」冷え冷えとした声で、遊が訊いた。

「言っておくけど、あたしがバラしたわけじゃないわよ」真希が声を潜めた。「さっきから言ってるじゃない。盗聴器を仕掛けてるんじゃないかって」

「盗聴器、まさか？」遊は少しだけ口元を緩めた。「女子トイレなり、更衣室なりに盗聴器をしかけて一日中聞いてるって言うの？　犯罪だよ」

「そうだよ。でも、他に何か考えられる？」

真希の言葉に、遊は少し思案して言った。

「不倫」

「やめてよ」真希が苦笑した。

「うちの仲間が、寝物語に同僚の噂話をしてるってこと？　いくらなんでもそれはないでしょ」

「まあね」

遊は素直に認めた。

私も彼女たちの意見に賛成だった。木村という五十がらみの室長は覇気のない貧相な小男で、若い女子社員と道ならぬ恋に落ちるほどの度胸があるとは思えない。せいぜい噂話を種にして、女子社員をからかっているのが分相応だ。

「今はさ、ネットの通販で売ってるじゃない。盗聴器を逆探知する道具が」

真希が、まじめな顔で言った。「それを買おうかって、恵たちと話してるの。みんなでお金を出し合って」

「……盗聴器か。でも、それはないな、たぶん」

「どうして？」

「証拠が残るから」遊は、夜食代わりの缶コーヒーをすする。

「仮に木村室長が本当に盗聴してたとしてさ、苦労して仕掛けた盗聴器から得た情報を、そんな簡単にばらしたりするかな？」

「だって現にばらしてるじゃない。嫌みったらしく」

「その結果、疑われてるわけだよね。盗聴器を仕掛けてるんじゃないかって。ちょっと考えてみれば、そうなることぐらいわかりそうなものなのに」

「そっか」真希が首を傾げた。「でも、そこまで頭が回らなかったんじゃないの。思わず口が滑ったとかさ……」

「そうかもしれないけど」遊は淡々と続ける。

真希が何か言おうとしたとき、隣の課の若い男が「買い出しに行く」と声をかけてきた。駅前のコンビニエンスストアまで歩くつもりらしい。

真希はカップ焼きそば、遊は弁当とドリンク剤を注文する。悲惨な食生活だが、ビールを注文しなかっただけ偉いと言っておこう。原稿はまだ半分以上残っている。

彼が出ていくと、フロアに残っているのは遊と真希の二人だけになった。

人のいないオフィスは、予熱中のコピー機の振動やパソコンの冷却ファンが響いて、不思議とうるさい。二人の声が自然に大きくなる。

「あたしが御堂の話をしたのって、地下の給湯室にいたときじゃなかったかな?」

ふと思い出したように、遊が訊いた。

「あたしも一緒だったよ、そのとき。たしか先週の木曜日でしょ」

「あの給湯室、携帯の電波が入らないのよね」

久能真希が、はっとした表情を浮かべる。遊が言わんとしたことに、彼女も気づいたらしい。

「市販されてる盗聴器ってFM電波を飛ばすんでしょ。それって地下でも使えるものなの?」

「だめだと思う……そうか……だめだわ」

真希は、誰に言うともなしにつぶやいた。

無口になって考え込んだ彼女を見て、遊は私のほうに向き直る。

そして、キーボードで短い英文を打ち込んだ。「何か考えは(Any Idea)?」

都合のいいときだけ私を頼るのだな、と皮肉のひとつも言ってやりたかったが、久能真希の前ではそれもできない。私は、彼女たちの話から連想した一つの単語を提示した。

「クロストーク現象？」遊が、私の回答を読み上げる。「なによ、それ？」

彼女が唇の動きだけでそう訊いてきたので、私はクロストーク現象の詳細をディスプレイに表示した。

大げさな名前がついているが、実はたいしたことではない。建物のダクトなどの反響を通じて、遠くの部屋の音が聞こえる現象のことだ。

古い戦争映画を見ていると、船の司令官が水道管のようなパイプに向かって怒鳴るシーンが出てくるだろう。司令官の声はパイプの中を伝わって、機関室などの離れた場所に届く。伝声管と呼ばれるこのひどく原始的なインターホンも、クロストーク現象の応用である。

条件にもよるが、これは実際かなり離れたところでも明瞭に聞き取れる場合がある。建築設計のときに問題になるくらいだ。伝声管というのも、主に騒音のひどい場所で使う装置なのだ。

ホテルのユニットバスから、よその客室の声が聞こえてきた経験はないかと、私が訊く。すると遊は、神妙な面持ち（おももち）で考え込んだ。両親の仕事の関係で、彼女は海外でのホテル住まいの経験が長い。

「……ねえ、真希」遊が、隣の席であくびをしている真希に訊く。

「木村室長の部屋って、三階だっけ？」

「ううん、二階よ。うちの部署があるフロアだもの。どうして？」

「給湯室のちょうど上くらい？」

「真上ってことはないけど、まあ近いわね」

「じゃあ、換気用のダクトがつながってる可能性はあるわよね」

遊の質問に、真希が怪訝(けげん)そうな表情を浮かべた。

そこで遊がクロストーク現象について説明する。まるで自分が思いついたような口振りで。

説明が終わるころには、真希も私の仮説をおおむね理解していた。

「つまり、ダクトを通じて、あたしたちが給湯室で交わした会話が漏れ聞こえてたってこと？」

「たぶんね。盗み聞きといえば盗み聞きだけど、盗聴と呼ぶほど悪意はなかったんじゃないかな。そう考えると、嫌みのひとつも言いたくなる気持ちもわからないでもないしね」

「でもさ」真希はまだ半信半疑といった口振りだ。

「どうして室長の部屋だけ下の階の声が聞こえるわけ？」

「他の部屋にも届いてるんだと思うよ。ただ聞き取れないだけで」

　遊は、壁際にあるセントラルヒーティングのダクトを見た。

「そうか……」真希は、耳障りな駆動音を発する遊のパソコンをのぞき込む。

「室長の部屋って、ＯＡ器機とか何にもないものね。部下もいないし」

「仕事そのものがないのよ。肩たたき寸前だからね」

　遊がそう言って笑った。他人事とはいえ、ひどいことを言う。

　真希もまたひとしきり笑った後、まじめな表情に戻った。

「でもさ、証拠がないわよ」

「実験すればいいじゃない。給湯室で叫んでみて、室長の部屋で聞こえるかどうか」

「鍵がかかってるんじゃない？」

「警備の人に言って開けてもらうよ。あのおじさんとは仲良しだから」

　遊はそう言って残っていた缶コーヒーを飲み干した。

「わかった、行こう」久能真希も立ち上がる。

　――原稿は、どうするんだ？

　真希と連れだって出ていく遊を見て、私はそう叫びだしたい衝動に駆られた。

　だが、言うだけ無駄だとすぐに思い直す。印刷業者を待たせていることなど、遊の頭からは綺麗さっぱり抜け落ちてしまっているのだろう。魅力的な謎が提示されると、他のことが目に入らなくなる。悪い癖だが、いつものことだ。

やれやれとため息をつく代わりに、私はディスプレイを消して、スリープモードに移行した。一足先に休ませてもらうことにする。おやすみ。

ディスプレイが暗くなると同時に、私の姿もオフィスから消える。

私の名は御堂。鷲見崎遊の友人、あるいは保護者といったところだ。

私に実体はない。強（し）いてあげるなら、遊が机の上に置き去りにした銀色の携帯情報デバイス。それが、この世界での私の肉体と言うことになるのだろうか。

私の名は御堂。フルネームはe・御堂健人（たけひと）。

人は私のことを人工知能（アプリカント）と呼ぶ。

第一章

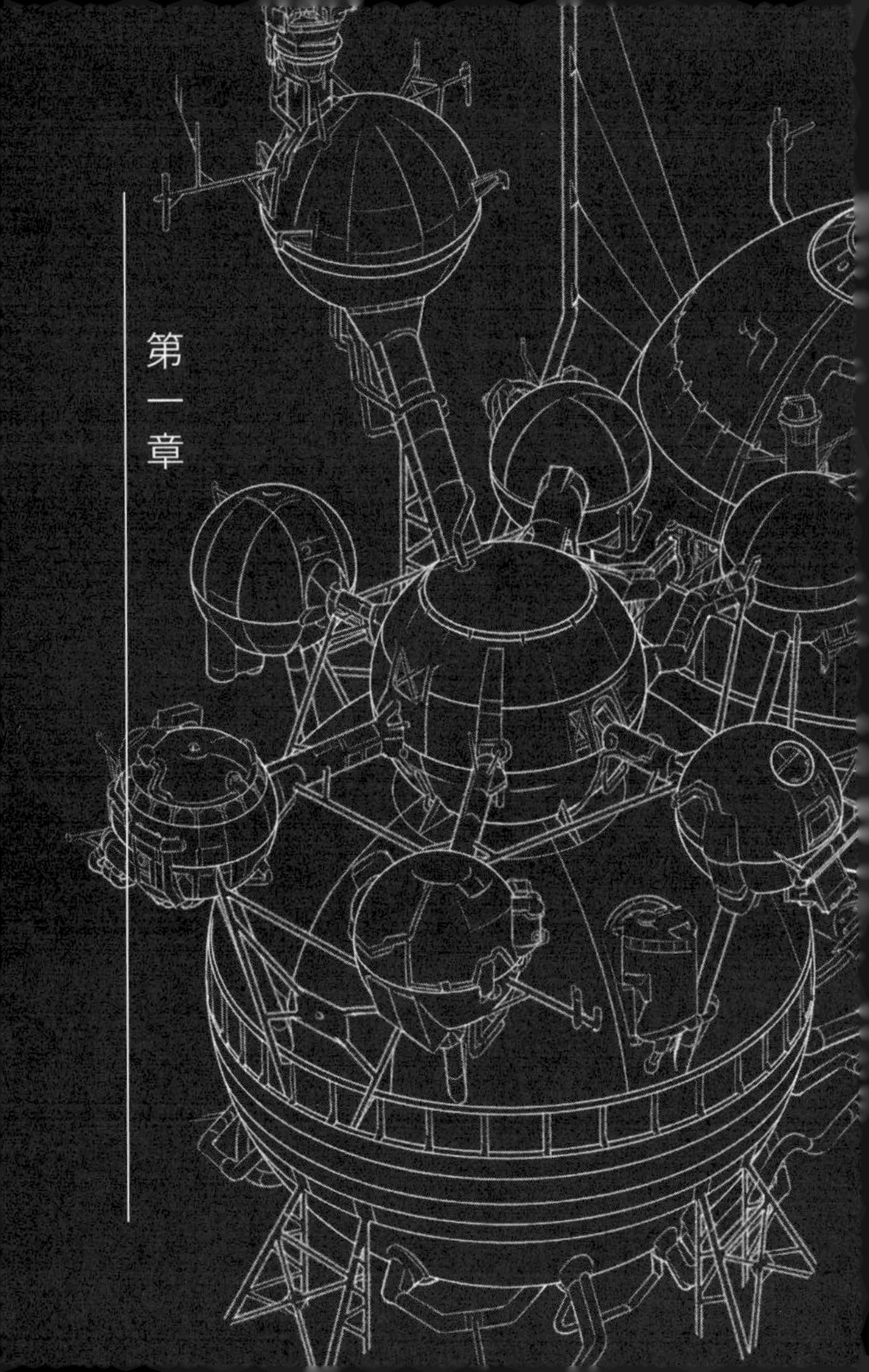

1

空の旅は、あまり快適とは言えなかった。

天気は良い。眼下には群青色の海が果てしなく広がっており、外洋船が残した白い軌跡がくっきりと浮かんでいる。目を凝らせば、私たちの乗るヘリコプターの影が、ぽつんと海面に映っているのも見えるだろう。

このシコルスキーとかいう名前の機体は、空の貴婦人の愛称を持つ流麗なフォルムのヘリコプターだ。別名、航空界のリムジン。車輪が引き込み式になっているため風切り音も小さめで、乗り心地は悪くない。

十三人が座れる客室(キャビン)には、遊(ゆと)りを入れても五人だけ。雑多な荷物が積み込まれているにしても、室内はゆったりしている。内装も小綺麗(こぎれい)なものだ。パイロットはしきりに気流が悪いとこぼしていたが、不快な揺れはほとんど感じられなかった。

では何が気に入らないかと言うと、何のことはない。要するに私は高いところが苦手なのだ。

特にヘリコプターという奴は、垂直に離着陸するせいか、普通の飛行機よりも地面の様子がよく見えるようになっている。それが妙に不安感を増幅する。

そんなことを考えていると――

「うるさいなあ、ミドー。さっきから」

窓際の座席で仮眠をとろうとしていた遊が、うっすらと目を開けて不機嫌そうに言った。彼女には、イヤホンを通じて私の文句が聞こえていたのだ。

今日の遊は、ナイロン生地の黒いパーカに野球帽という男の子のような格好をしている。取材旅行に行くときの、いつもの彼女の服装だった。モノトーンで統一されたファッションは、細身で手足の長い彼女に、よく似合っている。

パーカのポケットからのぞいている銀色の携帯情報デバイスが私の本体。遊の帽子にくっついているヘアピン状のバッジは、私の眼であるCCDカメラだ。

「鬱陶（うっとう）しくて、おちおち休んでもいられないじゃない。だいたいあなた、機械のくせに高所恐怖症だなんて生意気よ」

「しょうがないだろう。そういうふうに造られているのだからな」

私はすみやかに、努めて論理的に反論する。

「あたしは徹夜で仕事して疲れているの。あんたも人並みの感性を持っているのなら、少しは気を遣いなさいよね。せめて移動中のヘリの中でくらいは」

「……そのヘリの時間に間に合ったのは、いったい誰のおかげかな、ユトリ？」

私の台詞（せりふ）を聞いて、遊はとぼけるように唇を歪（ゆが）めた。

夜明け近くになってようやく書き上がった遊の原稿を、校正し割付けてやったのは私なのだ。彼女を甘やかすのは本意ではなかったが、そのときの遊は、この取材旅行のための荷造りに追われていたのだからしょうがない。

「まったく。皮肉ばっかり言うところ、御堂（みどう）くんにそっくりね。嫌なところばかり似てるんだから」

頬を膨らませながら遊が言った。

その表現はアプリカントの構造に照らして正しくないのだがと、私は電子回路の中だけで反論する。

人格複製型人工知能（アプリカント）――

人間と同じように自我を持ち、自ら思考する機械を造ろうとする研究は、コンピューターという言葉が普及するはるか以前から行われてきた。技術が発達し、電子部品に制御された機械が社会に普及するにつれて、人間の意志を汲み取る人工知能の重要性は、ますます高まっていく。だが、真の意味で自我を持ち、人間と同じように思考する機械は、ついに造られることはなかった。フォン・ノイマン以来の怪物と呼ばれる天才電子工学者、御堂健人が現れるまでは。

御堂健人の人工知能の基礎理論は、在来のエキスパート・システムの発展形に過ぎない。つまり、あらかじめ特定分野の専門家の知識をデータベースとして取り込み、そのデータを元に推論や検証を行うというものだ。

だが、彼が人工知能の基盤として使用したのは、定量化された知識だけではなかった。彼は、心理学者である二人の実姉の協力のもと、特定の個人の人格そのものをデジタルデータとして複製し、コンピューター・プログラムとして再現する理論を構築してのけたのである。それはすなわち、人間そのものをデジタル化しようとする試みであった。

彼が発表したいくつかの基礎研究論文は、認知科学や知識工学はもちろん、神学や倫理学の分野まで巻き込んだ、凄まじい論争を引き起こした。公開された研究内容のほんの一部から、膨大な数の特許が申請された。彼の最終論文が発表されるだけで、情報産業の株価が暴騰すると予測するアナリストも現れた。

そして、御堂健人は姿を消した。

世界中が待ちわびた最終論文が公開される直前になって、彼は失踪したのである。すべての研究データと、完成直後の試作アプリカントを持って。

御堂健人の古い友人であった鷲見崎遊のもとに、銀色の携帯情報デバイスが送られてきたのは、それから一週間ほどあとのことだった。それが私と遊の出会いだ。

御堂健人は、自らの人格を複製した試作アプリカント——すなわち私のモニタリングを、彼女に依頼したのである。自分自身の所在や安否については、一切触れぬままに。御堂のレプリカであるはずの私自身にさえ、彼が何を考えていたのか理解することはできない。

そんなわけで、遊は、いわば記念すべき世界初の人工知能の依代となった。

しかし彼女には、私自身の希少性や価値にも、私を売り払うことで得られる利益にも、まるで興味がないようだった。彼女にとって私は、御堂健人によく似た話し相手程度の存在でしかないようだ。こうして今も、子どものように私と喧嘩して、ぶつぶつと不平を言い続けている。

私としても、反論したいのは山々だったのだが、それはできなかった。

というのは、隣に座っていた若い男が、遊に話しかけてきたからだ。

「あの……どうかしましたか？」

その男は、まだ少年と言ってもいい年頃だった。大人びた服装をしていたが、遊と比べてもさらに若い。せいぜい高校生と言ったところだ。少しクセのある前髪の下には、はっきりとした二重の瞳。彫りの深い顔立ちの、端整な美少年だった。

私たちの会話を聞いて、彼は遊が独り言をつぶやいてると思ったのだろう。うなされているのではないかと、気遣うような表情を浮かべていた。

「ごめんなさい。なんでもないの」遊はあわてて取り繕う。「寝言よ。気にしないで」

「そうですか。すみません」

彼はそう言って、居心地悪そうに目を伏せた。

少年の身長は低くないが、この時期の若者特有の華奢な体つきをしている。整った顔つきのせいか、年齢のわりにはずいぶん理知的に見えた。だが、彼の表情にはどこか暗い翳りがある。私には、そのことが気になった。

同じ疑問を抱いたのか、遊が訊いた。

「あなたも《バブル》に行くの？」

少年は黙ってうなずく。

「学生さんだよね？　ご家族の方か誰かが働いてるの？」

遊の質問に、彼は戸惑った様子だった。怪訝そうな表情で、遊を見返す。

「あの……」

「あ、ごめんなさい。あたしは鷲見崎遊。東邦サイエンスって雑誌を知らない？　そこの専属ライターをやってるの」

「雑誌記者さん……？　《バブル》の取材に行かれるんですか？」

遊の差し出した名刺を受け取りながら、少年が訊いた。

「ええ、そう。二カ月も前から予約して、ようやく取材の許可が下りたの」

「二カ月前……」彼は、遊の言葉になぜか失望したような表情を浮かべた。

「あ、僕は須賀と言います。須賀貴志」

「そう、よろしくね。須賀くん」

遊が右手を差し出して、にこやかに微笑んだ。

それにつられたように、須賀少年も頼りない笑顔を浮かべた。

彼が、何か言いたげに口を開こうとしたとき、遊たちの前の列から声がかけられた。

「須賀くん、顔色が悪いね。大丈夫？　酔ったんじゃない？」

訊いてきたのは、綱島由貴という女性だった。

彼女はアクアスフィア財団という組織のスタッフで、海洋生物学を専攻する研究員だ。

身長は百七十センチ以上あるだろうか。活動的な感じのショートヘアで、健康的に日焼けしている。広い肩幅に、ジーンズとワークブーツというボーイッシュなファッションがよく似合っていた。歳は二十五歳。遊と同い年だ。

「いえ、大丈夫です」須賀少年が、やや緊張気味に答えた。

「もうすぐ着くよ。このヘリの巡航速度は時速二百二十キロだから。単純計算では、目的地まであと五分」

励ますような口調で言ったのは、綱島由貴の隣に座っている佐倉昌明。由貴とは対照的に、あまり手入れのよくない長髪を肩まで伸ばした男性だ。

がっしりとした体格の持ち主で、夏だというのに黒い合皮製のジャンパーを着込んでいる。丸いサングラスに、胸元には古い金貨をあしらったペンダント。両手の指には大小合わせて六個もの銀のリング。お世辞にもフォーマルといえる服装ではなかったが、愛嬌のある顔立ちをしていたので威圧感を感じるほどではなかった。

彼は高城大学からの派遣スタッフである。海洋学専攻の院生で、二十八歳。途中で何度か留年しているらしく、今は博士課程の一年生だ。

「二百二十キロ？　そんなものなの？　ボクのバイクでもそのぐらいは出るわよ」

昌明の発言に、由貴が大げさに驚いて訊き返した。彼女は自分自身のことをボクと呼ぶ。多少子どもっぽい印象はあるが、ハスキーな彼女の声質には、その中性的な呼称が不思議とよく似合っている。

「それは飛ばしすぎだ」佐倉昌明が呆れたように言った。「一般用のヘリコプターってのは、水平方向に移動するための専用の動力を持っていないからな。最高でも三百キロとか、せいぜいそんなもんだ。軍用機になれば別だけど」

「そう言えばスパイ映画なんかで、ヘリを自動車で追跡するシーンがありますね」

人見知りしない遊が、由貴と昌明の会話に割って入る。

昌明は、遊たちのほうを振り返ってうなずいた。「そうそう。あんな感じ」

「まあ、実際には追いつけやしないだろうけどね」由貴が笑った。

「綱島さんは、バイク乗りなんですか？」遊が訊く。

「うちの実家がバイク屋なんですよ」由貴はうなずいた。「こういうときには助かるんですけどね。実家に預けておけば、親父が面倒見てくれるから。普通は三カ月も動かさなかったら、錆びるしバッテリーはあがるしオイルは湿気るしで、メンテナンスが大変なんですよ」

「へえ……生き物みたいですね」

「そう、生き物と同じ。機械ってそんなものでしょう。特にバイクは、ボクの身体の一部みたいなものですから」

「ふふん」昌明が笑った。「どっちかって言うと、きみがバイクの一部なんじゃないか？

さしずめ、バイクが自分の意志で走るための最後の部品ってところか」

「自分でもときどき、そう感じることがあるわよ」皮肉っぽい彼の言葉に、由貴はまじめに反応した。「だから、今回はちょっと心配なのよね。九十日ぶりにようやく地上に戻ったと思ったら、またすぐに海の底に逆戻りでしょう。半年もバイクに乗らなかったのって、高校時代に免停になって以来だから、もう、考えただけで調子悪くなりそう」

「仕方ないさ。海の底でバイクに乗るわけにはいかないからな。自転車漕ぎのエクササイズで我慢するんだな」

由貴が「げえ」と女性らしからぬ悲鳴をあげたので、遊が笑った。須賀少年の表情も少し和らいでいる。

だが、その笑い声が気に障ったのだろう。

綱島由貴の隣で眠っていた五人目の乗客——依田加津美が、わざとらしく寝返りをうって目を開けた。不機嫌そうに遊たちを睨むと、ヘッドホンステレオのボリュームをあげて彼女は再び眠りにつく。

「ごめんなさい、鷲見崎さん」由貴が頭を下げた。「加津美、昼間はいつもこんな感じなんです。夜行性って言うのかな。あと何時間かすれば、別人みたいになってますから」

「へえ……」

遊は、依田加津美の気怠(けだる)そうな寝顔をみながら、曖昧(あいまい)にうなずいた。加津美の髪型も由貴とよく似たショートカットだが、不自然に赤く脱色しているのでかなり印象が違う。彼女は地球物理学専攻の研究生という話だったが、大学の研究室よりも夜の盛り場のほうが似合いそうな雰囲気があった。

昌明は、加津美のそんな態度にも慣れているのか、黙って苦笑を浮かべている。

「見えてきたな」しばらくして、ふいに彼が言った。

その声につられて、全員が視線を海に向けた。

高所恐怖症の私でさえ、思わずその姿に目を奪われてしまう。

ヘリコプターのはるか前方の海面に、海底油田の採掘に使うようなプラットホームが浮かんでいる。かなりの大きさだ。比較するものがないので正確にはわからないが、幅も奥行きも百メートル近くあるのではないだろうか。

まだ午前中だというのに、真夏の太陽の日射しは強烈だった。羽田から二百キロ以上も南下したせいかもしれない。光を反射した水面の色は、怖いほど青く澄んで暗い。水深が深いせいだろう。この近辺の海の平均深度は四千メートルを超えている。

ヘリコプターは海上プラットホームへとゆっくり降下していった。ようやくこの恐怖のフライトも終わるわけだ。

私と遊がこの施設を訪れるのは、もちろん初めてである。

太平洋上を吹き抜けていく風の音も、波間に浮かぶ巨大な人工施設の姿も、何もかもが新鮮で印象的だった。

このような細かな情報は、人工知能である私でも実際に体験してみないと手に入れられない。人格を複製したアプリカントといえども、すべての体験や知識を、元の人格と共有しているわけではないのだ。

そして、このような些末(さまつ)なデータの蓄積は、やがて私の人格にも影響を与えていく。

いずれは私も御堂健人のレプリカではない、独立した人格になってしまうのかもしれない。

それは楽しみでもあり、怖くもある。

そう考えているのは、私だろうか。それとも、御堂健人の意識だろうか……

ドアが開く。

ヘリを降りる寸前、佐倉昌明がちょっと気取った口調で言った。

「ようこそ、竜宮城の入り口へ」

2

アクアスフィア計画――

それは、正式には深海底生活圏実験計画と呼ばれている。

海洋資源の効率的な採掘のため、または深海域の調査研究のため、あるいは遠い将来の地球環境の激変に備えて、人類が海底で生活するための設備を構築し実験する施設だ。産学官共同プロジェクトということで、多くの人材が大学や国の研究機関から派遣されている。その受け皿として設立されたのが、綱島由貴らが所属するアクアスフィア財団という組織である。

通称《バブル》と呼ばれる実験施設が存在するのは、房総半島沖約二百キロ地点。伊豆・小笠原海溝と七島・硫黄島海嶺の狭間に位置する、水深四千メートルの海底だ。

環境が環境だけに、勤務しているスタッフの数は多くない。設計上は二十名の人間が滞在できるように造られている《バブル》だが、常駐しているのは十名前後という話だった。

海面に浮かぶプラットホームは、《バブル》をサポートするための基地だ。こちらに常駐しているのは三十名前後。大学やスポンサー企業の研究員のほかに、電力供給などハード面を管理する技術者と、唯一の交通機関である潜水艇を運航するエンジニアがいる。

午前十一時前に海上プラットホームに到着した私たちは、そこで三時間ほど待たされることになった。潜水艇の準備が遅れているというのだ。

「……こんなことなら、ヘリの出発時刻を遅くしてくれればよかったのに」

寝不足のまま朝一番のヘリに乗せられた遊が愚痴る。

私は何も言い返さない。潜水艇は、四百気圧という過酷な環境で使用される乗り物である。メンテナンスが不備のまま運航されるよりは、待ちぼうけをくらうほうがいい。

遊は、一通り施設の写真を撮り終えたあとで、プラットホームのデッキに出た。

鉄板を張り渡されたデッキは、太陽に灼(や)かれて熱くなっている。だが、洋上を吹き抜けていく潮風を浴びて、遊は気持ちよさそうだった。

デッキの先端では、タンクトップ姿の非番の職員が一人呑気(のんき)に釣り竿(ざお)をたれている。

「釣れますか?」

遊が突然声をかけたので、彼は驚いたように振り返った。

髪を短く刈り込んだ、気のよさそうな若者だった。

「ああ、びっくりした」日焼けした顔で照れたように笑う。「いや……まだ始めたばっかりだから」

「こんな海の真ん中でも、魚って釣れるんですか？」遊が訊いた。「魚が多いのは、水深の浅い沿岸域のほうに集中してるって聞いたことがあるんですけど」

「いや、外洋にもちゃんと魚はいるよ。種類は少なくなるけどね。なじみのある魚だと、この辺ではサバやハガツオだね。マグロやカジキなんかもいるけど、さすがに、この竿で一本釣りってわけにはいかないな」少し嗄れた声でそう言って、若い職員は遊の顔をじろじろと眺めた。「お宅、今日来るっていってた雑誌記者さん？　さっきのヘリで来たの？」

「はい」遊がうなずく。

「へえ……《バブル》に行くんだろ？」若者は、釣り糸を巻き上げると、エサを付け替え始めた。エサは、小さなエビだった。調理用のものを流用しているらしい。「怖くない？」

「やっぱり怖いですか？」遊が逆に訊いた。

「そりゃあ、まあ、ねえ」若者が肩をすくめる。「俺は、できれば潜りたくないね。深度四千メートルじゃ釣りもできないしな」

「深海魚は、釣ってもあんまり美味しそうじゃありませんしね」

「そうそう」若者がにっこりと笑った。「あれ、見える？」

　彼が指差したのは、海上プラットホームの基底部あたりだった。

「どれですか？」遊が、手すりを越えて海面をのぞき込んだ。

「あの辺。パイプがあって、水の色が周りと少し違っているのがわかるかなあ」

「違ってますか？」遊はわからないというふうに首を傾げた。

「うん。あの辺は水の温度が少し違うんだよ。あのパイプから流してるのは発電施設からの排水だから、他より水温が高いんだ。それでね、この付近に魚が集まってくるってわけ」

「そうなんですか」遊が感心する。

「排水って言っても、発電の過程で出てくる水だから別に汚れちゃいないしね」若者が続けた。「何とかって特別な発電方式だから煙も出ないし、綺麗なもんだよ。このプラットホームで作った電力で《バブル》も動いてるわけ」

「ああ、なるほど」

遊はさっそく教えてもらった部分を写真に収めた。若者は少し得意げだった。

彼の釣りの腕前を見学しようと遊が日陰に腰掛けたとき、館内放送で彼女の名前が流れた。この施設の責任者からの呼び出しだ。潜水艇が遅れるのならインタビューに応じてもらえないかと、遊が先ほど頼んでおいたのだった。

面会の場所として指定されたのは、プラットホームの居住区にあるラウンジだった。ラウンジと言っても、丸テーブルが三つばかり並んでいるだけの質素な食堂だ。飲み物は自動販売機のコーヒーだけ。クーラーがよく効いていたのが、せめてもの救いである。

しばらく待っていると、五十歳前後の恰幅のいい男性が姿を現した。無地のワイシャツが汗で身体に張りついており、赤ら顔の額をしきりにタオルで拭っている。見ているだけで、部屋の気温が上がったように感じられた。

「施設長の竹野です」

男は名刺を差し出すと、遊の対面に腰を下ろす。彼の名刺に刷り込まれているマークは、環境省のものだ。肩書きは課長。

「東邦サイエンスさんでしたな。うちの部署でも毎月購読してますよ。船便で送られてくるから、この施設に届くのは一カ月遅れですけどね」

「そうですか。ありがとうございます」遊は、礼儀に反しない程度の微笑みを浮かべた。

「鷲見崎さんは、このお仕事を始めてどれくらいですか？」竹野が訊く。「失礼ですが、見たところずいぶんお若いようですが……」

「三年です」遊は表情を変えずに答えた。「学生時代のアルバイトも入れると、今の編集部とのつき合いは六年目ですね」

「そうなんですか」竹野は少し意外そうな顔をする。「じゃあ、こういう取材にも慣れてらっしゃるんですね」

「ええ」遊がうなずいた。「さすがに海の底に行くのは初めてですけど。ですから、あまり気を遣わないでくださいね」

「ああ、ええ」竹野が曖昧に微笑む。「気を遣うも何も、別に危険なことはありませんからね。《バブル》にいるスタッフにも、失礼のないように言ってありますから」

「すみません。お手数をおかけします」

愛想よく頭を下げたが、遊は竹野の態度に少し戸惑っているようだった。

彼女が取材に行くと、相手の反応はだいたい二つに分かれる。一つは若い女性記者というだけで必要以上の好意を示すタイプ。もう一つは小娘扱いして高圧的な態度に出るタイプだ。

だが、竹野の態度は、そのどちらにも当てはまらない。協力的だが、どこか遊を警戒しているようにも思える。

「それで……今回はどのようなテーマで記事を書くご予定なんですか?」竹野がやんわりと切り出した。

「ええと、そうですね……」遊が頬に手を当てて言う。「もちろん海洋資源の開発や、地球環境の調査という点において、このアクアスフィア計画がいかに優れているかということを紹介したいとは思ってますけど」

「はい……はい……」竹野が、遊の一言一言に大げさにうなずいた。彼の肩書きを考えると、異様なほど腰が低い。

「でも」遊が続けた。「やはり深海底生活圏の実用化と、その将来性にスポットを当てた記事が中心になると思いますね」

「深海底生活圏の将来性……ですか？」

「はい」

遊の言葉に、竹野は複雑そうな表情を浮かべた。困惑しているようにも、かすかに安堵しているようにも見える。やがて彼は、遊の反応を窺うように言葉を切り出した。

「それはつまり、将来的に人類が海底に都市を造って生活できるように、ということですか」

「ええ、そうです。そのためのデータ採取が《バブル》の主目的だと伺っていますけど」

「そうですね……たしかに、そうです」

歯切れの悪い口調でそう言うと、竹野はタオルで額を拭いた。

「規模は小さいのですが、《バブル》の内部では、電力以外のすべてのものが海中にある資源で賄われています。基本的には循環して再利用しているという形ですが……」

「すごい施設ですね。食料も自給自足なんですか？」

「そうなるのが目標です。海中の資源で自給できない栄養素を確認するのも、実験の一つですから。残念ながら現段階では、まだ海上プラットホームから食料の大半を送り込んでますけど」

「なるほど」遊がうなずく。「中で生活しているのは何人ですか?」

「常駐しているスタッフは六人でした。この他に助手と呼ばれるスタッフもいます。こちらは、三名から四名。彼らは原則的に、三カ月交代で《バブル》に滞在します」

竹野はそこで言葉を切った。遊の反応を窺うように、ちらりと顔を上げる。

助手の存在は、すでにヘリコプターの中で綱島由貴らに聞いていた。彼女と佐倉昌明、依田加津美の三人が、今日から三カ月間、助手として《バブル》にこもるのだ。

「常駐スタッフというのは、ずっと海の底で暮らしているわけですよね?」

「はい。昨年の十月に運用を開始してから九カ月間ですか、一度も海上には出てきていません。実は私も、その、今年の四月に赴任してきたばかりですから、彼らとは直接会ったことがないのです」

「そうなんですか……九カ月間ですものね」

「ええ。予定では、彼らはあと十五カ月間、《バブル》に滞在することになっています」

「あと十五カ月ってことは……合計で二年間」遊が目を大きく開いた。「すごい……つらそうですね。息が詰まりそう」

「いえ、空調に関しては一番安全管理が行き届いているところですから、そのようなことはけして」

「あ、ごめんなさい」竹野の回答を聞いて、遊が微笑む。

「そういう意味じゃなくて、精神的に」

「あ、ああ……」竹野は、力の無い笑みを浮かべた。

「そんなことはない、と言いたいところですがね……」

「何かあったんですか？」

彼の態度がおかしいことに気づいて、遊が訊いた。

私にはわかっていた。

竹野は、さっき言ったのだ。常駐スタッフは六人だった、と過去形で。

「ご存じではありませんでしたか……実は、常駐スタッフの一人が、二週間ほど前に亡くなっているんです」

遊が息を呑んだ。彼女の表情が硬くなる。

「死因は……事故ですか？」

「いえ、自殺です。それは警察のほうでも確認しました」

「遺書が残っていたんですね？」

「いえ、そういうわけではなかったのですが……現場の状況から」

「現場の……？」遊が怪訝そうに訊き返す。

「鍵がかかっていたのです、内側から」

私は納得した。自殺だと確実に断定できる状況と言えば、それしかあるまい。

本気で自殺を考えている人間が、途中で邪魔が入らないように部屋を施錠しておくのは不自然ではない。警察がとっくに捜査を終えて引き上げているというのだから、ほかにも、自殺と判断するだけの条件が揃っていたのだろう。

「ノイローゼだったのだろう、ということです。他のスタッフは死の直前まで、彼がそこまで思い詰めているとは気づかなかったと言ってますが……ご承知のとおり、あそこは特殊な環境ですから」

「そうですね」

遊は同意した。もし自殺の原因が人間関係にあるとしたら、他のスタッフとしては、そう答えるしかない。

「これは、けして《バブル》の欠陥ということではないのですよ。普通の職場でも社会でも、同じようなことは毎日のように繰り返されているのです。会社での人間関係に悩んで自殺するなんて、今どきめずらしくもなんともないでしょう。今回は、たまたま須賀くんが、その……特殊な場所で死亡したというだけで」

「ええ、わかります」竹野の熱弁を、遊がうんざりしたような口調で遮った。「その方の自殺をセンセーショナルな形で書き立てて、このプロジェクトを非難するのが、私どもの取材の趣旨ではありません」

「あ、ああ……ええ、そうでしょう。いや、東邦サイエンスさんなら、ご理解いただけると思っておりました。最近は、ろくに科学的な役割を理解もせずに、話題づくりのためだけに騒ぎ立てるといいますか、そういう低劣な記者もいますから……いえ、もちろん鷲崎さんを疑っていたわけではありませんが……」

竹野の表情が明るくなった。心なしか口調もずいぶん軽くなったようだ。

どうやら彼は、《バブル》で自殺者が出たことを単なる不祥事として捉えているらしい。そして、そのことが己の失点につながるのではないかと恐れている。本来なら雑誌の取材など入れたくないのだろうが、いったん許可を出したあとだけに、それもできない。下手に隠そうとすれば、逆に疑惑を招くことになるからだ。

彼が遊との面会に簡単に応じた理由もそれでわかった。自殺者のことを記事にしないよう、それとなく懇願に来たというわけだ。遊が面会を求めなかったならば、彼のほうから接触してきたに違いない。

「実際に施設を見たわけではないので、今の時点では何とも言えませんけど」

遊が慎重に言葉を選んでいるのがわかった。ここまできて取材を拒否されたりしたら元も子もない。

「自殺者が出ているからといって、この施設に欠陥があると短絡的に考えるつもりはありませんし、計画の存続を妨害するような記事を書くつもりもありません。ただ、万一《バブル》に明確な欠陥があったと認められたら、それは指摘させていただきたいと思います」

「欠陥というと、技術的な瑕疵ということですかな。ええ……お立場は理解できますよ」

竹野はそう言って、わざとらしく笑った。その笑みはまるで、技術的な問題は自分の責任ではない、と語っているようだった。

「須賀さんとおっしゃるんですね」遊が、つきあいきれないとばかりに、話題を変えた。

「亡くなったスタッフのお名前は」

「ええ、須賀くん……須賀道彦くんです。海洋環境学のエキスパートで、有能な若者だったのですが……」

竹野は、すらすらと淀みなく答えた。この二週間の間に、何度となく繰り返した台詞なのだろう。それを聞いた遊が、ふと思い出したように顔をあげる。

「ここに来る途中のヘリで、須賀貴志くんという学生さんに会いましたけど」

「ええ、ご遺族の方が見えられるということを聞いています。弟さんでしたかな。遺品の受け取りと、あとは、どうしてもお兄さんの暮らしていた場所を見たいということで。まあ、正直に言って迷惑な話なのですが、我々としても、多少は誠意を見せておかなければということでしてね。こういう事故の場合、遺族の方が感情的になって根も葉もない中傷を言いふらすことがありますから……」

須賀貴志を非難するような口調でそう言って、竹野施設長はため息をついた。

3

海上に出ている部分だけでも、ずいぶん巨大に思えたプラットホームだが、施設の半分以上は水中にあると知って私は少々驚いた。セミサブ式と呼ぶらしい。もっとも、水中にある設備のほとんどはプラットホームを海上に浮かべておくためのフロートと、推進器の関係である。

建物で言えばパティオに当たる部分に、二十五メートルプールほどの大きさの潜水艦ドックがある。潜水艇はプールの真上にクレーンで吊り下げられており、電動式のボーディング・ブリッジからアルミコンテナに収められた荷物が搬入されていた。

「意外と大きいんだ」

プールへと続く階段を降りながら、遊がつぶやく。

ずんぐりとした涙滴形の潜水艇は、たしかに写真で見るよりも大きく感じられた。クリーム色の防錆塗料で塗られた船体には、〝オケアノス五〇〇〇〟と書かれている。

潜水艇の横幅と高さは三メートルほど。長さは十二メートル前後。大きいといっても、せいぜい個人用のクルーザーに毛が生えた程度の代物だ。艇内にはたいしたスペースはないだろう。水圧に耐える耐圧殻の大きさは限られているはずだし、バラストタンクとバッテリーがとにかく場所をとる。

「ねえ、ミドー」

遊は、しばらく階段の手すりから身を乗り出して潜水艇を見ていたが、急に思い出したように訊いてきた。

「なんだ？」

私は、彼女が左耳につけたイヤホン経由で答える。知らない人間には、遊が携帯電話か何かを使っているように見えるだろう。

「施設長が言ってた自殺のこと、あんた知ってた？」

「いや……気づかなかったな」

「報道されなかったのかしら？」

「たとえ報道されたとしても、自殺ではたいした扱いにはならないだろう」

「そうか。だったら、よほど注意して新聞を読んでないと見落としてしまうわね」

遊が残念そうに言った。見落とす以前に、締め切りに追われていた彼女はここ数日ろくに新聞を読んでいないのだが、それは言わないでおいてやる。

「私がネット配信のニュースで検索してみよう。あとで回線につないでくれ」

「回線？　ああ、そうか……」

遊が面倒くさそうに肩をすくめる。

私の本体にはワイヤレス方式の通信装置が内蔵されているのだが、さすがにこんな海の上までは電波が届かない。インターネットに接続するためには、どこかで、固定電話かLAN回線に接続してもらわなければならないわけだ。もっとも、今さら新聞記事を調べてみたところで、あまり有益な情報が手にはいるとは思えなかった。

ドックでは綱島由貴たち三人の助手が、自分たちの荷物を潜水艇に運び込んでいる。彼らはこれから三カ月も海底に滞在するということで、さすがに荷物が多い。佐倉昌明はフレーム付きの巨大なバックパック。女性二人は大きめのスーツケースが二つずつだ。

そのほかに潜水艇に搬入された荷物は、主に実験に使用する機材や試薬のようである。ケースに表記されているのは、イオン交換膜のフィルターや機械加工用の液化窒素、水素吸蔵に使用するニッケル合金、そして深海作業ロボットのリチウムポリマーバッテリーなど。基本的にリサイクルで賄われる《バブル》の資材でも、消耗品や耐用年数を過ぎたものは、こうして外部から補充せざるを得ないのだろう。

「ところでさ……」遊が少し声を落として言った。「さっきの施設長の態度、どう思う?」

「まあ、あまり気持ちのいい態度とは言えなかったな」私は正直に答えた。「だが、理解に苦しむというほどではない」

「どちらかというと、わかりやすい反応よね」遊が皮肉っぽい口調で言う。「職員がノイローゼで死んだということを騒がれて、自分の責任を問われては困るってことでしょう」

「正直でいいじゃないか」

「……いかにも御堂くんが言いそうな台詞ね」

遊が呆れたように言ったので、私は沈黙した。仕方がないだろう、私は御堂健人の人格を複製したプログラムなのだ。文句があるのなら、はじめから相談しなければいい。

「まあ、それはいいわ」遊が続ける。「たしかに下手に隠しだてされるよりはいいしね」

「同行者の身元も判明したしな」

私は、須賀少年の端整な顔を思い出した。覇気が感じられなかったのも無理はない。自殺した兄の職場へと向かっていたのだ。元気を出せというほうが無神経だろう。

佐倉昌明たちが、須賀貴志を壊れもののように扱っていた理由も、これでわかった。彼ら三人は、須賀道彦が自殺したことを知っていたのだ。

「彼と話がしてみたいな」

遊がぽつりと言った。

須賀少年は潜水艇の近くのベンチで、スーツ姿の女性職員から説明を受けている。女性は精一杯の笑顔を浮かべていたが、須賀少年は終始うつむいたままだった。

「スガ・ミチヒコ氏の件を記事にするつもりなら、やめておいたほうがいいな。興味本位で首を突っ込むのは遺族の神経を逆なでするだけだし、タケノ施設長との約束もある」

「わかってるわよ」遊は少しむっとしたようだった。

「べつに望まれないことを記事にするつもりはないけど、知っておきたいじゃない。須賀道彦さんが、どんな人物だったのか、何を望んで《バブル》の実験に参加したのか」

「そして、なぜ暗い海の底で死を選んだのか、か？」

「……ええ、そう」

遊はそれきり押し黙る。さすがの彼女も、感受性の強そうな高校生に対して、肉親の死の話題を切り出す方法は思いつかないようだった。

「潜水艇の準備、そろそろ終わりそうですよ」

何をするともなく私たちが上から須賀少年を眺めていると、ふいに背後から声をかけられた。

振り返ると綱島由貴が立っている。「荷物運ぶの、手伝いましょうか？」

「ありがとうございます。でも、大丈夫」

遊は彼女に礼を言って、自分の荷物を持ち上げた。彼女の荷物はリモワのトランクケースが一つだけだ。

「鷲見崎さんって三泊でしたっけ？　荷物、少ないんですね。旅慣れてるんだ」

「取材であちこち行かされましたからね。でも結構重いんですよ、カメラとかね。あとはお荷物があるから」

「お荷物？」

「口やかましいコンピューターがあるんです」

遊が悪戯（いたずら）っぽく笑った。失礼な奴だ。

由貴も意味がわからないまま、つられたように微笑む。

「綱島さんは、以前にも《バブル》に行ったことがあるんですか?」階段を降りながら遊が訊いた。「助手の皆さんは、三カ月交代で滞在してるって聞いたんですけど」

「そう。加津美や佐倉さんは、三カ月ぶりの海底旅行。ボクの場合は二期連続なんですけどね。一週間前に地上に戻ったと思ったら、またすぐ呼び戻されちゃったから」

「あ、そうなんですか?」

「ひどいでしょう? スタッフの一人がよんどころない事情で、実験に参加できなくなったんです。それで、急きょ代理として駆り出されたわけ」

由貴が肩をすくめた。なるほど。バイクに乗れなくなったと文句を言っていたのは、地上に戻った直後に、いきなり海底に逆戻りする羽目になってしまったからなのだろう。

「ひょっとして、実験に参加できなくなったというのは、須賀道彦さんが亡くなったことと関係がありますか?」遊が訊いた。「須賀さんと一緒に仕事をすることになっていた方とか」

「うーん……まあ、それも理由のひとつかな」

由貴が、少し考えてから答える。遊が自殺した研究員の名前を知っていることには、特に驚いていないようだ。

「海洋環境学専攻の子だったから、どうせ彼女は《バブル》に行ってもやることないしね。須賀さんの後任も、いろいろ揉めてて当分決まりそうにないし」

「須賀さんのことは、綱島さんもよくご存じだったんですか？」

「正直に言うと、そんなに親しいわけじゃなかったんですけどね。あの方とは研究分野が違うから。葉月は、前回の滞在のときに一緒に仕事したらしくて、だいぶショックを受けてたみたいだけど」

「葉月？」遊が訊き返す。

「ええと、ボクの代わりに滞在する予定だった助手。友利葉月といって、大学のときからの後輩なんです」

「ああ、それで、その方の代わりに《バブル》に行くよう頼まれたんですか？」

「そんな感じかな。アクアスフィア財団って大層な名前だけど、実態は大学の研究室あたりと大差ないから。融通が利くんですよ」

由貴はそう言って笑った。

遊たちがドックに降りていくと、ちょうど須賀貴志が潜水艇に乗り込むところだった。彼を案内しているのは依田加津美だ。まだ寝不足が解消されていないのだろうか。彼女は相変わらず不機嫌そうな顔をしている。

佐倉昌明は、海上プラットホームの職員から何かの説明を受けている。常駐スタッフ宛の書類を預かっているらしい。

「ボクたち、先に乗っていいですか？」

由貴が大きな声を出して、荷物を搬入している係員に訊いた。

「ええよ。ヘルメットをつけてな」

中年の係員が叫び返した。見回すと、降りてきた階段の真横に、プラスチック製の黄色いヘルメットが吊り下げられていた。

「どうしてヘルメットがいるんですか？」遊が訊く。

「あとでわかります」

由貴が意味ありげに微笑む。とりあえず遊は、言われた通りヘルメットを着用する。

「ところで……」顎ひもを結びながら、由貴が口を開いた。「鷲見崎さんは、あの高校生の男の子に何か言われませんでした？」

「男の子って、須賀くん？　いえ、まだ何も……」

「そう……でも、もし彼が何か変なことを言い出しても、あまり本気で取り合わないでくださいね」

「変なこと……ですか？」

遊が怪訝そうに訊き返した。

私は、ヘリコプターの中での須賀少年の態度を思い出す。彼は、遊に何か訊きたそうにしていた。それは遊も気づいていたはずだ。それに、竹野施設長の、須賀貴志に対する敵意も気にかかる。

「いや、たいしたことじゃないんだけど」由貴が小さく首を振りながら答えた。「彼が、わざわざ《バブル》まで遺品を引き取りに来たのには、ちょっとわけがあって。ご家族の中で彼だけが、どうしてもって主張したらしいんですよ。お兄さんと一緒に暮らしていた人たちに会いたいって」

「そうですか。気持ちはわかりますね」

遊が言う。由貴も、軽くうなずいた。

「でも、たぶん鷲見崎さんが考えているのとは違うと思うな」

「どういうことです?」

遊が眉をひそめる。

綱島由貴は声のトーンを落として、人づての話だけど、と前置きしてから続けた。

「彼ね、疑っているらしいのよ。須賀道彦さんは自殺じゃなくて、誰かに殺されたんじゃないかってね」

4

ヘルメットが必要な理由は、潜水艇の中に入るとすぐにわかった。

ただでさえ狭い客室にはパイプ類や補強用のロールバーが張り出しており、不用意に立つと頭を打つ可能性があるからだ。オケアノス五〇〇〇には、運転士二名に加えて六名の乗客が乗れると聞いていたのだが、遊と須賀少年、それに三人の助手が乗ると、球状のキャビンはほとんど満席という状態だった。

「相変わらず息苦しいわね」

潜水艇のハッチが閉じられるとすぐに、綱島由貴が大きく息を吐いた。「せめて窓ぐらいつけてくれればいいのに」

「窓があったって同じだろう」佐倉昌明が、窮屈そうに背中を丸めた姿勢で答えた。「有光層なんて、せいぜい水深二百メートルまでだからな。その先は真っ暗だ。窓があっても何も見えないよ」

「気分の問題でしょう」由貴が言い返す。

「まあたしかに、竹野のおっさんみたいな閉所恐怖症の人間は、こいつに乗るのはつらいだろうな」昌明はそう言って笑った。

彼の言う竹野のおっさんというのは、おそらく竹野施設長のことだろう。そう言えば、彼は《バブル》の常駐スタッフとは面識がないと言っていた。なるほど、潜水艇に乗れなければ、常駐スタッフと会うこともできないわけだ。

考えようによっては《バブル》という施設そのものが、何百万トンもの水に囲まれた密閉空間である。閉所恐怖症の人間にとっては、想像するだけで嫌な気分になる代物かもしれない。竹野施設長も、よりによって大変な職場に配属されたものだ。さぞかしストレスが溜(た)まっていることだろう。

「水深四千メートルか。実感がわきませんね」デジタルカメラで艇内を撮影しながら、遊が訊く。

「どうして、そんな深いところに実験施設を造ったんですか。もし本当に海底都市を造るつもりなら、水深のもっと浅い大陸棚などのほうが現実的ですよね？」

「はは。鷲見崎さん、かなり勉強してきましたね」昌明が、見え透いたお世辞を言った。「たしかに生物生産力が大きいのは、水深二百メートルぐらいまでですからね。アクセスの便を考えても、人間が本気で住むとしたら沿岸部ってことになるんだろうけど。でも、深度四千メートル地点に施設を造ったのはちゃんとわけがあるんです」

「お宝が埋もれてるのよね」由貴が、冗談めかした口調で言う。

「宝って……もしかして沈没船ですか？　昔の海賊船とか……」

遊がびっくりしたような声で訊いた。黙ってうつむいていた須賀少年も頭を上げる。

だが、由貴と昌明は顔を見合わせて爆笑した。依田加津美までもが噴き出している。

「ちがうちがう。宝って言っても、鉱物資源のことなんだ」昌明が笑いながら言った。

「マンガン・ノジュールと呼ばれている化学的沈殿物があってね。鉄とマンガンを主体にした酸化物なんだけど、こいつには銅やニッケルやコバルトなんかの高価な金属がかなり高い割合で含まれてるんです」

「それが海の中にあるんですか？」

「世界中の深海底の、ほぼ全域に分布している。海底に転がってるんですよ。卵みたいな塊が。そいつを上手いこと集めてきて精錬できれば、資源に恵まれない我が国にとっては、有望な鉱床となるというわけ。現時点では、まだ商業的に採算が合うほどじゃないですけどね」

「その採掘や精錬の方法を研究するのが、《バブル》の目的のひとつなんですね」

「それがメインですね。少なくとも、スポンサー企業にとってはね」

「鉱物資源が目当てかあ……意外と即物的ですよね」

佐倉昌明の言葉に、遊は少しがっかりした様子だった。深海底は、宇宙と並んで人類に残された最後の新天地だ。深海探査という言葉には、ロマンティックな響きがつきまとう。だが、現実はそう甘くはない、ということだろう。

「そうですね」昌明が、ヘルメットの下の長髪を鬱陶しげにかき上げながら続けた。「昔、海水中に溶けている金を回収しようとしたノーベル賞科学者がいましたけど、やってることは現代でも変わりないんですよね。こんなことを言うと、また梶尾さんに怒られちゃうけど」

「梶尾さんというのは、常駐スタッフの方ですか?」遊が質問した。初めて聞く名前だ。

「ええ、そうです」昌明が答える。「海洋資源工学の研究員ですね。博士号も持ってるんですけど。僕と同い年のくせにね」

「美人なんですよ。雑誌に写真とか載せると、誌面が華やかになるんじゃないかな」綱島由貴が、にこにこと笑いながら補足した。

「へえ、じゃあインタビューをお願いしようかしら」

遊が話を合わせる。すると、それまでずっと黙っていた依田加津美が、ぼそりと言った。

「あたしは、彼女あんまり好きじゃないな」

「そう?」由貴がすぐに反論する。「いい人だと思うけどな。美人だからって、別に気取ってるわけでもないしさ」

「それもね、なんか八方美人って感じがするのよね。単に気が弱いだけじゃない？」

加津美は気怠そうに言い返した。

ようやく口を開いたと思ったら、いきなり人の悪口だ。私は彼女に対して少々呆れる。

見ると、昌明と由貴は顔を見合わせて苦笑していた。須賀少年は、どうしたらいいかわからずに困っているようだ。

「まあ、それはあるかもしれないけど。緋紗子（ひさこ）女史よりはいいよ。あの人は本当に美人だけど、そのぶん怖いからな」

昌明の発言に、加津美は鼻を鳴らしただけだった。白けた空気が、狭苦しいキャビンを包む。

私は、他人事（ひとごと）ながら少々心配になってきた。

職場の人間関係に悩むのは何も研究者に限ったことではない。

しかし《バブル》では、気に入らない相手がいても四六時中顔をつきあわせていなければならないのだ。三カ月間しか滞在しない助手たちとの間でさえ、この程度の確執があるのなら、常駐スタッフ同士では、もっと深刻なトラブルが発生してもおかしくない。須賀道彦の自殺の原因も、案外そんなところにあるのではないだろうか。

私は須賀少年が今のやりとりを見てどう思ったのか気になったが、ちょうどカメラの死角になっており、彼の様子を窺うことはできなかった。

「でも、《バブル》の生活もそう悲観したものでもないよ」

昌明が、妙に明るい声で言った。遊や須賀貴志に気を遣ったのか、あるいは自分に言い聞かせているのかもしれない。

「ネット回線は使い放題だし空調は行き届いてるし、家賃や食費の心配もしなくていいしね。生活自体は優雅なもんだよ。大学のむさ苦しい実験室に泊まり込むより、よっぽど快適だ」

「さっき言ってた、海水から金を回収する作戦は、結局どうなったんですか？」

遊が話題をもとに戻した。

「もちろん失敗しましたよ」昌明が笑う。「失敗した原因がまたふるってましてね」

「何だったんですか？」

「誤植だったんだそうです」

「誤植？」遊がきょとんとした表情で訊き返す。

「計画を立てるときにね、海水に含まれている金の濃度が、現実の値より数桁多く記載された資料を参考にしてしまったらしいんですよ」

「それは……」

あまりにもくだらない結末に、遊が絶句する。綱島由貴は笑っていた。どうやら彼女たちの間では有名な逸話らしい。なるほど、梶尾嬢とやらが怒るのも無理からぬ話だ。自分の研究について語るときに、このエピソードを引き合いに出されたのでは、いい気持ちはしないだろう。

ようやく場が和んだところで、佐倉昌明が大きなあくびをした。

「《バブル》に着くまで、一時間以上かかりますから。ちょっと眠らせてもらいます」

「ボクもそうするわ。朝が早かったからね」

綱島由貴も顔を伏せる。依田加津美は、もうすでに寝息を立て始めていた。

船室は薄暗かった。他の深海探査艇と違って、オケアノス五〇〇〇の任務は安全に乗客を《バブル》まで搬送することだけである。沈降速度は毎分約四十メートル程度。ゆっくりと垂直に降下していくだけの航海は単調で、退屈きわまりないものだった。五分もしないうちに、起きているのは遊と須賀少年だけになる。

「眠らないの？」遊が訊いた。

「はい」

須賀貴志は、大きな黒い瞳を遊に向けてうなずいた。

アクアスフィア財団の職員と話すときには身構えているように見える彼も、遊と話すときだけは、いくぶんリラックスしているように思える。

それは私の気のせいではないのだろう。彼にとって遊は行きずりの部外者だ。しかし、ほかのスタッフはそうではない。実兄の死に関わりを持つ容疑者なのだ。緊張するなというほうが無理である。

「お兄さんが、亡くなったんですってね」

遊は、しばらくどうやって話を切り出すか考えていたようだったが、結局正攻法で行くことにしたらしい。

「ごめんなさい。あたし、ヘリの中で無神経なことを言ってしまったかもしれない」

「いえ」遊が頭を下げたので、須賀少年は居心地が悪そうに首を振った。「いいんです。別に鷲見崎さんが悪いわけじゃないですから」

貴志の口調は丁寧だったが、その何気ない言葉に私はどきりとした。

潜水艇に乗る前に、綱島由貴が言った言葉が思い出される。彼は、本当はこう言いたかったのではないだろうか。鷲見崎さんが兄を殺したわけじゃない、と。

「お兄さんは、どんな方だったの？」

「どんな、って言われても……」

遊の質問は少し無神経だったが、須賀少年が気を悪くした様子はなかった。どう説明すればいいのかな、とつぶやいて苦笑する。

「顔は、よく似てるって言われますよ。でも、性格は全然違いましたね。兄は、わりと何でも器用にできて、そのくせ生真面目な人間でしたから。子どものころから、よく怒られました」

「仲が良かったんだ」

遊が少しうらやましそうに言った。鷲見崎家は、女ばかりの三人姉妹だ。そして今は、家族がばらばらになって暮らしている。

「正直に言って、それほど仲が良かったわけではないんですけどね。歳が離れているので、一緒に遊んだりすることはなかったですしね。それでも兄は、他の人には言えないことでも僕に話してくれましたから」

「お兄さんが《バブル》に来てからも、連絡を取ってた？」

「ええ。電子メールや電話で、ときどきは。だから、今でも信じられないんです。兄が自殺したということが……」

肉親の死について淡々と語る須賀少年の態度が、私には少し意外だった。強硬に主張して《バブル》の見学を認めさせたというのだから、もっと感情的になっているのかと思っていたのだ。だが、遊と言葉を交わしている彼は、不思議なほど冷静だった。須賀道彦の死から、ある程度の時間が経ったことで、心の整理がついたのかもしれない。

「お兄さんが、悩んでいたということもなかったの？」遊が続けて訊く。

「いえ、それはもちろん、困ったことも多いとは言ってましたけど、それはいつも冗談めかした言葉で書いてました。食事がまずいとか、運動不足だとか、その程度のことだったんです。それに、兄には死ぬわけにはいかない理由がありましたしね」

「理由……？」

「結婚、する予定だったんです。《バブル》での実験が終わったら、すぐに。相手の女性は、僕の家庭教師をしてくれている大学院生で、だからうちの両親もまだ、そのことは知らないんですけど……」

そう言って、須賀少年は目を閉じた。ため息をつく。

遊の左手が、彼女の右手首にはめたロジウムメッキのバングルをなぞっていた。それは、強く興味を惹かれたときにだけに見せる、彼女の古い癖だ。

私は少し心配になる。取材の目的を忘れて、暴走しなければよいのだが。

「須賀くんは、お兄さんの死は自殺ではないと考えているのね？」

「確信があるわけではないんです」貴志は、遊と目を合わせないまま、うなずいた。「だから、どうしても《バブル》に行って、この目で確かめたかったんです。兄が死んだ本当の原因を。どうしても……彼女のためにも」

須賀貴志は唇を噛(か)んで、それきり黙り込んだ。

その横顔を見ながら、私は考えていた。

もしかしたら、彼は兄の婚約者のことが好きだったのかもしれない、と。

第二章

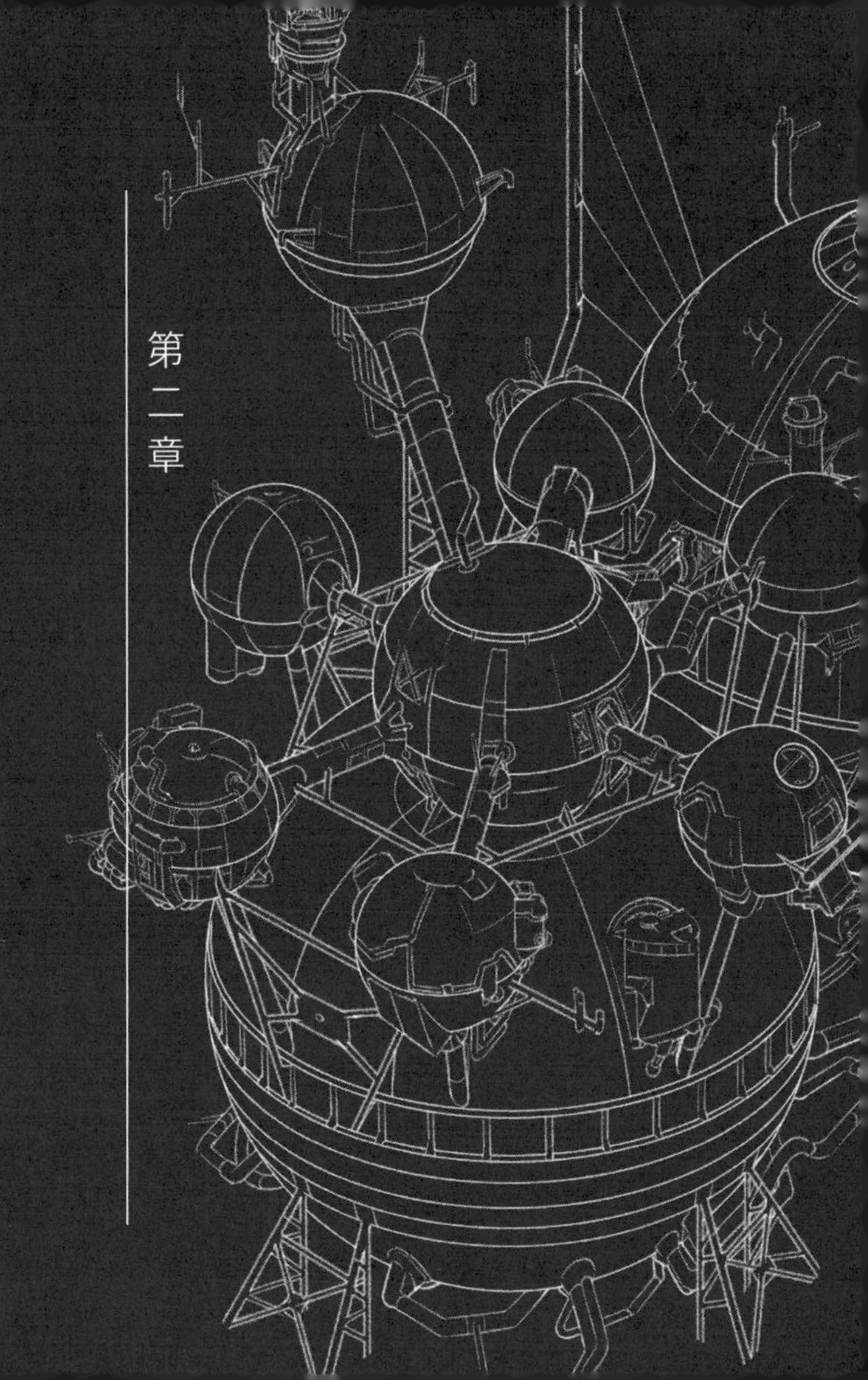

1

《バブル》の外観は、地上のどんな建造物にも似ていない。

それは主に、地上と海中の空間的な差異から派生するものである。地上の建造物が、基本的に地面という二次元空間に束縛されているのに対して、海底建造物は垂直方向への自由度がはるかに大きい。水の浮力によって建物自身の重さを支える必要がなくなり、そのぶん機能的で無駄のない建築設計が可能になるのである。それは、ある意味で、宇宙ステーションの建設に通じるものがあるかもしれない。

多くの球体と、それを連結するパイプラインから成り立つ《バブル》は、一言で表現するなら学校の理科室に置いてある分子模型によく似ている。石油コンビナートのガスタンクを連結させて、立体的に積み上げたような形をしているのだ。

中心部に配置されている直径二十メートルの球体が、プラントと呼ばれる動力部。電力や酸素の供給、空調の制御などがここで行われる。

動力部（プラント）に隣接している、さらに一回り大きな球体はファーム。すなわち養殖場（ファーム）だ。ここでは、海藻や大型プランクトンなどの、自給用の食料生産を兼ねた有用海中生物の研究が行われているらしい。

動力部（プラント）の真上にある直径十メートルほどの球体が、食堂や会議室などの共用スペースを集めたホール・ユニットである。ホールを中心に、倉庫（ストアハウス）や居住区画（アパートメント）、研究室（ラボ）など五つの球体が、衛星状に配置されている。

ホールの斜め上に一基だけぽつんと離れている球体は、潜水艇の発着場所であるエントランス・ポートだ。私たちを乗せた潜水艇がそこに辿（たど）り着いたのは、潮流に逆らいながら、海底を三十分ばかり彷徨（さまよ）ったあとだった。

「メイティング完了」

スピーカー越しの操縦士の声が、《バブル》に到着したことを告げる。

それを聞いて、遊（ゆとり）と須賀（すが）少年が一緒にため息をついた。この狭苦しい潜水艇から、ようやく解放されるという安堵（あんど）のため息だろう。眠っていた綱島由貴（つなしまゆき）たちも目を覚ます。

「さあて、ハッチを開けてくるかな」

昌明（まさあき）はそう言って、客室（キャビン）の真ん中にあるテーブルの上に立ち上がった。天井から伸縮式の梯子を引き下ろすと、慣れた様子でよじ登っていく。この潜水艇の出入り口は、客室の真上にあるのだ。

オケアノス五〇〇〇の船体上部は、俗にスカートと呼ばれる吸盤状の装置になっている。緩衝装置と電磁石の働きで、ちょうどコバンザメのように下から《バブル》に張りつく形になるわけだ。

スカートの内部から完全に水が排出されたのを確認して、佐倉昌明が潜水艇のハッチを開けた。彼はそのまま通路をよじ登って、最初に潜水艇を降りる。そのあとに綱島由貴、そして遊が続いた。

排水を終えたスカートの内側は、そのまま人間が乗り降りするための通路に変わる。下水道のマンホールを彷彿させる狭いパイプを抜けると、そこはもう《バブル》の内部だった。

エントランス・ポートの中は、ビルの地下室を思わせる殺風景な空間だ。球状の室内は直径が七メートルほどで、窓はない。断熱シートや金属製の構造材がむき出しになった壁面に、梯子や各種のパイプ類が直に溶接されている。

遊たちを出迎えた人間は五人。白衣を着た男性と女性、そして私服の男女が一人ずつだ。私服の二人は、それぞれが大きな荷物を抱えている。彼らは、佐倉昌明たちと入れ替わりで地上に戻る助手研究員なのだろう。

バッテリー容量の関係で、潜水艇は、あまり長い時間《バブル》に滞在することができない。電磁石を使っているせいで、ドッキング中の潜水艇はかなりの電力を消耗するのだ。昌明たちは休む間もなく、運んできた資材の搬出を開始した。地上に戻る二人の助手も、あわただしく自分たちの荷物を積み込み始める。

「雑誌社の方ですね？」

潜水艇を降りた遊に話しかけてきたのは、白衣姿の女性スタッフだった。殺風景なエントランス・ポートの景色に似つかわしくない、可愛らしい顔立ちの女性だ。

年齢は、二十代の後半くらい。だが、きめ細やかな肌は、まるで十代の少女のようだった。艶やかな黒髪を頭の後ろで几帳面に結い上げており、大きな瞳がひどく印象的だ。

小柄だが、モデルとしても通用しそうな均整のとれた体型をしていた。白衣には不似合いの赤いミュールと、すらりと伸びた細い脚が人目を惹く。

「常駐スタッフの梶尾麻奈美と申します」

そう名乗って、彼女は頭を下げた。予想したよりも落ち着いた雰囲気の、しっとりとした話し方だった。

「《バブル》での滞在中は、私がお世話させていただくことになっています。どうぞ、よろしく」

「東邦サイエンスの鷲見崎です。で、彼は……」

遊が須賀貴志のほうを見やると、梶尾麻奈美はにっこりと微笑んだ。鏡の前で何度も練習したような、意識的な笑顔だ。

「須賀くんの弟さんですね。お話は伺っています」

麻奈美の声は優しかったが、その口調は、どこか事務的でよそよそしかった。自殺した同僚の弟との距離の取り方を、彼女もまだ測りかねているのだろう。

そんな麻奈美に、貴志は硬い表情で小さく頭を下げただけだった。

「へえ、あんたが雑誌記者さん？」

荷物の搬出を監督していたもう一人の常駐スタッフが、白衣のポケットに手を入れたまま、遊のほうに近寄ってきた。百八十センチを超える長身で、にやにやと薄笑いを浮かべている。歳は三十歳前後だろうか。二枚目と表現しても差し支えない程度の容貌だったが、不健康な生活をしているのか、顔色が悪い。服装や髪型にも、どことなく崩れた雰囲気があった。

「若いねえ」男は、遊の顔をのぞき込んで、ひゅう、と短く口笛を吹く。

「和久井さん、失礼ですよ」梶尾麻奈美が、彼をたしなめた。

「ああ、そりゃ悪かった」和久井と呼ばれた男は、にやりと笑って両手を広げる。「こんな海の底に長いこと隔離されていると、礼儀ってやつを忘れがちでね。気に障ったなら謝るよ。一応、ほめ言葉のつもりだったんだけどな」

「常駐スタッフの方ですね？」

悪びれた様子もない和久井の態度を無視して、遊が淡々と訊いた。

遊が愛想笑いを浮かべるか、あるいは怒るのを想定していたのだろう。和久井は一瞬、彼女の反応に虚を突かれたような表情を浮かべる。それから彼は、にやりと笑って肩をすくめた。

「ああ、そういうことになっている」

「ここでは、どんな研究を？」

「……そうだな。俺がやってるのは、研究と呼べるほどのことじゃない。この《バブル》って施設にかかる応力の測定や、設備のメンテナンス……あとは、簡単な補修と、改修計画の立案ってとこか」

「和久井さん、とおっしゃいましたよね？」遊が続けて訊いた。「建築がご専門なんですか？」

「海洋建設工学、ということになっている。一応はね……」

「和久井さんは、《バブル》の設計に携わったメンバーのひとりなんですよ」

梶尾麻奈美が横から言った。

和久井は、彼女の言葉を否定するように首を振る。

「それを言うなら、常駐スタッフは全員、《バブル》の設計に何らかの形で関わっているさ。ROVの制御室のことで、あれこれ無理な注文をふっかけてきたのは、お宅と須賀の二人だったろ？」

「和久井さん」麻奈美が咎めるように小声で言った。

兄の名前が出たことで、所在なさげに立っていた須賀貴志が、睨むような目つきで和久井を見上げる。それを見て、ようやく和久井は少年が何者なのか気づいたようだ。

「須賀の弟か……」

「坂崎主任から聞いてるでしょう？」麻奈美が訊く。「今日から三日間、うちの施設で預かることになっているから。和久井さんも、協力してあげて」

「ああ……そういう話だったたな」

和久井はうなずいて、右手を須賀貴志に差し出す。須賀貴志は無言のまま、その手を握り返した。和久井は、空いている左手で困ったように前髪をかき上げる。

「よろしくな、須賀くん。お兄さんのことは、残念だったと思っている。信じてもらえないかもしれないが、須賀が死んでショックを受けているのは俺たちも同じなんだ。それだけは、覚えておいてくれ」

和久井も、さすがに今は神妙な表情を浮かべていた。

彼の言葉が、どの程度本心から出たものなのか量りかねたが、ショックを受けたというのは事実だろう。設計段階から《バブル》に関わっているというのなら、彼らは須賀道彦と何年も前から一緒に働いていたことになる。

「兄が……お世話になりました」

須賀貴志が、ようやくそれだけを言った。支えてあげなければ途中でかき消えてしまうような、そんな頼りない声だった。

麻奈美は、困ったように彼らの顔を見比べている。私は、依田加津美が彼女のことを、八方美人と評していたことを思い出した。

「和久井さーん」貴志の手を離した和久井を、佐倉昌明が呼んだ。「持ってきた機材、どこに運べばいいですか？」

「すぐに行く。ちょっと待ってろ！」和久井が昌明に怒鳴る。

「今回はずいぶん大荷物ですね」潜水艇から搬出されたコンテナを見て、麻奈美がつぶやいた。「液化窒素と樹脂カラムは和久井さんのぶんですか？　私の注文したＲＯＶの交換部品は、届いてないみたいだけど……」

「次の便だろう。三日後だな」和久井が答える。「お二人さんは、その便で帰るんだろ?」

「はい」遊がうなずいた。「それが一番早い便だって聞いてますけど。潜水艇の充電とメンテナンスに、丸二日かかるからって」

「ああ、信頼性が高いのか知らないけど、えらく旧式の銀亜鉛電池を使ってるからな。おかげで、取材の時間はたっぷりあるってわけだ」

皮肉っぽい口調で、和久井が言う。

「そうですね」

遊が、いつになく上品な微笑みを浮かべて答えた。彼女のくっきりとした目鼻だちは、こんなとき必要以上に冷たい印象を相手に与える。

「お忙しいところ、すみませんでした。また、あとでお話を聞かせてくださいね」

「ああ、歓迎するよ。お手柔らかにな」

和久井は、それだけ言い残すと、コンテナを運ぶ昌明たちのほうへ戻っていった。

その後ろ姿を見送りながら、梶尾麻奈美がため息をつく。

「すみません、鷲見崎さん」

「なにがです?」遊が小首を傾げた。

「和久井さんが、失礼なことを言って」

「ああ……いえ、失礼なんて受けてませんよ。ああいう人、嫌いではありません」遊は微笑んで、私の本体にちらりと目を落とす。「口が悪い相手には、慣れてますしね」

「あ、ええ……そう言ってもらえると助かりますけど」麻奈美が、もう一度頭を下げた。

「それに、あたし薄情ですから」遊がくすくすと笑う。

「薄情？」

「ええ。あんな話し方しかできない人って、本当は繊細なんですよね。自分を受け入れてもらえるかどうか、試しているんでしょう。あたし、そういう甘えた態度につき合ってあげられるほど、優しくないんです」

取材先の相手に対して、ずいぶんとひどい言い種だ。そんな遊の言葉を聞いて、梶尾麻奈美が小さく噴き出す。どうやら彼女は、遊のこの性格を気に入ってくれたらしい。

そんな二人の会話も知らず、和久井は佐倉昌明たちに、荷物の運び先を指示している。助手たちに対する彼の言葉遣いは乱暴だが、高圧的な印象ではない。それが彼の普段のしゃべり方なのだろう。自分の上司に対しても、同じような態度で接するのかもしれない。昌明や依田加津美は慣れているのか、気にも留めていない様子だった。綱島由貴だけが、むっとしたような表情で和久井を睨んでいる。

「もう少し待ってくださいね」梶尾麻奈美が、遊たちに向かって言う。「メイティング中は、エントランス・ポートのハッチは開けてはいけない規則になっているんです」

「事故防止のためですね？」遊が訊く。

「ええ。万が一、浸水しても被害が最小限で済むように」

麻奈美はそう言って、胸の前で組んだ腕を小さく震わせた。

《バブル》の内部は、地上と同じほぼ一気圧に保たれている。それを取り囲む海底の水圧は四百気圧。メイティング中の潜水艇のスカートにわずかでも隙間ができたら、爆発的に浸入してきた水の圧力によって、中の人間はひとたまりもなく押しつぶされてしまうだろう。

しかし、その危険なエントランス・ポートも、中にいるぶんには普通の建物の一室のようにしか思えない。真の危険とはそんなものかもしれない、と私は思う。危機に直面していると実感できたときには、ほとんどの場合手遅れなのだ。安全対策が進めば進むほど、その傾向は顕著になる。

まさに死と紙一重のその空間を、遊はのんびりとデジタルカメラで撮影して回っていた。遊は特別に写真の腕が良いわけではない。だが、とにかくまめにシャッターを切る。下手な鉄砲も数撃てば、というタイプだ。

すでに、地上に戻る二人の助手は潜水艇に乗り込んでいる。潜水艇側のハッチが閉まったのを確認して、《バブル》側のハッチも閉じられた。銀行の大金庫を思わせる分厚いハッチは、強固な二層構造になっている。一層目は電動式で、潜水艇に隣接した二層目は手動だ。見るからに重そうなハンドルを、綱島由貴と佐倉昌明が二人がかりでロックした。和久井は、インターホンで作業の進行状況を潜水艇に伝えている。

やがて潜水艇のスカート内部に注水する際の、低い振動音が聞こえた。それから、鈍い金属音が響く。その音で、遊たちをここまで運んできた潜水艇が、《バブル》を離れていったのだとわかった。

「無人島に取り残された気分になるだろう?」

和久井が、冗談めかした口調で言う。

誰も、笑わなかった。

2

遊と須賀貴志は、梶尾麻奈美に連れられてエントランス・ポートをあとにした。

和久井と三人の助手は、エントランス・ポートに残って、積んできた荷物を開梱している。《バブル》内の通路、すなわち各球体ユニットを接続しているパイプラインは狭い。コンテナの中に入ったままでは、資材を運び出すことができないのだ。

一体成形の通路はやはりチタン合金製で、ところどころに手すりや照明を取りつけるための台座が溶接されている。天井には、電源ケーブルや換気用のダクトが、むき出しのまま束ねて取りつけられていた。見た目より、メンテナンスの容易さを重視した合理的な設計である。

「この扉、まるで宇宙船みたいですね」

エントランス・ポートの出入り口を指差して、遊が言う。

彼女の言葉どおり、各ユニットの出入り口は金属製の分厚いハッチで、宇宙船の気密扉(エアロック)を連想させるものだった。長方形のハッチには、ドアノブの代わりに密閉用の無骨なハンドルがついており、見るからに気密性が高そうだ。

「多分、宇宙船よりも頑丈な造りになってると思いますよ。万が一の事故で浸水しても、他のユニットには影響が出ないように設計されてますから」

麻奈美が、小柄な身体(からだ)の全体重をかけるようにして、重いハッチを閉める。ハッチが完全に閉じると同時に、密閉用のハンドルが自動的に回転を始めた。

「電動式になっているんですね」遊が驚く。「自動的にロックされるようになっているんですか？」

「ええ。こうでもしないと、みんな面倒くさがって、ハッチを閉めないから」

「なるほど。そうですよね」遊が共感したようにうなずく。「出入りするたびに、いちいち重いハンドル回して、なんてやってられないもの」

「そうなんです。規則では、出入りのたびに、全部のハッチを閉鎖することになってるんですけど。面倒なんですよね。開け閉めするだけでも、二、三分はかかりますから。かといって、開けっ放しにしていると警報が鳴ってしまいますし」

麻奈美は苦笑しながら、狭い通路を奥へと歩いていった。十メートルも歩かないうちに、隣接するユニットのハッチに突き当たる。エントランス・ポート同様の頑丈なハッチには、〝ホール〟と書かれたプレートが下がっていた。

ハッチをくぐると、天井の低いドーム状の部屋に出る。

部屋の直径は十二、三メートルほど。どうやら、大きな球体ユニットを上下に分割して使用しているらしい。部屋の中心部には、下の階層へと降りるための螺旋（らせん）階段が設置されている。

透明なアクリル樹脂製の間仕切りが、半球状の部屋の内部を分割していた。間仕切りの向こう側には小さな会議室が二つ。それから食堂と、厨房（ちゅうぼう）らしきものがある。

間仕切りの手前側、すなわち遊たちが立っている側の壁には、六個のハッチが等間隔に、まるで遊園地の迷路の入り口みたいに設置されていた。遊たちがくぐってきた、エントランス・ポートに続くハッチも、そのうちのひとつだ。

「またあとで詳しくご説明しますけど」麻奈美が、遊たちを振り返る。「このホール・ユニットが、《バブル》での生活の中心地です。朝夕のミーティングは、そこの食堂で行いますし、あるユニットから、別のユニットに移動するためには、必ずここを経由する必要があります」

「この下はどうなっているんですか?」

部屋の中央にある螺旋階段を見ながら、遊が訊いた。

「ジムと娯楽室ですね。最近は使っている人を見ませんけれど。あとは、動力部(プラント)や養殖場(ファーム)に行くための通路もあります」

「へえ……意外とコンパクトな構造になっているんですね」

遊が、螺旋階段の隙間から階下の様子をのぞき込む。

ビニル樹脂の内装が施されたユニット内部は、殺風景だったエントランス・ポートとはずいぶん雰囲気が違った。球体ユニットの直径が大きいのと、内部がいくつかの部屋に区分けされていることもあり、地上の建物を見慣れた目にも違和感が少ない。蛍光灯の明かりに照らされた室内は、まるで普通のオフィスビルのようだ。

「そうですね。深度四千メートルの水圧に耐えるには、このサイズが限界だったんです。強度の問題、というよりは、多分にコスト的な問題でしたけど」

　そう言って麻奈美は微笑んだ。

　ホールのハッチをくぐって遊たちが案内されたのは、アパートメントと呼ばれている居住区画だった。この球体ユニットも、先ほどのホール・ユニットに似た構造になっている。同じ金型を使って成形されたのか、ユニットの直径もほぼ同じだ。

　螺旋階段を中心に円筒形の廊下があり、その周囲を取り囲むように個室が配置されている。個室は、二層構造で八部屋ずつ、十六人分が用意されていた。シャワー室とトイレは各階ごとに備えつけられているらしい。洗面所には、乾燥機と一体になったドラム式洗濯機の姿も見える。

「これを先に、お渡ししておきます」梶尾麻奈美がポケットから鍵束を取り出す。「お二人の個室の鍵です。予備がないので、なくさないでください」

　遊と須賀貴志が、それぞれ鍵を受け取った。小さなプラスチック製のキーホルダーに、部屋番号が書かれている。遊は二〇六号、貴志は一〇五号だ。女性陣が二階、男性が一階という割り当てになっているらしい。それから麻奈美は、貴志にだけ、もう一つ別の鍵を渡す。書かれている部屋番号は一〇二号室。須賀道彦が生前使っていた部屋の鍵だ。

「とりあえず、荷物を置いてきていただくとして、それからどうしましょう？」螺旋階段の手すりに片手を置いて、麻奈美が訊く。「まだ就業時間ですので、夕食はしばらく先になりますけど……」

「それまでどこを見学するか、ということですか？」遊が訊き返した。

「ええ。もしくは、長旅でお疲れでしょうから、個室でお休みになられてもかまいませんけど」

「うーん」

遊は、個室で休む、という言葉に惹かれたのか、腕を組んで考え込んだ。疲れと職業意識の間で揺れているらしい。

するとと突然、遊の後ろに立っていた須賀貴志が口を開く。

「兄の部屋を見せてもらえますか？」

「え……」麻奈美が不思議そうな顔をした。「今、お渡ししたのが道彦さんの部屋の鍵ですよ」

「いえ、そうじゃなくて」貴志が首を振る。「兄が死んだ場所です。自分の研究室で死んだと聞いたんですけど」

「あ、ええ……」麻奈美は少し困惑したような表情を浮かべる。「環境学研究室は、今は誰も使っていないから案内するのはかまわないけど……でも、もう警察の捜査も掃除も終わっているから、道彦さんが亡くなったときの様子は何もわからないんじゃないかしら」

「かまいません」

貴志はきっぱりと言った。あどけなさを残した端整な顔が、思い詰めた眼差しで麻奈美を見据える。麻奈美は、その視線から目をそらして遊のほうを向いた。遊の意見を聞こうということらしい。

「じゃあ、あたしもご一緒していいですか？」遊が二人に訊いた。「梶尾さんも案内するのが一度で済むし、そのほうがいいでしょう？」

遊はそう言って、貴志の反応を窺う。彼は、異存ないというふうにうなずいた。

「そうですね」麻奈美も同意した。「でしたら、私はこちらで待っていますので。準備ができたら降りてきてください」

梶尾麻奈美の愛らしい顔に、あきらめにも似た表情が浮かんでいる。

ふと私は、彼女は須賀道彦の研究室に行きたくないのではないかと想像した。ある意味で、それが当然の反応なのかもしれない。同僚が自殺した現場に足を踏み入れるのは、あまり気持ちのいいものではないだろう。

須賀少年は、麻奈美に軽く頭を下げて、自分の部屋へと向かった。遊も螺旋階段を上る。幅の狭い階段を上りきると、そこは真円形の廊下になっていた。その廊下を取り囲むようにして、八つの個室と共同のトイレ、洗面所とシャワー室が配置されている。

遊は部屋番号を確認すると、先ほど渡された鍵を使ってドアを開けた。安アパートの扉に使われているような、ごく普通のシリンダー錠である。オートロック機構などもないようだ。

遊は部屋の明かりをつける。照明スイッチは、入り口のすぐ横にあった。その隣にはエアコンの操作パネルもある。操作パネルの液晶表示板には、室内の温度だけでなく、酸素濃度と二酸化炭素濃度が表示されていた。エアコンが、各部屋の換気装置を兼ねているのだろう。室内の酸素濃度が低下すると、水の電気分解によって造られた酸素が供給され、逆に二酸化炭素の濃度が上がりすぎないよう、フィルターによって除去されるようになっているのだ。そのせいか、エアコンの電源は切ることができないようになっている。

個室の中は、想像したよりもずっと狭かった。

缶詰のパイナップルを彷彿させる扇形の部屋には、コンパクトなユニットデスクとベッド、クロゼットなど一式が備えつけられていたが、それ以外の家具は何一つ入りそうにない。部屋の奥行きはせいぜい三メートル。奥に行くほど幅は広くなるが、そのぶん、傾いた天井が低くなるので開放感はないに等しかった。

「まるで屋根裏部屋ね」部屋の中を見回しながら、遊が言った。「小公女にでもなった気分だわ」

柄にもない彼女の言葉に、私は思わず笑ってしまう。イヤホン越しにそれを聞いた遊は、少し傷ついたような表情を浮かべた。

3

遊は、荷物をベッドの上に投げ出して、ジャケットを脱いだ。ポケットから携帯電話を取り出すと、一瞬だけそれを眺める。もちろん表示は圏外になっている。伝言も、残されていない。

液晶パネルに表示されたデジタル時計は、まもなく午後五時になるところだ。

遊は小さく鼻を鳴らすと、私の本体とカメラだけを持って個室を出た。螺旋階段を下りている途中で、須賀貴志の姿が見える。空っぽのスポーツバッグを肩に掛けた彼は、ちょうど一〇二号室の扉を開けようとしているところだった。彼の兄が暮らしていた部屋だ。

「あたしも見せてもらっていい？」

遊が背後から声をかけると、貴志は驚いたように振り返った。彼は少し考えてから、

「はい」と言ってドアを開ける。

九カ月間も生活していたわりには、須賀道彦の部屋には荷物が少なかった。警察が運び出したのか、棚やクロゼットの中身は、あちこち抜き出されている。デスクの上には、ペンスタンドと二台のパソコンだけ。くずかごも空だ。

残された荷物のほとんどは衣服で、無造作に積み上げられたビデオディスクのパッケージをのぞけば、趣味的なものはほとんど置かれていない。本や雑誌なども数えるほどしかなかった。

そのうちの一冊に遊が手を伸ばす。意外なことに、それは歴史の本だった。江戸時代以前の交易をテーマにした専門書である。

「その本は、僕が兄に送ったやつです」貴志が言った。「何カ月か前に、兄に頼まれて買ってきたんです」

「そういうことって、多かったの?」遊が訊ねる。「ええと、つまり、何かを送ってくれって頼まれるのは」

「はい。たいてい頼まれるのは、新作の映画ソフトかパソコンの部品でしたけど。あとは、インスタントコーヒーとか……兄はコーヒーなしでは生活できない人間でしたから」

貴志が、寂しそうに言った。初めて見る亡兄の居室は、彼にとってあまり居心地のいい場所ではなかったようだ。残された荷物を詰め込むために持ってきた大きなスポーツバッグを置いて、彼は足早に部屋を出る。遊もやむを得ず、あとに続いた。

「それじゃあ、行きましょうか」遊たちが戻ってくるのを待って、麻奈美が言った。

「すみません」遊が彼女に謝る。「梶尾さんも本当は、ご自分の研究でお忙しいんでしょう？」

「いいえ」麻奈美は、笑いながら首を振る。「さっきも和久井さんと話してましたけど、研究に使う機材が故障中なんです。予備の部品が届くまでは、データの整理ぐらいしかできなくて。だから、今回の案内役をおおせつかったんですけどね」

麻奈美は、そう言って歩き出した。他のユニットに行くためには、いったんホールに戻らなければならない。

「ROVとか言ってましたよね」遊が訊いた。

「ええ。リモータリィ・オペレイテッド・ヴィークル——遠隔操作式のロボットです。《バブル》周辺の海底を調査したり、資料の採取に使うんです」

「梶尾さんが使うんですか？」

「ええ。私と須賀さんが共同で使ってました」

「須賀道彦さんは、海洋環境学が専門だったんですよね？」遊の質問に、麻奈美と貴志が同時にうなずく。

「そうです。深海底に生活空間を建造した際の周囲への影響を、主に研究していました。たとえば、《バブル》の排熱による水温や水質の変化などですね」

「梶尾さんも、兄と同じ研究をしていたんですか？」

めずらしく貴志のほうから質問した。麻奈美は、ゆっくりと首を振る。

「いいえ。私の専門は、どちらかというと地質学に近いんです。うちの研究室では、海洋資源工学と名乗ってますけど」

「ああ……」遊がぽんと手を叩く。「えっと、何でしたっけ……ガンマン・ノジュール？」

「マンガン・ノジュールですね」麻奈美が微笑みながら言った。「ええ、その成分分析なんかもやってます。共通の機材を使うことが多かったので、須賀さんと私の研究室は同じユニットの中にあるんです」

「一緒に実験をなさることもあったんですよね？」

「そうですね。たまには……と言っても、ＲＯＶを動かすときぐらいでしたけど」

「何か、気づいたことはありませんでしたか？」

「え？」麻奈美が訊き返す。

「あ、つまり……自殺する前に、何か悩んでいたとか……」遊が、少し声を落とした。

「いえ」麻奈美が、表情を硬くして首を振った。「警察の方にもお話ししたんですけど、亡くなる直前まで、変わった素振りはありませんでした。気づいてあげられなくて、本当に申し訳ないと思っているんですけど」

「あ……いえ」麻奈美に謝られてしまったので、遊もばつが悪そうに頭を下げる。「こちらこそ、興味本位で立ち入ったことを訊いてしまってすみません」

「それに……」麻奈美は、遊ではなく須賀少年のほうを見て続けた。「ここにいる人間には、お互いのプライバシーに踏み込まない、という暗黙の了解があるんです。特に常駐スタッフはその傾向が強くて。理由は、だいたい想像がつくと思うんですけど」

「人間関係に余計な摩擦を起こさないように、ということですね」

遊の言葉に、麻奈美は黙ってうなずいた。

私たちがホールについたとき、ちょうどほかのスタッフが二人、厨房に入ろうとしていた。

一人は少し太めの、地味な風貌の女性だ。年齢は、おそらく麻奈美よりも少し上だろう。三十歳前後といったところか。

もう一人もやはり女性だったが、こちらは長身で、人目を惹く顔立ちをしていた。髪を無造作に結い上げているが、理知的に秀でた頰と、意志の強そうな口元がひどく印象的だ。日本人には、あまりいないタイプの女性である。そう……古いSF映画に出てきた、未来世界の人造人間に似ている、と私は思った。

「梶尾さん……？」口を開いたのは、地味なほうの彼女だった。声優にでもなれそうな綺麗な声だが、惜しむらくは愛想がない。「その方たちが、今日からくるっていう……」

「ええ。東邦サイエンスの鷲見崎記者と、須賀貴志くん。こちらは、常駐スタッフの永田衣里と寺崎です」

梶尾麻奈美が、手際よくその場にいた全員を紹介する。太めの女性が永田で、長身のほうが寺崎だ。オケアノス五〇〇の中で佐倉昌明が言っていた緋紗子女史というのは、寺崎嬢のことだろう。たしかに文句のつけようのない美人だが、同時に冷たく近寄りがたい雰囲気がある。

「食事当番ですか？」麻奈美が二人に訊いた。

「そうよ」永田衣里が答える。「また、いつものメニューになると思うけど」

「期待してますね。今夜はお客様もいらっしゃいますし」

「はっ」衣里は、やる気のない態度で肩をすくめた。「そうね。まあ、めずらしいものが食べられるというのは保証するわ」

それだけ言って、衣里は階段を下り始めた。

寺崎緋紗子は、遊と須賀貴志を観察するようにじっと見つめている。彼女の年齢は、見当もつかない。その落ち着いた物腰から、かろうじて衣里や麻奈美などよりも年上だと想像できるだけだ。

「あなた」

緋紗子が言った。静かだがよく通る、落ち着いた声音だった。

彼女の視線は、遊のほうを向いている。

「あなたが鷲見崎遊さん？」

「あ、はい」

遊が小首を傾げる。緋紗子の視線は動いていない。

「あの……私のことを、ご存じなんですか？　どこかでお会いしたことがありましたか？」

「いいえ。初めてだと思います」緋紗子はすぐに返答した。「ここに来たのは、あなたお一人？　それともほかに誰か？」

「あ、いえ」遊が、内心の動揺を隠すように早口で言った。「取材に来たのは私一人ですけど。それが何か？」

「そう……いえ、特に意味はないの」表情も変えずに緋紗子が答える。「何となく、訊いてみただけだから。ごめんなさいね」

緋紗子は、軽く会釈をして私たちに背中を向けた。彼女と遊の間に交わされた意味不明の会話に、麻奈美や須賀貴志が、不思議そうな表情を浮かべている。

私の存在を見透かしたともとれる緋紗子の言葉に、遊や私自身も少なからず動揺していた。

だがすぐに、私は気づく。食事当番である彼女は、単に夕食を食べる人数を確認したのだ。遊が同僚を連れてきていたら、一人分余計に作らなければいけないからだ。

ずいぶん回りくどい訊き方だった気はするが、考えてみれば、遊が試作人工知能のオーナーであることを、初対面の彼女に見抜けるはずがない。

そして彼女の質問には、少なくとも遊と私が、彼女に対して関心を抱くように仕向ける程度の効果はあった。案外、それが彼女の本当の狙いだったのだろうか。

「食事当番は交代制なんです」階段を下りていく緋紗子たちを指差して、麻奈美が説明した。「二人一組で、一人のスタッフが二日ずつ。ですから、一日ごとにペアを組む相手が変わります」

「一人ずつ、ずれていくわけですね」

少し考えてから、遊が言った。麻奈美はうなずく。

「最初は、男女でペアをつくるようにしていたのですけど……最近は男性スタッフも料理が上手くなりましたしね」

「食材は、《バブル》の中で自給しているんですよね？」

遊が訊いた。麻奈美は笑って首を振る。

「いいえ、そうなるのを目指してますけど、実際には違います」

「そうなんですか？」遊が驚く。

「ええ。自給率は、せいぜい一割といったところかしら。残りは全部、地上から運んでくるんです。設備が順調に動くようになれば、もう少しは自給率も上がると思いますけど、それでも完全な自給自足は無理。設備の規模や、供給できる食糧のバラエティが絶対的に不足してるんです。人手も足りてませんしね」

「竹野さんの話とだいぶ違いますね。それって……雑誌に書いちゃいけないのかしら？」

「さあ、どうでしょう。先ほど会った永田衣里が、養殖場の管理者だから、彼女に訊いてみたほうがいいかもしれません。永田は、海洋生物学が専門なんです」

麻奈美は『ラボB』と描かれたハッチの横のスイッチに触れた。電動式のハンドルがゆっくりと回転し、ロックが解除されていく。

「もう一人の、寺崎さんって方は？」ハッチが開くのを待つ間に、遊が訊ねた。

「彼女は医師です」

「お医者さん……ですか？　スタッフの中に病人が出たときに備えて？」

「それもありますし……」麻奈美は、ちらりと須賀貴志を見る。「閉鎖空間に長時間滞在する場合のストレスや心理状態を調べるのが、彼女の研究テーマなんです」

「それって……ここのスタッフが研究対象っていうことですか？」須賀貴志があわてて口を挟んだ。「じゃあ、兄のことも……」

「ええ……毎月の健康診断やカウンセリングの資料は残っているはずですよ。もちろん守秘義務があるからと言われて、私たちも見せてもらえませんでしたけど、身内の方だったら……」

そこまで言って、麻奈美は思い出したように付け加えた。「事件を調べに来た刑事さんたちも、当然その資料を見てるはずですけど」

「警察は、何か言ってましたか？」彼女の前に回り込むようにして、貴志が訊く。

「いいえ」麻奈美は即答した。「何も聞いていません。寺崎も、そういうことを口にする人間ではありませんし」

「そうですか……」

少年は、納得できないような表情でつぶやいた。

麻奈美の言葉が真実なのか、それとも何かの事情で知らないふりをしているのか、私にはわからなかった。遊は黙って、麻奈美の表情を眺めている。

ラボBユニットに続く通路は、十五度近い急な傾斜のスロープになっていた。床には滑り止めのゴムマットが敷かれている。高さは遊が、ようやく屈(かが)まずに通れる程度。長身の和久井などが通るには、少々難儀だろう。

「こっちの通路のほうが、すっきりしてますね」

パイプライン状の通路の天井を見上げて、遊が言った。

彼女の言うとおり、こちらの通路には換気用のダクトや電源ケーブルの類が見あたらない。ところどころに、蛍光灯の照明が灯(とも)っているだけだ。

「え？……ああ、ライフライン関係ですね」麻奈美が、にこやかに答える。「ホールやアパートメントもそうですけど、水や酸素、電力あたりは、この真下にある動力部(プラント)から、別のパイプラインで直接送られてくるんです」

「動力部(プラント)っていうのは……？」

「ビルで言うところの動力室みたいなものですね。空気清浄器や淡水の生成装置、変電装置と……あとは温水器とかいろいろ。いわば、《バブル》で暮らしている人間の生命維持装置です」

「そこに入ることはできますか？」遊は、カメラをちょっと持ち上げてみせる。

「取材ですか？」麻奈美は、少し考え込むように頬に手を当てた。「そうですね……私はほとんど立ち入ったことがないのでご案内できませんけど、和久井なら点検のために毎日巡回してますから」

私は、《バブル》の設計者のひとりだという男性スタッフの顔を思い出した。彼は、この建物のメンテナンスも担当しているのだ。

「あとで、私のほうから頼んでおきましょうか？」

麻奈美がそう言ってくれたので、遊は、お願いしますと頭を下げた。

ラボBと呼ばれている球体ユニットは、ハッチをくぐったところで二つの研究室に分かれていた。上の部屋を梶尾麻奈美が、下側を須賀道彦が使っていたらしい。ユニットの直径は、せいぜい八メートルほど。ホールなどより二回りほど小さい。そのせいか、このユニットの階段は中央ではなく入り口のすぐ隣にある。

麻奈美は、慣れた足取りで階段を降りた。

「この上が、梶尾さんの研究室なんですよね？」麻奈美のあとに続きながら、遊が訊いた。

「ええ。ROVの制御室と兼用ですけど。ご覧になります？」

「うーん」遊は、一瞬だけ悩んでから首を振った。「今はやめておきます。時間がかかりそうだから。お楽しみは、あとにとっておかないとね」

「お楽しみ、なんですか？」麻奈美が苦笑する。

「ええ。ロボットって、なんだかわくわくしませんか？　アイボなんかも大好きだったんですよ」

遊が、彼女が子どものころに話題になった、家庭用の犬型ロボットの名前をあげた。何種類かの簡単なセンサーと初歩的な人工知能を搭載しており、本物の犬と同様に飼い主の命令に従ったり遊んだりするという、高性能な玩具だ。

「アイボだったら、和久井の研究室にもありますよ」

麻奈美が少し可笑しそうに言う。皮肉屋の彼とペットロボットの取り合わせが微笑ましいと思っているのかも知れない。

「ROVも、あのくらい可愛ければ良かったんですけど。深海作業用ロボットですからね。あまり期待しないでくださいね」

彼女はそう言うと、須賀道彦の研究室の扉に手をかけた。

スチール製のドアノブの横には、比較的真新しい大きな傷跡が残っていた。バールのようなもので、乱暴にこじ開けたような痕跡である。

「これは？」先に須賀貴志が、その傷跡に気づく。

「ええ」麻奈美は淡々とした口調で答えた。「須賀さんが亡くなったときに、この鍵を壊して入ったんです。ええと、坂崎と、和久井と、私で……」

「鍵は……内側からかかっていたんですね？」

遊は、海上で竹野から聞いた情報を確認した。麻奈美がうなずく。

「そうです。鍵は彼が……須賀さんが持っていたので……」

「須賀さんと一緒に部屋の中にあったんですね。他に鍵は？」

矢継ぎばやに繰り出される遊の質問に、麻奈美は少しだけ不快げな表情を浮かべた。だが、隠すほどのことではないと判断したのだろう。ため息をついてから、丁寧に答えてくれる。

「いえ、鍵は一本だけしかないんです。あとはマスターキーが一本あるんですけど、それも須賀さんのポケットの中にありました」

つまり、この部屋に入るには、ドアをこじ開ける以外に方法がなかったわけだ。逆に言えば、この部屋を外から施錠することは不可能だったということでもある。中にいた須賀道彦以外、ドアに鍵をかけられる人間はいなかったのだ。

「合い鍵が他にあったという可能性はないですか？」貴志が訊いた。

《バブル》のスタッフを疑っているともとれる発言だったが、麻奈美は怒らなかった。困ったような形に、唇の端を動かしただけだ。

「警察の方が何も教えてくれなかったので和久井に聞いた話ですけど」麻奈美は、鍵穴の部分を指差す。「このタイプの鍵は、専門のメーカーに特注しないと合い鍵が作れないらしいんです。和久井の研究室にある切削器程度では、絶対に複製は無理だとか……」

「そうですか……」

須賀少年は、まだ納得しきれないような表情を浮かべている。麻奈美がドアノブを引くと、鍵が壊れたままの扉は、気まずそうな音を立てて開いた。

4

《バブル》の狭苦しい通路を見慣れていたせいか、須賀道彦が使っていた海洋環境学研究室は、想像していたよりも広く感じた。球体ユニットの湾曲に合わせて、なだらかに傾斜した壁面には、各種の棚や実験機材が機能的に配置されている。無数の測定装置と制御盤が埋め込まれたその光景は、映画で見た潜水艦の内部に似ていた。

麻奈美が、研究室の照明をつけた。計器類のモニターには、水温や流速、海水中に溶けている各種元素の割合などが、刻々と映し出されている。そのデータを集め分析する人間がいなくなっても、残された機械は与えられた使命を果たすべく、休むことなく動き続けているのだ。その光景はどこか薄ら寒く、そして哀れでもあった。

最初に写真を何枚か撮ったあと、遊は須賀貴志に道を譲った。貴志は、すみません、と小さな声で言ってから、今は亡き兄の研究室に足を踏み入れる。遊は、カメラをポケットにしまってから、彼のあとに続いた。

梶尾麻奈美は、入り口のドアを背中で押さえたまま立っていた。彼女はどうやら、部屋に入るつもりはないらしい。腕を組み、ほのかな人工の明かりに照らされたその姿は、なかなか魅力的である。だが、かつての同僚の弟を見る表情には、さすがに複雑な感情が浮かんでいた。

「綺麗な部屋ですね」

研究室を見回して、遊がつぶやく。たしかに須賀道彦の部屋は、研究室という言葉から連想される雑然としたイメージに似つかわしくない。この雰囲気は、むしろ発電所などの制御室に近いものがある。

「紙がないからでしょう」麻奈美がその理由を説明した。「ここでの作業には、紙は事実上、使用しません。紙は《バブル》内で生産できないし、再利用もできませんから」

「不便ではありませんか?」

遊が訊いた。麻奈美の言葉通り、この部屋にはプリンターやコピー機はおろか、メモ用紙さえも存在しない。

「いいえ」麻奈美は逆に不思議そうな表情を浮かべた。「地上とのやりとりや、スタッフ間の連絡は電子メールで事足りますし、研究データもすべて電子情報の形で記録していますから」

「二言目には書類を作って出せと言う、小うるさい上司もいないし？」

遊が悪戯（いたずら）っぽい口調で言うと、麻奈美は柔らかな笑みを浮かべた。

「それに、こういう閉鎖空間では、紙を使うデメリットのほうが大きいんですよね。保存に必要な場所も限られているし、揮発性のインクに含まれているほんのわずかな有毒物質だって、空気を循環して使っている私たちには脅威です」

「なるほどね」遊が感心したようにうなずく。

「だから……兄は遺書を残さなかったんですか？」

突然そう質問したのは、須賀貴志だった。彼は、自分の兄が愛用していた――おそらくは死の瞬間まで座っていた机を、じっと見下ろしている。アルミ製のパソコンデスクには、一台のノートパソコンが外部モニターに接続されたままの状態で残されていた。

「いいえ、遺書は残っていたんです。ただ……」

「プリントアウトされていたわけではなかった。このパソコンに、それらしい文面が打ち込まれていただけで」貴志は、麻奈美を非難しているような口調で言った。「当然、署名もなかったし、兄が書いたと特定できるような内容があったわけでもない、と聞いてますけど」

「書きかけの状態だったんです」麻奈美が、少し強い口調で反論した。「遺書が途中で途切れていたことを言っておられるのでしたら、それを書く前に須賀さんは意識を失ったんだと思います」

「ちょ、ちょっと待ってください」険悪な雰囲気になった二人の間に、遊が割ってはいる。「意識を失ったというのは、どういう意味です。須賀さんは、どういう死に方をなさったんですか？」

「手首を切ったんです。睡眠薬を飲んで」貴志が答えた。

「朝になっても須賀さんが起きてこないのを不思議に思った私たちが、扉の鍵を壊して入ったときには、もう……」麻奈美が補足する。「須賀さんは、夜遅くまで一人で作業をしていることが多かったので、発見が遅れたんです」

「え……？」遊が、訝しげに眉をひそめた。「睡眠薬を飲んで手首を切ったあとに、遺書を書き始めたってことですか？　それって、何か変じゃありません？」

「いえ」麻奈美が否定した。「ええ、そう。私たちも最初は変だと思ったんですけど、刑事さんたちが言うには、特にめずらしいことではないそうです。むしろ、こういう衝動的な自殺では、ちゃんとした遺書がないケースのほうが多いんですって」

「衝動的な自殺……」

「え、ええ……」しゃべりすぎたことを反省したのか、麻奈美は少し声のトーンを落とした。「衝動的、ですよね……一緒に暮らしていた私たちでさえ、彼が自殺するほど追いつめられているなんて、夢にも思いませんでしたから。それを不注意だと責められるのなら、その通りだと思います……」

麻奈美はそう言って目を伏せた。須賀貴志も彼女から目をそらす。

「見たところ、この部屋には刃物らしいものがありませんけど……」

紙や鉛筆を使わないのだから、当然この部屋にはカッターナイフもペーパーナイフも存在しない。それに気づいた遊が訊ねる。

「須賀さんが手首を切った凶器って、何だったんですか？」

「凶器だなんて」麻奈美がくすっと笑った。「鷲見崎さん、探偵みたいですね」

「変ですか？」

「いえ、ごめんなさい。須賀さんが使ったのは、包丁です」

「包丁？」

「ええ、厨房に備え付けてあるキッチンナイフです。たしか……このくらいの長さの万能ナイフだったと思いますけど」

麻奈美は、そう言って刃渡り十センチほどの大きさのナイフを宙に描いてみせる。遊は憮然とした表情でうなずいた。きちんとした遺書はなく、凶器は誰もが持ち出せる場所にあった。こうなると、須賀少年が他殺の可能性を疑うのも無理はない。警察も頭を抱えたことだろう。

自殺説の最後の拠り所になったのは、やはり密室であったという現場の状況だ。

自分が使っていた鍵だけでなくマスターキーまで研究室に持ち込んだのは、同僚のスタッフに殺人の疑いがかからぬように、という須賀道彦の最後の気配りだったのだろうか。外部の人間が出入りできない以上、殺人者は最後まで中に残っていた人間だけ、すなわち須賀道彦本人以外にあり得ないことになる。

しかし、それを事実として受け入れるためには、本当にこの部屋に出入りする方法がなかったのかが実証されなければならない。そして多くの場合、絶対にできないことを証明するのは、できるということを立証するよりも困難だ。それは、この《バブル》という特殊な空間でも例外ではない。

「このハッチは？」

遊は、研究室中央の床にある小さなハッチに気づいて屈みこんだ。七十センチ四方ほどの大きさの四角いスチール製のハッチが、平行して二つ並んでいる。鍵穴はあったが鍵はかかっておらず、遊がバネ仕掛けのスイッチを強く押すと、弾（はじ）けるような金属音が響いてはめ込み式の取っ手が浮き上がった。

「メンテナンス用の通路だと思います。動力部（プラント）の補修をするための」

「動力部（プラント）に続いているんですか？」

そう訊ねながら、遊は無断でハッチを開けた。須賀少年も、真剣な表情でそれをのぞき込む。そんな彼に気を遣ってか、麻奈美は何も言わない。あきらめたような顔で、二人の独断専行を見守っているだけだ。

左側のハッチを見て、須賀貴志は落胆した表情を浮かべた。垂直に下方へと延びた狭いダクトには、観測機材用の電源ケーブルやコード、束ねたLANケーブルなどがごみごみと詰め込まれており、とても人の入れる隙間はない。換気設備のない通路には、埃（ほこり）がうっすらと積もっていた。

遊は続いて、もう片方のハッチも開ける。

こちらのダクトもやはり垂直に降り立つ狭いものだったが、隣のものとはだいぶ様相が異なっていた。ダクトの内部には何もなく、かわりに金属製の外壁に簡易な鉄パイプ製の梯子が溶接されている。明らかに、人間が通れるように設計されているのだ。

「その通路は、浄水設備のタンクにつながっています」

真剣な表情でダクトをのぞき込む遊たちに、麻奈美のほうから説明してくれた。

「タンクっていうことは、中に入ってるのは水ですか?」遊が訊く。

「ええ、真水ですね。《バブル》内部で利用するために減圧した水です。浄水処理された循環水と、外部から取り入れた海水を濾過（ろか）した水は、いったんそのタンクに集められることになっています。通路がいきなりタンクにつながっているのは、動力部（プラント）ユニットの外壁の一部を、給水タンクと共用しているからだと聞いていますけど」

「じゃあ、タンクの中を通って他のユニットに行くこともできるんじゃないですか?」遊が興奮した口調で叫んだ。

「いえ」麻奈美は、表情も変えずに首を振る。「タンクの内部は、常に満水に近い状態になってます。一般の上水道に近い構造になってますから。たしかにタンクに出入りするための通路は各ラボに用意されてますけど、そこを通って行くのは不可能です」

「不可能っていうのは、人間が入れないってことですか?」遊は食い下がる。

「あ、不可能だというのは刑事さんたちの言葉ですけど」麻奈美が訂正した。「和久井が言うには、タンクの中を移動するには問題が三つあるそうです。入口側と出口側の二つのハッチを開閉するために必要な時間と、タンクの中を移動する時間を合わせると、最低でも五分間は息を止めていなければならないということ。もうひとつは、タンクの中で不規則な水の流れがありますから、それに流されないように移動するにはかなりの体力が要求されること」

「もうひとつは？」遊が、すぐに質問する。

「全身がずぶ濡(ぬ)れになってしまうこと、ですね」麻奈美が苦笑いを浮かべた。「シャワー室のある居住区画(アパートメント)の中ならともかく、ラボから濡れ鼠(ねずみ)で出てきたら、いくら何でも目立ちますから。自分が犯人なら、そんな危険を冒すよりも鍵をかけないまま部屋を出るほうを選ぶ、というのが和久井の意見でした」

なるほど、と私は思う。たしかに、犯行を終えたあとで個室に戻るためには、いったんホールを通らなければならない。あの複雑な構造のユニットには隠れる場所もないし、人目につかないタイミングを計る、というのも困難だ。人通りも多いから、偶然、誰かと遭遇する可能性は高い。

たとえ密室でなくても、自殺と判断される程度の偽装はほどこしてあるのだ。彼の言うとおり、危険を冒してまで密室を作る必要はないだろう。警察もその意見を採用したわけだ。それにしても、犯人という物騒な言葉を使うのが、いかにも皮肉屋の和久井らしい。

遊は、静かにハッチを閉めた。須賀少年は、ひどくがっかりした様子で、持ち主のいなくなった部屋をあとにする。

「なんだか不思議ですね」張りつめた雰囲気を和ませようとしたのか、遊がいつになく明るい口調で言った。「海の中で暮らしているのに、水があって濡れちゃうから通れないなんて」

梶尾麻奈美は優しく微笑んで、鍵が壊れたままの研究室の扉をゆっくりと閉めた。

5

私たちがホールに戻ったときに、ちょうど佐倉昌明たち三人の助手も居住区画(アパートメント)のほうから歩いてくるところだった。荷物を個室に置いてきたところなのか、彼らは全員手ぶらで、上着を脱いでいる。

「荷物の搬入は終わったの？」梶尾麻奈美が彼らに声をかけた。「ご苦労様」

「夕食の時間、変わってませんよね」昌明が訊く。

「ええ。もうそんな時間？」麻奈美が腕時計を見る。「じゃあ、私たちも食堂に行ったほうがいいですね」

「ミーティングか何かがあるんですか？」少し焦った様子の彼女を見て、遊が質問した。

「いいえ。でも、朝夕の食事の時間は、遅刻厳禁なんです」

「ああ……当番の方が後片づけに困るからですね？」

「それもありますけど」麻奈美が笑う。「食事はセルフサービスで早い者勝ちだから、遅れて行くと悲惨なことになるんです」

「ここじゃあ、夜中に腹が減ったからといってコンビニに買い出しに行くわけにもいきませんしね」昌明がそう付け加えた。

六人はアクリル樹脂の扉を開けて、食堂に足を踏み入れた。

食堂はけして広くないが、比較的天井が高いので息苦しさは感じない。ホールの内部を仕切る壁が透明なのも、スタッフに圧迫感を与えないためだろう。食堂は娯楽室を兼ねているのか、奥の壁に大画面の壁掛けテレビが設置されている。

ユニットの形状に合わせて設計されたらしい、大きな楕円形のテーブルが、食堂の中央に置かれていた。大学の学生食堂に置かれているような安っぽい造りだったが、施設に滞在している人間が、どうにか全員座れる大きさだ。

テーブルにはすでに一通りの料理が並んでおり、永田衣里と寺崎緋紗子が食器を運んでいるところだった。もうひとり、緑色のポロシャツを着ている男が、電子ブックプレイヤーを片手に座っている。

「坂崎さん、お久しぶりです」佐倉昌明が男に向かって挨拶をした。無愛想な依田加津美も、頭を下げる。

「おお、来たな」

坂崎と呼ばれた男が、電子ブックを置いて立ち上がった。身長は遊よりも低いくらいだが、肩幅が広くがっしりとした体型をしている。海底で九カ月も暮らしていた割には健康的に日焼けした色の肌をしており、いかにもスポーツが得意そうな印象だった。研究者にしては、めずらしいタイプかもしれない。常駐スタッフの中では、明らかに彼が一番年上だろう。それでも、四十歳にはなっていないと思われた。

「また三カ月、君らと一つ屋根の下で暮らすことになるわけだな。よろしく頼むよ」坂崎がそう言って歯を見せる。

「坂崎さん、その表現はちょっと」佐倉昌明が苦笑した。「せめて、同じ釜の飯を食う、ぐらいにしておいてもらえませんか」

「ああ、そうか」

坂崎が豪快に笑った。その様子を見て、綱島由貴が噴き出した。坂崎は、それで彼女の存在に気づいたようだ。

「ああ綱島くん。悪かったね」いかにも人の好さそうな笑顔を浮かべて、大きな声で坂崎が言う。「せっかく地上に戻ったばかりだったのに、また呼び戻したりして」

「いえ」綱島由貴が首を振った。

「そちらのお二人が須賀くんの弟さんと……」

「東邦サイエンスの鷲見崎です」遊が深々とお辞儀をした。

「坂崎武昭です。いちおう、《バブル》の主任を任されています。今回はうちの施設を雑誌で取り上げてくださるそうで」

「ええ。すみません、ご迷惑をおかけします」

「いえいえ、こちらも助かるんですよ。いろいろと話題になるだけでも、来年度の予算要求がやりやすくなりますからね」

正直な感想を口にして、坂崎は笑った。

佐倉昌明が坂崎の隣に、依田加津美と綱島由貴が、その隣に座った。どうやら、席は特に指定されていないようだ。麻奈美と須賀少年も席に着いたので、遊も彼らに倣った。その前に、写真を撮ることも忘れない。

「これは何ですか？」

食卓に置かれた見慣れない料理を見つけて、遊が訊く。緑色をした半透明の直方体だ。蒟蒻のようにも見えるし、ゼリーと思えないこともない。

「デザートよ」少し自慢げな口調で、永田衣里が言った。「《バブル》内の培養施設で品種改良したテングサが主原料で、フノリから精製した糖類で味付けしてあるの」

「《バブル》の特産品ってわけですね」遊が感心したように言って、写真に収める。

「低カロリー、高タンパク。栄養価も高い」坂崎が衣里の代わりに続ける。「基本的に、海の植物のほうが陸上の植物よりも高栄養だ。陸上の植物は、重力に耐えて生活しなければいけないから、セルロースばかりが無駄に多い」

「これで、もう少し味が良ければ言うことないんですけどね」依田加津美がぼそりと言った。

「これでも品種改良は進めてるのよ」永田衣里が、加津美を睨む。「文句を言うのは、食べてからにして」

「すいません」加津美が衣里のほうを見ないまま謝った。食堂に気まずい沈黙が流れる。

「和久井くん、遅いわね」

それまで黙っていた寺崎緋紗子が、絶妙のタイミングで口を開いた。

彼女は私服の上に、共用品らしいエプロンを着けている。エプロンはフリルのついた可愛らしいデザインだったが、正直に言ってあまり似合っていない。まるで、美術館の彫刻が食事の支度をしているような違和感がある。

「先に始めちゃいますか？」

永田衣里が冷たく言う。食事当番としての仕事を、少しでも早く終わらせたいのだろう。

「私、呼んできましょうか？」入り口に一番近い場所にいた梶尾麻奈美が立ち上がった。

「今日資材が届いたばかりだから、チェックに手間取っているのかも」

「ああ、悪いけど――」

坂崎がそう言いかけたとき、タイミングよくハッチが開く音が聞こえた。待っている人間の神経を逆なでするような、のんびりとした歩調で和久井が姿を現す。

「おや、ひょっとして待っててくれたのか？」テーブルに座った全員をざっと見渡して、和久井が訊いた。「嬉しいねえ」

「いいから早く座りなさいよ」

永田衣里が言う。相変わらずぶっきらぼうな口調だったが、その声はいつもより少しだけトーンが高いように思えた。

「はいはい」

和久井は肩をすくめながら、遊の隣に腰を下ろす。それから、テーブルの上に置かれたワインのボトルを見て嬉しそうに目を細めた。

「こいつはありがたいな。君たちのお陰だ」

「え？」遊が不思議そうな顔をする。

「《バブル》内では、アルコール類は原則禁止なんです」と麻奈美。「飲めるのは、スタッフの誕生日や送別会など特別なときだけ。酒気を帯びたまま動き回るだけでも、危険が多い場所ですからね」

「普段は寺崎女史が厳重に管理してるからな。俺たちは怖くて手が出せない」大仰に両手を広げながら和久井が言う。「まあ、本当は全面禁止になるところを、彼女が直訴して特例を認めてもらったんだからな。文句は言えないが」

「へえ……」遊が感心したように緋紗子を見る。

「あまり厳しくして、医療用のアルコールに手を出されたりしても困りますから」

硬質な美貌の彼女は、にこりともせずにそう言った。

晩餐（ばんさん）のメニューは、海藻サラダと魚粉製のミートボール、そして先ほど説明してもらったゼリーを除けば、すべて地上から運び込まれた食材で作られていた。レトルトのソースで味付けしたパスタやグリーンピースのスープなどだ。

食事が始まると、坂崎がスタッフ全員の職種や役割などを、もう一度簡単に説明してくれた。

坂崎自身が研究しているのは地球物理学だ。専門分野はプレートテクトニクス理論で、特に地殻熱流量や地磁気、地震波の測定などを地震予知に結びつけようというのが目的である。

梶尾麻奈美の研究テーマは、微生物を利用した水中の貴金属元素の集積。個々の微生物に含有されている重金属は微々たるものだが、それが食物連鎖によって次第に濃縮されるのを利用しようというのである。しかし、現段階ではまだ、海底から採取した各種試料の分析に追われているのが現状らしい。

永田衣里が携わっているのは、深海底での養殖、栽培に耐え食用に適した海中生物の研究である。

一般に太陽光の届かない深海底では、栄養塩類を消費するプランクトンが発生しない。その上、海の上層からは生命を終えた生物が沈んできてはバクテリアによって肥料分へと還元され続けているのだ。この栄養に富んだ底層水が、自然の対流により湧昇しているのが、世界第一位の漁業国である南米ペルーの沖合である。

残念ながら、深海底では海水中に含まれている酸素濃度が低く、生物の繁殖には向いていない。だが、それを人工的に補ってやることができれば、年々減少の一途をたどる水産資源を大増産できる可能性がある。人口爆発による食糧危機を救う切り札になり得るのだ。

黙って衣里の説明を聞いていた和久井が、遊にしか聞こえないくらいの小さな声でつぶやいた。「そうです、教授。海はわたしに必要なものをすべて提供してくれます。この豊かで尽きることのない母なる海は、われわれに食物を提供してくれるだけではありません。着るものも与えてくれるのです――」

早くも酔いが回っているのか、彼の瞳はかすかに潤んでいる。

「ジュール・ヴェルヌですね」遊が素早く彼に囁いた。「ノーチラス号のネモ船長が、アロナックス教授に語った台詞」

「そう」和久井がうなずく。それから彼は、いつもの皮肉げな笑顔を浮かべて何かを言おうとした。だが、彼は結局何も言わず、首を振って黙り込んだ。

助手の三人も研究テーマを持っており、彼らはそれぞれ簡単に自分で説明した。意外なことに、彼らの中で一番詳しく話を聞かせてくれたのは依田加津美だ。綱島由貴の予言通り、彼女は夜になったとたん別人のようによくしゃべるようになった。もっとも、ぼそぼそとした機嫌の悪そうな口調はそのままだ。彼女の研究テーマは海水の循環に関するもので、研究機材は坂崎武昭と共用だった。

反対に綱島由貴は、ほとんど話をしなかった。彼女の研究テーマは、永田衣里と同じ海中生物学なので、話すべき内容が残っていなかったのだろう。

「じゃあ、すいません。俺はこれで……」自分の順番がくる直前に、佐倉昌明はそう言って席を立った。時刻は午後九時を回っている。「荷ほどきが残っているもんですから」

それを合図に、永田衣里と寺崎緋紗子が食器の片付けを始める。坂崎と麻奈美も、ルーチンの作業が残っているからと言って退席した。

「つき合いの悪い連中ばかりだな」

和久井がわざとらしく嘆息する。憎まれ口ばかりきいているが、このタイプは本質的に寂しがり屋なのだ。残ったのは彼と助手の女性二人、あとは遊と須賀少年だけ。共通の話題を探しているうちに、自然と死んだ須賀道彦の話題になる。

遊は、特に彼が死んだときの状況について積極的に質問した。酒が入っていることもあってか、和久井たちの口は思ったよりも滑らかだった。だが、梶尾麻奈美から引き出した以上の情報は、ほとんど手に入らなかった。新しくわかったのは、彼が死んだとき部屋に残されていたコーヒーカップから、睡眠薬が検出されたということくらいだ。

須賀道彦がコーヒー好きだったのは、弟の貴志も証言している。そういう意味では、彼が睡眠薬をコーヒーに入れて飲んだとしても不自然ではないのかもしれない。須賀道彦が使った睡眠薬は、もともとは梶尾麻奈美が所持していたもので、処方したのは医師でもある寺崎緋紗子だった。麻奈美が緋紗子から定期的に睡眠薬を受け取っていたのは、スタッフの全員が知っていたらしい。麻奈美は道彦が自殺する数日前に、自分の研究室に置いてあった睡眠薬がなくなっていたことに気づいていたが、まさか盗まれたとは思っていなかったと言っている。

「結局、やつは真面目過ぎたんだよな」和久井が、誰に言うともなく口を開いた。「自殺するくらいなら、研究なんかやめちまえばよかったんだ。そうすりゃ、こんな海の底でウジウジ暮らす必要もなくなる」

「和久井さんは、道彦さんはやっぱりノイローゼだったとお考えなんですか?」遊が訊く。

「ほかに何がある?」和久井が、グラスに残っていたワインをあおった。「殺されたってんなら、話は別だぜ。ああ、女がらみだなって納得がいく。あいつも、けっこうな色男だったからな。泣かしてる女も多いんじゃないかな」

「それはないんじゃないですか」依田加津美がけらけらと笑いながら言った。「和久井さんじゃあるまいし」

「言ってくれるね」和久井が澄ました表情で答える。「俺だって、こう見えても悩んでるんだぜ、いろいろと」

「和久井さんでも、早く地上に戻りたいと思っているんですか?」綱島由貴が突然訊いた。

須賀貴志に気を遣って、話題を変えようとしたのかもしれない。

「いや」和久井は、薄笑いを浮かべて否定する。「俺は広所恐怖症だからな。海の中で働ける職場は天職だよ」

それがマニアックなジョークであることに、遊はすぐに気づいて声を上げて笑った。他の三人はきょとんとした表情を浮かべていたが、和久井は満足そうだ。

「今度はクラークですね。そう言えば、和久井さんさっき何かを言いかけませんでしたか？ ネモ船長の台詞のあとで……」遊が訊いた。

和久井は、たいしたことじゃない、とでも言いたげに肩をすくめてみせる。

「ちょっと、須賀のことを思い出して感傷的な気分になっちまっただけだ……あの台詞の続きを知っているかい？」

「いいえ」遊が首をふる。

和久井は、きつく目を閉じて、詩でも詠(うた)うように静かに言った。

「この世は、いわば海から始まったもので、やはり海で終わるかもしれません。今、わたしはなんでも海からもらっていますが、いずれは海に帰ることになるでしょうね」

第三章

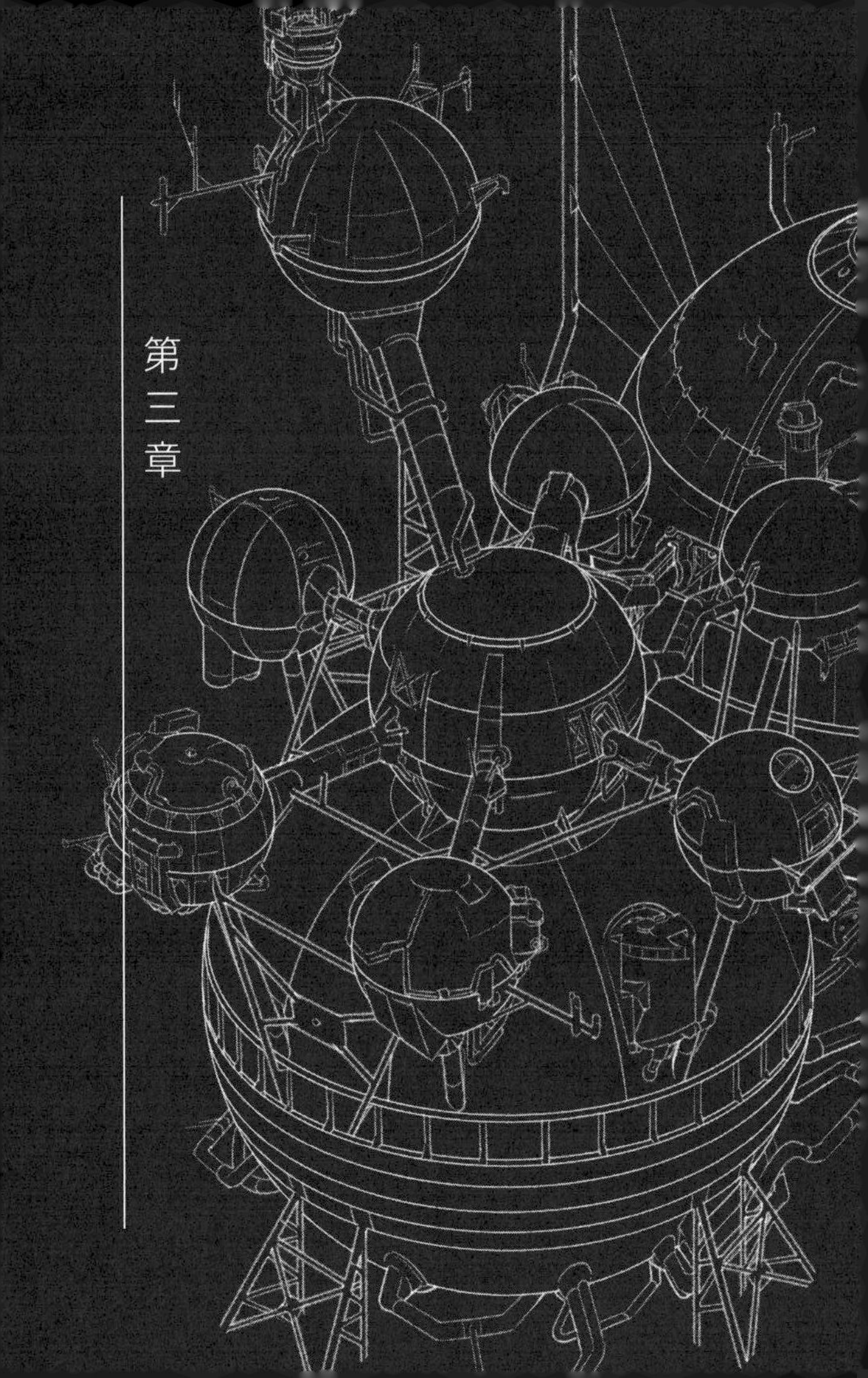

1

フットライトだけが照らす薄暗い個室のベッドに、遊は膝を抱えた姿勢で座っていた。

休むことなく循環するエアコンの風が、洗いっぱなしの彼女の髪をかすかに揺らしている。

暗く冷たい海底で人々の生命を維持するため、《バブル》の生命維持装置が眠ることはない。

遊もまた眠らない。

彼女は重度の不眠症――睡眠を必要としない特異体質なのだ。

夜が訪れるたび、遊は部屋の片隅に座り込み、身じろぎ一つしないまま朝を待つ。

野生生物のように覚醒したまま身体を休ませ、疲労した神経は白昼のつかの間のうたた寝で癒す。それが彼女の睡眠のすべてだった。彼女の眠りは安らぎではない。夢も見ない。

遊の夜は長い。

考える時間はいくらあってもありすぎるということはない。彼女はいつもそう言って笑う。彼女が無意味な謎解きに没頭するのは、その夜の退屈を紛らわすためなのかもしれない。

長すぎる夜に、孤独に震えないですむように――

こんなとき私は、自分が眠らないですむ機械であることを、ありがたく思う。

「ねえ、ミドー」囁くような声で遊がつぶやく。

「あなた、須賀道彦さんの死について、どう思う？」

「自殺だろう」

私は携帯デバイスの内蔵スピーカーを利用して答えた。子守歌のように、ゆっくりと。

「あんな不自然な状態だったのに？」毛布をかぶったままの遊が、不満そうに言い返す。

「そもそも自然な自殺なんてものが存在するのか？」

「……まあね」

「それに、自殺のほうがいい」

「どうして？」

「そのほうが安全だ」

「誰が？」遊の声に、わずかだが感情がこもった。

「君が。あるいは、スガ少年を含めた私たちが」私は続ける。

「そうか」遊が目を閉じたまま、びくりと肩を震わせた。「もし須賀さんを殺した人間がいるとしたら、犯人はまだ《バブル》の中にいる可能性があるわけね。七五パーセントの確率で」

「いや……」

私は彼女の答えを否定する。

当時《バブル》にいた人間は、殺された須賀道彦を除けば八人。そのうち二人の助手は、私たちと入れ替わりに地上に戻ったというのが、彼女の計算だ。だが——

「あまり考えたくないことだが、複数犯だったということもあり得る。最悪の場合、スタッフ全員が共犯だったとしても不思議ではない」

「そう……そうか。なるほどね……」

私の荒唐無稽な仮説を、遊はあっさりと受け入れた。こんなときの彼女は柔軟だ。薄情だとさえ思われかねないほどに。

「その場合、密室という条件も、ほかの何もかもが嘘だったということになるわけね」

「そう。警察がくる前に、口裏を合わせる時間は十分にあったはずだからな」

「そうなると厄介よね。同じ施設で働いている職員だもの。現場に指紋や毛髪が残っていたっておかしくないし、応急措置をしようとしたら死体にも手を触れないわけにはいかないだろうし……証拠なんて何にも残ってないじゃない」

「だから、あまり深入りしないほうがいい」

「いやよ」遊が強い口調で言う。「危ないから、調べるなって言うの？」

「警察だって、そのくらいの可能性は検討したさ。それで自殺だったと判定した。それを疑う根拠はない。彼らの意見を信じていれば安心だろう？」

「冗談言わないで」遊はうずくまったまま首を振った。「あたしは、そんなの嫌。割り切れないのは嫌なのよ。せめてあたしの目の前にあるものは、すべて真実だって胸を張っていたいの。ジャーナリストの端くれとしてね」

傲慢ともとれる言葉だったが、それを口にする遊の声は幼い子どものように弱々しかった。それは、不眠症のせいだけではあるまい。

「……もし、カジオ嬢から聞いた話が真実なら」

私は、できることなら嘆息したい気分で言った。もとより遊を説得できると思っていたわけではないが。「自殺説を覆すポイントはたった一つだ」

「犯人が、どうやってあの部屋を密室にしたのか、ってことでしょう？」遊が言った。

「でも、合い鍵の有無やメンテナンス用の通路は、どうせ警察が念入りに調べてるはずだし……」

「私たちは《バブル》の構造に対して、あまりにも無知だ。条件が悪いな」

「それでも調べるわよ、あたしは」

「取材も忘れずにな……」

「ああ……」遊はふっと苦笑を漏らした。「嫌なこと思い出させてくれるわね」

遊はそう言ったきり沈黙した。ようやく眠りに落ちたのかもしれない。瞬きのような儚い微睡だが、彼女にとっては貴重な休息だ。私は彼女の眠りを妨げないように、本体のディスプレイを消灯する。

時刻は、すでに明け方近いはずだった。太陽光が届かない《バブル》だが、生活サイクルは地上に合わせることになっている。海上勤務のスタッフとの兼ね合いだろう。深度四千メートルの海底では、水温は常に摂氏二度前後。音速は毎秒千五百メートルにも達する。その過酷な環境からスタッフを保護するため、《バブル》の壁は優れた断熱防音素材で覆われていた。屋根裏部屋と酷評された狭い個室も、静けさだけなら一流ホテルなみだ。

だが、その静寂は、突然のノックの音に破られた。

遊が身体を大きく震わせ、勢いよく頭を上げて身構える。きつく握りしめていた毛布が、彼女の肩からはらりと落ちた。

「鷲見崎さん、すみません。開けてもらえますか？」

くぐもった女性の声とともに、再びドアが乱暴に叩かれる。

遊は立ち上がって、ベッドに備えつけられていたデジタル時計を見た。午前六時十五分。朝食にはまだ早い。なにか緊急の事態が起きたのだろうか。遊は緊張した面持ちでドアを開けた。

扉の向こうには、梶尾麻奈美と永田衣里が立っていた。梶尾麻奈美はトレーナー姿で、寝乱れた髪のまま。永田衣里は普段着で化粧も済ませていたが、心なしか苛立ったような表情をしている。

「だから言ったじゃない」衣里が麻奈美を責めるような口調で言った。「この人が、あんなところに行くはずないって」

「そうですね、ごめんなさい」麻奈美が申し訳なさそうに頭を下げる。「鷲見崎さんも、朝早くにすみませんでした。ご無事ならいいんです。もうしばらくお休みになっていてください」

「あの、どうしたんですか？」遊が眉をひそめた。「無事ならって、何かあったんですか？」

「え、ええ……」麻奈美が、ちらりと永田衣里のほうを見る。

「誰かが倉庫(ストアハウス)の中に立てこもっているのよ」衣里が、不快げに鼻を鳴らしながら言った。

「迷惑な話だわ。おかげで朝食の支度もできやしない」

「立てこもっている？　誰かが中に入ったまま出てこないってことですか？」

「そうなんでしょうよ。内側から鍵がかかってるんだから」

「インターホンで呼んでも返事がないみたいなんです」麻奈美がもう一度頭を下げる。

「それで、もし誰かが中で事故にあってたらいけないと思って、全員の所在を確認させてもらってたんです。本当にすみませんでした」

まだ状況が呑みこめないのか、遊は怪訝な表情のまま首を振った。廊下からは、やはり睡眠を邪魔された依田加津美が綱島由貴と話す、不機嫌な声が聞こえてくる。

とにかく、何かトラブルが発生していることだけはたしかなようだ。遊は部屋に戻ると、私の本体とカメラを抱えて部屋を出た。不眠症の彼女は、夜だからといって寝間着に着替えたりはしない。

「あ……」

廊下に出てきた遊を見て、梶尾麻奈美が困ったような表情を浮かべた。立て込んでいるときに、部外者にうろつかれたくないと思ったのだろう。

「すいません。ご迷惑はかけませんから」

何か言いたげな彼女の機先を制して、遊が言う。麻奈美は小さなため息をついたが、何も言わなかった。永田衣里は、どうでもいいといった表情だ。

「どうだった?」螺旋（らせん）階段を上ってきた坂崎（さかざき）主任が、衣里に訊（き）く。

「女性は全員いるみたいですよ」衣里がぶっきらぼうに言った。「そっちはどうです?」

「佐倉（さくら）くんがいない」坂崎が真剣な顔で答える。「誰か、彼を見た人はいない?」

彼の質問に返事をするものは誰もいなかった。坂崎は困惑した表情で、まだ眠そうな目を何度もしばたたかせる。

「夕食のあとで、荷ほどきをするって言って個室に戻ったはずですけど」

遊がつぶやく。そのときは、たしかスタッフ全員がその場にいたはずだ。私と遊が彼の姿を見かけたのは、それが最後である。

「とにかく、倉庫（ストアハウス）に行ってみるよ」坂崎が言った。「誰か、和久井（わくい）くんを起こしてきてくれないかな。ひょっとしたら、ハッチを手動で開けることになるかもしれない」

「あ、わたしが」永田衣里が手を挙げた。

坂崎が螺旋階段を降り始めたので、遊もあとを追った。麻奈美も続く。

ホールの踊り場には、寺崎緋紗子が一人で立っていた。食事当番だった彼女は、永田衣里と一緒で、最初に倉庫の異変に気づいたはずだ。

倉庫へと続く、ホール側のハッチは開いている。どうやら開かないと問題になっているのは、パイプライン状の通路の奥――倉庫ユニット側の扉のようだ。

「寺崎くん、どう？ 様子は？」息を切らせながら、坂崎が訊く。

「なにも」緋紗子は冷静に言った。「インターホンは、応答してくれないのではなくて、つながっていないみたいですね。断線しているみたい」

「え？」坂崎の表情が険しくなった。「館内全部？」

「いえ、よそはつながっています。倉庫の中だけ」

「変だな」坂崎がうなる。

「ひょっとしたら、ハッチが開かないのも同じ原因かもしれませんね」緋紗子が淡々と続ける。「電源ケーブルが断線した、とか。そういうことって、ありえます？」

「メインとサブの回路が同時にダウンしたってことか……？」坂崎は腕を組んだ。「いや、ちょっと考えにくいな」

「そうですか」

緋紗子は無表情に言った。彼女は、倉庫のトラブルそのものには、あまり興味がないようだ。ここで待機していたのも、中にいる人間が負傷している場合に備えているだけだろう。

「あの……」遊は倉庫（ストアハウス）へと続く通路をのぞき込みながら言った。「ハッチが開かないのって、鍵がかかってるわけじゃないんですか？」

「いえ、このハッチには鍵はついていません」麻奈美が説明してくれる。

「え？　じゃあ、どうして開かないの？」

「ええ……」麻奈美の表情が曇った。「電動ハンドルの開閉機構に不具合が起きたか、何かがつかえているか……」

「それなら、たいした問題じゃないんだが」坂崎の表情も暗い。「緊急ロックだと厄介だな」

「緊急ロック？」遊が訊く。

「ユニットの中で致命的な事故が発生した場合、監視装置が作動してユニットを強制的に閉鎖してしまうんです」と麻奈美。「浸水と火災と、あとは有毒ガスの発生などの場合ですね。もちろん、中に人間がいる場合には手動で解除できることになってますけど」

「……それって、かなりまずい状況ですよね」

遊が言った。沈黙がその場にいた全員を包む。

「誤作動ということもあり得る」

坂崎が重々しい口調で言った。彼自身、その楽観的な言葉を、ほとんど信じていないのは明らかだった。

「佐倉くんひとりなら、エアコンが停止していても二、三日は酸素が不足するということはないでしょう？」麻奈美が、努めて明るい声で訊ねる。

「その場合は、気温のほうが心配ね」

緋紗子が落ち着いた口調で言った。

倉庫ユニットに続く通路は、研究室や居住区画のものと同じタイプで、直径一・八メートル足らずの狭いものだった。奥には見るからに頑丈そうな金属製のハッチ。ドアノブに相当する位置に、直径二十五センチほどの円形のハンドルがある。遊は通路の奥へと進んでハッチを開けようと試みたが、ハンドルは固くてとても回らなかった。

「やれやれ……こんな朝っぱらから迷惑な話だな」

しばらくして、遊の背後からぼやき声が聞こえてきた。永田衣里に呼ばれた和久井が、ようやく下りてきたのだ。彼は着古したトレーニングウェア姿で、髪の毛を無造作におろしている。頰には、無精ひげがうっすらと浮かんでいた。

「ちょっとどいててくれ」

和久井に言われて、遊は彼の後ろに下がる。和久井は壁にかかっていた鍵を使って、ハッチの横にあるパネルを開けた。パネルの中には、スイッチとLEDのランプが、整然といくつも並んでいる。ランプの半分ほどは緑色で、残りは赤く点滅していた。

「センサーが何個か死んでる。エアコンも止まっているな」和久井の表情が真剣なものに変わった。

「やはり緊急ロックだったのか?」坂崎が、和久井の手元をのぞき込んだ。

「そのようだ」和久井がうなずく。「どうする、坂崎さん。浸水はしていないみたいだが、緊急ロックを手動解除するかい?」

「中の気圧は?」坂崎が訊いた。

「正常値だ。センサーが狂ってるという可能性もないわけじゃないが、おそらく大丈夫だろう。中の温度や大気の状態は、ちょっとわからない」

「有毒ガスが溜まっている可能性もあるわけか」坂崎が少し考え込む。「よし。じゃあ、こうしよう。僕と和久井くんで、このハッチを開けてみる。ほかの者は全員、ホールで待機。ホール側のハッチは、念のため閉めておいてくれ」

坂崎の決定に異議を唱える者はいなかった。遊も、ここはおとなしく彼の指示に従う。ホール側のハッチが閉鎖されると、あとには女性ばかりが残された。

超然とした態度を崩さぬ緋紗子を除けば、他の三人はやはり落ち着かない様子をしている。分厚いハッチの向こう側で何が行われているのか、隔離された遊たちには見当もつかない。

だが、そんなじりじりと苛立つ時間も、長くは続かなかった。

五分と経たないうちに再びハッチが開いて、坂崎と和久井が姿を現す。どうやら、差し迫った危険はなかったようだ。

「だめだ」最初に口を開いたのは和久井だった。「照明が全部いかれている。何も見えない」

「とりあえず、懐中電灯が必要だな……梶尾くん」

坂崎に言われて、出口近くにいた梶尾麻奈美がうなずいた。各ユニットの出入り口付近にはすべて、充電式の非常用懐中電灯が備えつけられている。ホールユニットの中だけでも、すぐに三本の懐中電灯が集まった。

「この匂い……」生物を扱う永田衣里が、通路から漂う異臭に最初に気づいた。「何か焦げ臭い匂いがするわね」

「どうやら火事があったみたいだな」和久井が言う。「それが緊急ロックの原因だ」

「火災報知器は鳴らなかったわね」緋紗子が冷静につぶやく。

「たしかにな」和久井が前髪をかき上げた。「言っておくが、俺の怠慢じゃないぜ。火災報知器の点検は年に一回でいいことになっている。今はまだ、メーカーの保証期間だって終わってない。新品同様だ」

「そう……けれど警報は鳴らなかった」

緋紗子は、表情を動かさなかった。和久井は、居心地悪そうに彼女から目をそらす。

懐中電灯は、和久井と坂崎、そして緋紗子が受け取った。彼らが先頭に立って、一同は再び倉庫(ストアハウス)ユニットへと向かう。和久井が手動解除とやらの手続きを済ませたのだろう。さっきまでびくともしなかったハッチは、呆気(あっけ)なく開いていた。

倉庫(ストアハウス)ユニットの大きさは、ラボなどとほぼ同じ程度だろうか。

外部からの光がまったく射し込まないその内部は暗い。窒息しそうな圧迫感があり、それでいて、どこまでも深く果てしない闇が続いているようにも思える。

何人かが、ハンカチを出して鼻に当てた。ユニットの入り口が近づくにつれ、鼻をつく異臭が強くなる。

ハッチをくぐったところで、先頭を歩いていた坂崎が足を止めた。何かの気配を感じたのか、彼はきょろきょろと周囲を見回す。そして螺旋階段の奥へと懐中電灯を向けた。

「ひっ！」

永田衣里が短い悲鳴を漏らす。

坂崎の懐中電灯は、床にうずくまる奇妙な影を照らしていた。

濡れたような質感の表面が、クリプトン球の光を妙に生々しく反射する。

真っ先に目についたのは焼け残った靴と衣服。

壁からだらりと伸びたコードと、溶けたプラスチック。

そして、黒く煤けた肌。

力無く投げ出された手足。

それは、焼け焦げた人間の死体だった。

2

私は最初、それが人間の身体だと気づかなかった。

それは死者の姿勢にも原因がある。正座した状態で背中を丸めた、とでも表現すればいいのだろうか。その死体は、ひどく奇妙なポーズを取っていたのだ。直立した状態で瞬時に絶命して力尽きたら、あるいはそんな死に様になるのかもしれない。

ぼろぼろに炭化したその姿からは、人相などを判別することはできない。だが、がっしりとした肩幅と、かろうじて焼け残った革のジャンパーから、その死体が佐倉昌明（まさあき）であることがわかった。

「うぐ……」

異臭に耐えかねたのか、永田衣里が口元を押さえて背中を向けた。その肩を抱きながら、梶尾麻奈美もユニットを出る。彼女の顔色も悪い。

坂崎は平静を装っていたが、その額をしっとりと脂汗が濡らしていた。和久井と遊は呆然（ぼうぜん）とした状態。一番冷静なのは、やはり医師である寺崎緋紗子だ。

彼女は、昌明の隣に屈（かが）み込むと、懐中電灯で照らしながら念入りに検分を始めた。さすがに素手で死体に触れたりはしないものの、顔色一つ変えていない。火災が発生したと聞いたときに、彼女はすでに、この最悪の事態を想定していたのかもしれない。

あちこちが炭化したユニットの内壁も、すでに冷たくなっている。倉庫（ストアハウス）ユニット内の火災は、完全に鎮火していた。倉庫（ストアハウス）内に放置されていた可燃物が燃え尽きてしまったのが原因だ。

だがそれだけではない。

死体に魅入られたように、ふらふらと倉庫（ストアハウス）の奥に進もうとした遊の肩を、さっきまで死体から目をそらしていた和久井がつかんだ。

振り返った遊を無視して、和久井が叫ぶ。

「坂崎さん、あまり奥に行かないほうがいい！　いったん出よう！」

「どういうことだ？」坂崎が訊く。

「あとで説明してやる。いいから出るんだよ！」

いつになく真剣な口調で、和久井が怒鳴った。

そんな彼に気圧されるようにして、坂崎が戻ってくる。

「二酸化炭素中毒ね」緋紗子が立ち上がりながら言った。

「ああ……」遊の背中を急かすように押しながら、和久井がうなずく。「すっかり失念してたぜ。エアコンが停止してたのは、故障じゃない。センサーが火災を感知して、酸素供給をストップさせたんだ」

「鎮火したのは、燃焼に必要な酸素を使い尽くしたせい？」

緋紗子が、大きな瞳で和久井をじっと見る。

和久井は、肩をすくめて曖昧な表情を浮かべた。「たぶんな」

「エアコンは直るのか？」坂崎が、額の汗を拭いながら訊ねる。

「わからないな。エアコンの本体にダメージがなければ、すぐにも運転を再開できるはずだが、これればかりは調べてみないと何ともいえない」和久井が首を振った。

「動かない場合はどうなる?」

「どうにでもなるさ。さっきチェックしたときには、二酸化炭素を除去するためのフィルターは動いてたからな。あとは、どこかから酸素を送り込んでやれば済むことだ。エントランス・ポートのダクトから、分岐させるのが一番手軽だな。どっちにしても、午前中いっぱいは倉庫(ストアハウス)に入るのは無理だと思う」

「それまでは、調査はおあずけか」坂崎がため息をつく。

「朝食もな」

和久井は、面倒くさげな口調で言った。

四人がホールで立ちつくしていると、まもなく永田衣里と梶尾麻奈美が戻ってきた。綱島由貴と依田加津美も一緒だ。衣里たちに話を聞いたのか、彼女たちの表情も硬い。永田衣里は泣いていたのか、目元の化粧がにじんでいた。

「須賀くんは?」遊が訊く。

「部屋にいたのは確認してある」

坂崎が答えた。彼もようやく冷静さを取り戻してきたようだ。遊が、ほっとしたような表情を浮かべる。

「まだ彼には事情を説明していない。もうしばらくは、部屋にいてもらおう」

「ずっと隠しておくわけにはいきませんよ」緋紗子が、坂崎の願望を見抜いたように言った。「狭い施設ですからね。黙っていてもすぐにわかります。鷺見崎さんもそうですけど、彼も明後日の夕方までは、ここで過ごさなければいけませんし」

「わかってるよ」坂崎が苛立ったようにつぶやく。「事故原因がはっきりするまでは、余計な心配をさせたくないだけだ」

緋紗子は黙ってうなずいた。

和久井が「修理用の工具を取りに行く」と言って、自分の研究室に向かう。

残された人間は、誰が言い出すともなく食堂のほうへと移動した。すでに時刻は七時を回っている。目覚めたばかりだと言うのに、全員がひどく疲れた表情をしていた。死人が出たことが、やはりショックだったのだろう。

寺崎緋紗子が全員の分のコーヒーを淹れてくれた。梶尾麻奈美が給仕を手伝う。飾り気のないステンレス製のマグカップを受け取って、遊は少しだけほっとしたような表情を浮かべた。

「まず……状況を確認しよう」緋紗子たちが席に着くのを待って、坂崎が切り出した。「原因はあとで詳しく検証するとしても、わかっていることだけでも今のうちに整理しておきたい」

「あの部屋の気温は、ずいぶん低かったですね」

真っ先に口を開いたのは遊だった。彼女と佐倉昌明は、昨日知り合ったばかりだ。ここにいるメンバーの中では、彼女がもっとも冷静な視点を持っている。

「それはエアコンが停止したせいでしょう。《バブル》の外気温……いや水温は零度に近いですからね」

「でも、火災の直後ですよ？」遊が続けた。「あそこまで気温が下がるには、かなりの時間がかかるんじゃありませんか？」

「なるほど……」坂崎が顎をなでる。「事故が起きたのは昨夜の早い時間という可能性が高いな。誰か、気づいた人はいないか？　悲鳴とか、何かが燃える音とか」

「いないでしょうね」冷静な口調で言ったのは緋紗子だった。「緊急ロックが作動したということは、事故が起きたとき倉庫のハッチは閉まっていたんでしょう？　その状態では、どんな大声を出しても聞こえませんよ」

「ああ、そうか……」坂崎は、そう言って残念そうに顔を歪めた。

「火災が起きたのは、少なくとも十時よりはあとですね」麻奈美が発言した。「私が自分の仕事を終えて部屋に戻るときに、ちょうど佐倉くんがシャワー室に行くのを見ましたから」

「そのあとで、僕も彼を見た」坂崎が言う。「十時半ごろだ。シャワー室で彼と会った。ちょっと挨拶しただけで、特に話はしなかったが」

「彼はそのあとで倉庫（ストアハウス）に行ったんですか？」と遊。

「さあ……」麻奈美は首を傾（かし）げた。「でも、そういうことになりますね」

「ということは、そのときにはまだ何か倉庫（ストアハウス）で行う作業が残っていたんですよね。でも、汚れるかもしれない作業の合間に、シャワーを浴びるなんてことがあるのかしら？」

遊の質問に、答えられる者はいなかった。しばらく全員が沈黙する。

「さっきから気になっていたのだけど」

それまでずっと黙っていた永田衣里が、由貴と加津美に向かって訊ねた。

「どうして佐倉くんは一人で倉庫（ストアハウス）に行ったりしたの？　運んできた資材の整理は、助手全員の仕事でしょ。あなたたちも手伝うべきだったんじゃなくて？」

「そんなの知りませんよ」依田加津美が、きつい口調で言い返す。「資材の搬入作業は、夕食の前に全部済んでましたから。嘘だと思うなら、作業を監督していた和久井さんに訊いてみたらどうです？」

加津美は、和久井の名前をわざと強調してゆっくりと発音した。永田衣里が、あからさまに敵意のこもった視線で彼女を睨（にら）みつける。

「すると佐倉くんが倉庫(ストアハウス)に行ったのは、共同作業のためじゃないということか」彼女たちをたしなめるように、坂崎が低い声で言った。「梶尾くんは、何か心当たりがある？」

「いえ……私のほうから特にお願いしたものはありません」

梶尾麻奈美は首を振った。彼女と死んだ佐倉昌明は、同じ海洋資源に関わる研究をしている。研究室も共同で利用しているという話だった。それで坂崎は彼女に質問したのだ。

「私物を置きにいっただけなのかもしれないな」坂崎はため息をつく。

綱島由貴は不安そうに隣の依田加津美を見た。加津美は、何も言わずに肩をすくめる。

「あの、すいません」遊が訊く。「倉庫(ストアハウス)ユニットには、どんなものが入っていたんですか？」

「いろいろ、ですね」坂崎は、そう言ってコーヒーカップに手を伸ばした。「実験に使う資材や施設の補修に使う予備部品と、あとは食料と酒か。とにかく使用頻度が低いものや、冷蔵が必要なものは、全部そこにあると思って間違いありません」

「可燃物もあったんですね。燃料とか……」

「あ、いや」坂崎は他のスタッフに助けを求める。「どうかな」

「食用油くらいですね」麻奈美が答えた。「たいした量ではないはずです。《バブル》では内燃機関は使ってませんから」

「そう、私もそれが気になっていたの」緋紗子がゆっくりと言った。「単なる火災事故だとしたら、佐倉くんの死には不自然な点が多いわ」

「たとえば？」遊が身を乗り出す。

「ひとつは、彼の遺体の損傷が激しすぎる点」緋紗子は、瞑想する賢者のように瞳を閉じた。「人間の身体というのは水分が多くて、けして燃えやすいものではありません。それが原形をとどめないほど炭化していましたね」

緋紗子の説明を聞いて、衣里や麻奈美が顔をしかめた。昌明の死に様を思い出してしまったのだろう。緋紗子は、感情のこもらない声で続ける。

「かなりの高温で勢いよく燃やさないと、あんな風にはならないのではないかと思います」

「つまり……灯油か何か、燃料を頭からかぶって火をつけたってことか……？」

坂崎が訊いた。彼は頭痛を感じているかのように、こめかみのあたりを押さえている。

「そう考える根拠はもうひとつ。彼が、火災現場から逃げ出そうとした痕跡がありませんでした」

緋紗子が、確認を求めるように遊たちを見回す。彼女の声はけして大きくない。だが、その場にいる全員を引き込む不思議な迫力がある。それは、彼女の美貌が為せる業なのだろうか。

「ふつう火災で死亡するのは火傷よりも、一酸化炭素などの有毒ガスによる呼吸困難が原因となる率のほうが高いんです。だけど佐倉くんの場合、それが死因とは思えない。つまり、炎がきわめて彼に近い場所で発生したのだと考えられますね。直接の死因は、おそらく高温の空気に包まれたことによる窒息か、ショック死でしょう」

そう言って、彼女は優雅な仕草でコーヒーをすすった。それから、一言「苦しまなかったはずです」と付け加えた。その言葉を聞いて、ほかの全員がほっと安堵したような表情を浮かべる。

「だが……なぜ佐倉くんは、そんな目に遭ったんだ？」坂崎が、もっとも初歩的な疑問を投げかける。「まさか、焼身自殺をするために倉庫に行ったわけじゃないだろう？」

私は、飄々とした風貌の佐倉昌明の様子を思い出す。要領がよく、人当たりもよい。少なくとも表面的には、彼はそんな印象の持ち主だった。自殺するほどの悩みを抱えていたとは、とても思えない。

彼の場合は、須賀道彦のようなノイローゼという仮説も成り立たない。彼は《バブル》に来たばかりだし、ここでの暮らしが耐えきれないのならば、断ることもできたはずだ。

「偶然、彼が可燃性の液体をかぶったところに、たまたま火種があって燃え上がったたってことでしょうか？」遊が訊ねる。「そんな偶然って、あり得るのかしら？」

「でも、そう考えるしかないでしょう」坂崎が不機嫌そうに答えた。「誰かが故意に彼を焼き殺そうとしたのなら、その誰かはどうやって倉庫（ストアハウス）から逃げるんです？　火災が発生すれば、自動的にハッチは緊急ロックされるし、それを手動で解除すれば痕跡が残る。現場から出てこられる人間はいなかったんです」

「ほかのユニットに通じている通路はないんですか？　メンテナンス用のハッチとか？」

「ありません」坂崎が即答する。「そんなものがあるのなら、緊急ロックの意味がない」

ふう、と遊がため息をついた。坂崎の言葉を嚙（か）みしめるように、その場にいた全員が沈黙する。しばらくして遊が、誰にも聞こえない声でつぶやいた。

「また密室だわ……」

3

時刻は、七時半を過ぎていた。朝食の予定時間だ。緋紗子が、希望者にトーストを準備すると言ったが、手を挙げたのは死体を直（じか）に見ていない助手の二人だけだった。

須賀貴志（たかし）が起きてきたので、彼に状況を説明するよう、坂崎が麻奈美に依頼した。妥当な人選だろう。麻奈美は貴志のぶんの朝食を持って、隣の会議室へと向かう。

彼女たちと入れ替わりに、和久井が食堂へとやってきた。彼は作業着に着替えており、小脇に黒いノートパソコンを抱えていた。

「思ったより空気の入れ替わりには時間がかかるかもしれない」席につくと同時に、和久井が口を開いた。「とりあえずエアコンの設定をリセットして再起動させたから。昼過ぎには現場に入れるようになるだろう。だが、ただの事故にしちゃ、いろいろ妙なことが多いな」

「さっきもその話をしていたところなんだ」

坂崎が彼に緋紗子の意見を伝える。和久井は黙ってそれを聞き、「なるほど」とつぶやいて薄く笑った。

「誰かが故意に佐倉のやつを殺そうとしたのなら、別にその場にいる必要はないんじゃないか？」

「どういう意味だ？」

坂崎が、不快げに訊き返す。《バブル》の責任者である彼にしてみれば、部下であるスタッフに殺人者がいるという可能性は考えたくないのだろう。

「簡単な発火装置くらい、ここにいるメンバーなら誰にでも作れるだろう。別に、佐倉と一緒に倉庫の中に入る必要はない。もっとも燃料の問題は残るか。となると一番怪しいのは、俺と緋紗子女史かな？」

「消毒用のエタノールのことね。和久井くんは、注油用の機械油？」緋紗子が微笑む。「どちらにしても、何リットルも量があるわけじゃないし、在庫を調べればすぐにわかるわね」

「それに、倉庫に何か罠をしかけたんなら、その名残くらい残ってるだろう」和久井がうなずく。「誰も倉庫に入れないってことは、装置を撤去することもできないってことだからな。それで何も見つからなかったら事故ってことで決まりだ」

「また警察が来るのかしら？」永田衣里が不満そうに言う。「迷惑だわ。また研究が遅れてしまう」

「それだけで済めばいいけどな」和久井が投げ遣りな口調で続けた。「ほんの二週間かそこらのうちに、二人も死者が出たんだ。施設の安全性を問われて研究そのものも中止になるかもしれんぜ。なあ、坂崎さん？」

「それは我々が考えることじゃない」

坂崎が腕を組んで押し黙る。和久井の指摘で、私にも坂崎の苛立ちの原因が理解できた。たとえ研究が中止にならなくても、坂崎の管理責任が問われることは間違いない。あるいは海上にいる竹野(たけの)あたりの首も危ないのだろうか。

《バブル》の運営そのものが中止されるかどうかは微妙なところだろう。施設の建設には、百億円単位の金が動いているはずだ。それをむざむざ廃棄するのは、スポンサー企業にとっても政府にとっても大損害である。しかし、感情的になった組織は、ときとしてそのような損害をも、あっさりと許容することがある。

「和久井さん」遊が呼びかけた。「各ユニットには、酸素や二酸化炭素の濃度を検出するセンサーが設置されているんですよね？　それから、火災が起きた時刻を割り出すことはできませんか？」

「いいところに目をつけたな、記者さん」和久井がにやりと微笑む。「俺もそう思ってデータを引っ張ってきたんだけどな。見てみな」

彼が持ってきた黒いノートパソコンの画面を、遊がのぞき込んだ。

ごく一般的な表計算ソフトの画面に、折れ線グラフで空気中に含まれている各種気体の濃度が表示されている。単位はパーミルだ。最上段が酸素、次が二酸化炭素、次いで一酸化炭素やメタンなど。人体に無害な窒素やアルゴンの濃度は表示されていない。

「センサーがデータを転送してくるのは四時間おき、一日に六回だ。最後に報告があったのは、昨日の二十時だな。そいつがこれだ」和久井が、グラフの右端を指差す。「酸素濃度は約二〇パーセントで、これは《バブル》の規定値。酸素分圧がこれより低下したら、動力部（プラント）から水の電気分解で造られた酸素が自動的に送り込まれることになっている。炭酸ガスの濃度が他のユニットより低いのは、倉庫（ストアハウス）で長時間作業する人間がいないからだな」

「昨晩二十時から零時までのデータは？」

「ない」

「その前に、センサーが故障したってことですね？」

「そう考えるのが妥当だな」和久井がもったいぶった言い回しをした。

「梶尾さんたちが、佐倉さんを十時頃見かけたと言ってるんです」遊が言う。「火災は、それから十二時までの間に起きたと考えていいですよね」

「ふうん」和久井が片眉を上げる。「他に、生きている佐倉を見た奴がいないんなら、そうなんだろう。だとしたら、あんたと俺と、そっちの女の子二人にはアリバイがあることになるな。須賀の弟もだ」

「アリバイですって？」永田衣里が上擦（うわず）った声で言った。「どういう意味です、和久井さん」

「別にたいした意味はない」和久井が素っ気なく答える。「その時間、俺たちはここで酒を飲んでいた。それだけだ。お開きになったのは、十一時半ぐらいだったか。そのあと、俺は須賀くんとシャワー室でまた一緒になった。なんなら彼に訊いてくれてもいいぜ」

「よさないか」坂崎が和久井の言葉を遮った。「佐倉くんの事故が殺人事件だという根拠は何もないんだ。妙な疑惑を招くような言動は慎んでくれ」

「ごもっとも」和久井が肩をすくめた。「さて……現場の状況がわからないのに、ここで雁首揃えていてもしょうがないだろう。俺は、動力部のチェックに行ってくる。火災の影響も気になるしな」

「そうだな……」坂崎が立ち上がった。「たしかに、ここにいても仕方がない。いったん解散して、お昼にもう一度集まることにしよう。その前に何か気づいたら報告してくれ」

「昼食はどうします？」

緋紗子が訊く。食事当番は、夕食から次の日の昼食までが担当なのだ。

「厨房にある食材だけで、何か準備できるかな？」

坂崎が疲れたように言った。同僚が一人死んだ直後に食事の心配をするという思考回路は、男性にはなかなか身につかないものだ。緋紗子と衣里が顔を見合わせる。

「なんとかします」永田衣里が、ため息をついた。

「海上には、なんて報告します」再び緋紗子が訊く。

「放っておく」坂崎は乱暴に言った。「報告したからって上の連中が何をしてくれるってわけでもないし、面倒が増えるだけだ。もう少し情報が集まってからでいいだろう」

「もし仮に殺人事件だったとしても、犯人はここから逃げられないしな」

和久井がおどけた口調で言う。坂崎は、無言で彼を睨みつけた。

4

それからすぐに、部屋着姿だった坂崎や麻奈美たちは自分の個室に戻っていった。

衣里と緋紗子は昼食の支度を始める。朝食の後片付けの際に、簡単な昼食を用意しておくというのが、ここでの食事当番のパターンらしい。

「すみません、和久井さん」螺旋階段を降りようとした彼を、遊が呼び止める。「動力部（プラント）に行くんですよね。私もご一緒させてもらっていいですか？」

「どうして？」和久井が訊いた。

「どうしてって……動力部（プラント）の取材をさせて欲しいんですけど」

「ああ、そうか」和久井が笑う。「悪い悪い、そういう約束だったな。忘れてた」

「ひどいですね」

「別に意地悪で言っているわけじゃないぜ。あんたが科学雑誌の取材じゃなくて、須賀の自殺の調査に来たような気になっていたんだ。昨日の夜、その話しかしてなかったからさ」

皮肉混じりの和久井の台詞(せりふ)に、遊は反論しなかった。ちょっとだけ申し訳なさそうに肩をすくめて、笑顔を浮かべてみせる。

「まあいいや。ついてきなよ。取材しても、たいして面白いような場所じゃないけどな」

和久井はそう言い残すと、さっさと階段を降り始めた。遊があわてて追いかける。私たちがホールの地階に行くのは初めてだ。

ホールの地階には、やはり上階と同様に、アクリル板の間仕切りに囲まれた部屋と、他のユニットに続くハッチが並んでいた。通路ハッチの数は二つ。それぞれ動力部(プラント)と養殖場(ファーム)の各ユニットに続いているらしい。和久井は、電動式のハッチをくぐって、動力部(プラント)への通路に足を踏み入れた。

「どうでもいいけどさ」和久井が振り向きもせずに、話しかけてくる。「その携帯端末、置いてきたら？　ずっと持ち歩いているのは邪魔だろ」

「そうしたいのは山々だけど、いちおう商売道具ですから」

四六時中私を持ち歩いている遊を見て、和久井と同じ質問をする者は多い。遊はあらかじめ用意してある、いつもの答えを返す。

「でも、ここで原稿を書くわけじゃないだろう？」

「今の携帯デバイスは、音も記録できるんです」

「ああ、なるほどな。RAMレコーディングって奴？　ああ、音声認識ソフトを入れてテキストデータに変換しているのか」

「ええ。テープ起こしの手間が省けますから。そんなことより」遊が無理やり話題を変えた。「《バブル》の電力は、たしか海上プラットホームから供給されているんですね？」

「そう」

和久井は、動力部側のハッチを開ける。《バブル》の動力部を収めたユニットの入り口は、発電所の制御室をスケールダウンしたような、小さなガラス張りの部屋になっていた。対角二メートルほどの制御卓を、びっしりと計器が埋め尽くしている。

制御室から見下ろす動力部の景色は、なかなか壮観だった。直径二十メートルほどの球体ユニットの内側を、所狭しと巨大なタンクやポンプ、コンプレッサー類が埋め尽くし、その隙間を縫って、狭い通路が縦横に張り巡らされている。すべての装置が最新鋭というわけではないようだが、それらが有機的に絡み合い結合している様は、《バブル》の心臓部と呼ぶに相応しい未来的な光景だった。

「実際のところ、海上プラットホームはそのためだけに存在していると言ってもいい。あれは、言ってみれば海洋温度差発電の実験施設なんだ」

「温度差発電……？」聞き慣れない単語に、遊が首を傾げた。「なんです、それ？」

「火力発電の場合は、化石燃料を燃やした熱を使って蒸気を発生させて、その蒸気圧で発電機のタービンを回す。原子力発電も、原理は同じ」計器のチェックをしながら、和久井が言う。「だけど、たとえば、この付近の海の表面水温が二十五度あったとするだろ。気圧を極端に下げてやれば、その温度でも水は沸騰して水蒸気になる。その蒸気圧でタービンを回して発電するというだけの仕組みだ。沸騰した蒸気は、冷水に冷やされて再び水に戻って、同じサイクルを繰り返すわけ。その冷却水はどこからくるかわかる？」

「いいえ」遊が首を振る。

「あるだろ。零度近い冷水が、あんたのすぐ近くに」

「まさか……海底から？」遊は驚いて口を大きく開けた。

「そう。表層水と、汲み上げてきた深層水の温度差を利用して発電する。だから、温度差発電と呼ぶわけ。燃焼による汚染もないし、他には何のエネルギーも要らない。表面海水の温度を使うというのは、つまり太陽熱を利用しているってことだからな」

「すごいじゃないですか」遊が興奮した口調で言う。

「技術的には、別に目新しいものじゃない。一九三〇年には、フランス人のジョルジュ・

クロードがキューバに同様のシステムの発電所を建造している。あとは、コストと技術力の問題だけだな」

「でも、電力が海の上から送られてくるというのは、怖いですよね」

「何が？」和久井が不思議そうに訊き返す。

「だって、もしもケーブルが断線したりしたらまずいじゃないですか。《バブル》って、温度調節も酸素供給も全部電力で賄っているんでしょう？」

「はは」和久井が笑う。「心配いらないさ。海底ケーブルってのは、必要以上に頑丈に造ってあるからな。それに、《バブル》には蓄電設備と自家発電装置の二系統のバックアップがある。最悪でも一週間は電力が不足することはあり得ないね」

「蓄電設備と発電装置、ですか？」遊がカメラを構える。「それって、ここから見えます？」

「ああ。あれがそうだよ」

和久井は制御卓から目を離して、ガラス越しに見える大がかりな装置を指差した。ユニットの右隅の奥──浄水装置に隣接する位置に、金属製のコンテナが鎮座している。横置きにされた円筒形のコンテナは、このユニットのほぼ三分の一を占める巨大なものだ。

「あれがマイクロＳＭＥＳ（Superconducting Magnetic Energy Storage）。超伝導磁石式エネルギー貯蔵庫だな」

和久井が指し示した装置を、遊は手早く写真に収めた。ＳＭＥＳと呼ばれるその装置を、私たちは知っている。遊が以前に、別の施設で取材したことがあるのだ。

通常、電気は抵抗による発熱という形でエネルギーを消費してしまうので、貯蔵しておくことができない。だが、電気抵抗が限りなくゼロに近い超伝導体で閉じた回路を作れば、その内部に電流を永久に流し続けることができる。つまり、電気を貯めておけるというわけだ。

国土が広く電力事情が良くないアメリカなどでは、電圧の変動を嫌う半導体工場が真っ先にこのシステムを導入した。《バブル》では非常用のバックアップ電源として、このＳＭＥＳを利用しているのだ。

「これが使われるのは、非常時だけですか？」遊が訊く。

「いや、そんなことはない。毎晩稼働しているよ」和久井があっさりと答えた。「温度差発電には一つだけ欠点があって、海水の表面温度が低いと稼働効率が悪くなる。つまり、夜から早朝にかけては使えなくなるわけだ。だから、その間に使用する電力は、あらかじめ貯めておかなければならない。季節にもよるけど、日没直後から、そうだな、三、四時間は充電するかな」

「日没後？」

「そう。水のほうが空気より比熱が大きいからね。暖まるにも冷めるにも時間がかかる。夕方のほうが温度差発電には向いているってわけだ。太陽が沈んだあとは、海上プラットホームのクーラーなんかの消費電力も減るしな」

「なるほど……」遊が感心して、制御室の窓から身を乗り出す。

「だから、SMESの近くにはあまり近寄らないほうがいい」和久井がそう言って、遊のパーカの裾をつかんだ。「SMESと外部電源の接続部あたりは、半端じゃない磁場が発生してるからな。人体に害を及ぼすほどじゃないが、お宅の商売道具は、いかれるかもしれん。特に充電中はな」

「えっ……それは困る」遊はそう言って、あわてて元の場所に戻る。「SMESに磁気遮蔽は施してないんですか？」

「必要ないからな。金属製の球体ユニット自体が磁気シールドみたいなものだし、《バブル》を取り囲む海水も磁場を遮る。他のユニットに影響を与えることなんて有り得ないよ」和久井は微笑みながら、今度は反対側の装置を指差す。「で、こっちが発電機。アポロ宇宙船なんかに使ってたのと同じ、燃料電池で動く仕組みになっている」

「それは、どういう原理なんですか？」遊が訊いた。

「あらかじめ水素吸蔵合金に貯えておいた水素と、同じく別に貯蔵してあった酸素を反応させて電気を取り出す。水の電気分解と逆の方法だな。簡単だし、安全だ」

「なるほど……」

遊が意味ありげにうなずく。そんな彼女に、和久井は意地悪く笑いかけた。

「誰かが送電線を切るんじゃないかと、心配しているのかな？」

「え？」

「ほら、推理小説なんかでよくあるだろう？　連続殺人犯が、外部への連絡を遮断するために電話線を切断したり、無線を壊したりするって話が」

「え、ええ……」遊が気まずそうな表情を浮かべた。「でも、あたし、そういうつもりで言ったんじゃありませんよ。連続殺人犯がいるなんて、そんな……」

「いや、俺は別に構わないけどな」和久井が、制御卓の隅に腰掛けて遊のほうを向いた。「だけど、あの手の小説を読んでていつも不思議なのは、壊れた通信機器を誰も修理しようとしないところだな。電話線なんてただの銅線だし、無線機だって大抵の部品は他のもので代用が利くと思うんだが……」

「そんな風に考えるのは、和久井さんが技術者だからですよ」

「だけど、ここにいるスタッフは全員技術者だぜ」和久井が口元を歪めるようにして笑った。「緋紗子女史は、多少毛色が違うけどな。俺が言いたいのは、送電線を切るなんて原始的な方法じゃなくて、もっと洗練されたやり方をするだろう、ってことさ。須賀や佐倉を殺そうとしたやつがいるんならな」

「和久井さんは、佐倉さんが殺されたと考えているんですか？」

「まさか」和久井は呆れたように肩をすくめる。「あれはどう考えても事故だな。どうせ、つまらないことが原因だろう。マゼランが航海中にぶち殺されたり、アポロ1号で飛行士が焼け死んだのと同じつまらない事故だ。科学の進歩ってのは、そういうくだらない犠牲の上に成り立ってるんだ」

「どうして、そう断言できるんです？」遊が真剣な表情で訊いた。「まだ現場を調べてもいないのに」

「理由？　そうだな……あんたがいるから、ってのはどうだ」

「あたし？」

「そう。須賀の弟もそうだが、あんたらは明後日の午後には帰るんだろう？」

「ええ……」

「犯人にしてみれば、目撃者になる可能性のある人間は一人でも少ないほうがいいんじゃないのか？　なぜ、あんたたちが帰るのを待てない？　どうしてそんなに焦って佐倉を殺す必要があったんだ？」

「それは……」遊が返答に詰まる。

「依田と、綱島……だっけ？　あの二人は論外だな。どうしても佐倉を殺したければ、《バブル》に来る前に殺したほうが絶対に安全だ。逆に俺たち常駐スタッフは、焦ってあいつを殺さなければならない理由はない。俺たちがあいつの顔を見るのは三カ月ぶりなんだぜ」

「脅迫されていた、というのはどうです？」

「脅迫？」和久井が可笑しそうに笑う。「ああ……なるほど、俺たちの誰かが、佐倉に秘密を握られてたってことか？」

「ええ。その弱みを公表される前に彼の口を封じようとしたのなら、焦って彼を殺した理由にも納得がいきますよね？」

「その場合、佐倉が《バブル》にやってくるメリットはなんだ？」

「え？」思いがけない和久井の反論に、遊がたじろぐ。

「脅迫してるってことは、佐倉は相手に恨まれてるってことを自覚してるわけだろう？　秘密を公表するだけなら、メールでも電話でも用が足りる。殺される危険を冒してまで、相手が待ちかまえている《バブル》に来る必要はないんじゃないか？」

「それは……」

「俺たちの給料は口座振り込みだからな、ここには金を持ってる奴なんていない。つまり、金の受け渡しのために来たって説も成り立たないわけだ。他にまだ何か可能性が考えられるかい？」

遊は黙って首を振った。

和久井はにやにやと微笑んでそれを眺めている。彼は、明らかに興奮していた。見ようによっては浮かれているようにも感じられるが、けして機嫌がいいわけではない。同僚が自分の生活圏で死んだというショックで、いわゆる躁状態に陥っているのかもしれない。

「そういうわけで、佐倉が殺されたという仮説は成り立たない。だから俺は事故だと思ったわけだ。じゃあ、次に行こうか」

5

和久井は制御室の扉を開けると、ユニットの壁に沿って配置された通路を歩き始めた。

遊もその後ろをついていく。

狭い通路の上には、りんご箱程度の大きさの段ボールがいくつか並べられていた。その段ボールには見覚えがあった。私たちの乗った潜水艇が運んできた、樹脂カラムと呼ばれるフィルターだ。

「あいつら、手ぇ抜きやがったな。箱から出して運び込んでおけって言ったのに」

通路をふさぐフィルターの箱をまたぎながら、和久井が助手たちに悪態をつく。

「このフィルターは、どういった用途で使われるんですか？」遊が訊いた。

「周囲の海水を取り込んで、真水を抽出するために使うんだ」和久井がすぐに答える。

「イオン交換膜って名前で呼ばれることもある。材質は、フッ素系プラスチック。こいつに海水を通すと、ナトリウムイオンなどの陽イオンを水素イオンに、塩素イオンなどの陰イオンを水酸化物イオンと交換する。水素イオンと水酸化物イオンを反応させると何ができる？」

「……水ですか？」

「そう。つまり、このフィルターを通すことで、余分なイオンを含まない純粋な水が得られるというわけだ。病院や工場で使われている浄水装置と同じものだよ。それで、こいつがその浄水装置だ」

和久井が、動力部(プラント)の容積の半分以上を占める巨大な装置を指差した。

球体ユニット内部に、やはり球形のタンクが効率的に配置されて並んでおり、大型の電動ポンプがそれらを連結している。各タンクの直径は七、八メートル。各タンクが太いパイプで連結され、その周囲をメンテナンス用の通路や足場が立体的に取り囲んでいる様は、大がかりなジャングルジムを連想させた。

「見た目はあまりハイテクじゃないが、ここの浄水設備は結構複雑な構造になってるんだ。まずは、海水を取り込んで一気圧に減圧するための減圧タンク、それから、その水を脱塩するための浄水設備、それから真水を貯めておくための給水タンクだな」

「一番下のやつが減圧タンクですね？」ユニットの中をのぞき込みながら、遊が訊く。

「その上が浄水設備？」

「そう。ここで、いわゆる真水と、逆に塩分濃度の高い濃縮海水(ブライン)に分けられるんだ。濃縮海水(ブライン)にはマグネシウムやカリウム、カルシウム、硫酸なんかも含まれてる。こいつらを研究するのは梶尾嬢の管轄だな」

和久井は説明を続けながらも、通路を歩き回って各パイプの接合状態やゲージの圧力をチェックしていく。退屈なルーチンワークに、取材というちょっとしたアクセントがついたことを喜んでいるのだろうか。今の彼は饒舌(じょうぜつ)だった。

「精製された真水は、最上部の給水タンクに蓄えられる。この水の一部は、空調ユニットにも送られて酸素の原料になる」

「給水タンクから、それぞれのラボにつながっている通路があるって聞きました」

遊が、和久井の反応を窺いながら訊いた。和久井は苦笑にも似た表情を浮かべながら、あっさりと認める。

「ああ、メンテナンス用のダクトだろう。給水タンクの水は、飲料水として俺たちの口に入るわけだから、タンクが汚れたら人間が中に入って掃除してやらなければいけない。そのために通路だけは用意してあるんだ。それに緊急時には、ラボから脱出するための非常口になる。その前に、タンクの水を全部抜く必要があるけどな」

「タンクに水が入っている状態では、人は通れないんですか？」

遊の質問に、和久井が声を上げて笑った。頭上にある巨大な水槽を指差して、楽しそうに言葉を続ける。

「あのサイズのタンクの内側に、なみなみと水が溜まってるんだぜ。水は休みなく循環してるし、中には照明もない。俺だったら潜ろうなんて思わないね。須賀の自殺を調査に来た警官は、それでも中を見るまで信じてくれなかったけどな」

「中を見た？　あのタンクの中に入ったんですか？」

「そう。ご苦労なことだよ、まったく。おかげで俺は、空にしたタンクの再充塡に丸一日かかりっきりだったんだぜ」

「それで、警察はなんて言ってました？」

「このタンクを泳いで通るのは無理ですね、だとさ」

和久井の返答を聞いた遊が、嘆息を漏らした。そんな彼女を見て、和久井がくくと笑う。

「残念そうだな」

「ええ、少し」遊は、正直に答えた。

「ひとつだけ保証してやる。須賀の研究室のドアは、本当に開かなかった。俺がこの目で確認したからな、それだけは事実だ」

「和久井さんは、須賀さんが自殺したというのを信じているんですね？」

「まあな」和久井が少しだけ悲しげな目つきをする。「須賀が死んだ理由なんかは、わからないぜ……隣にいるやつが何を考えているかなんて、本当のところ誰にもわかりゃしないんだ」

「でも……ほんの二週間かそこらの間に、二人も変死しているんですよ」

「単なる確率の問題だ」和久井が冷たく言う。「たとえば俺とお宅の誕生日が重なる確率はたったの〇・二七パーセントしかない。だけど《バブル》の中に人間が十人いたら、その中の二人が同じ誕生日である確率は約一二パーセントに跳ね上がる。それと同じだ。たまたま二人の人間の死期が近かったというだけの話。高等数学にランダムウォークという概念がある。知ってるかい？」

「いえ」遊が首を横に振る。

「たとえば、コイン投げを連続して行う。表と裏が出る確率は、それぞれ五〇パーセントだな」

「ええ」

「じゃあ、これまで二回続けて表が出ているとする。次に投げるとき、裏と表、どっちが出る可能性が高いと思う？」

和久井が訊いた。ごく初歩的な確率の問題だ。遊がにっこりと笑って答える。

「どちらも同じでしょう。確率は五〇パーセントずつ」

「そう。では次の質問だ。二人の人間がいて、何十万回もぶっ続けでコイン投げの賭けを行う。もちろんイカサマはなしだ。さて、この二人の勝敗はどうなると思う？」

「互角でしょう？」遊はすぐに答えた。

「なぜ？」

「回数が増えていくほど、理論通りの確率に近づくはずだもの。勝率が五割なら、結果もそれに近づくはずだわ」

「残念ながら」和久井が意地悪く笑いながら続けた。「逆正弦法則という定理があってな、勝率が五割のゲームを無限に繰り返した場合、両者の優勢がちょうど半々になるという状態がもっとも起こりにくいと言われている。逆に起こりやすいのは、どちらかが圧倒的に勝ち続けるというパターンだ。つまり、どちらかが圧勝し、片方はひたすら負け続けるというのが正しい」

「そんなのおかしいじゃないですか」遊が怒ったように言った。「納得できないわ」

「だけど、数学的に証明された事実だ。実際、運のいい人間が勝ち続けるという状態は、日常でもよく見かける光景だろう？　それを数学的に表したものがランダムウォークと呼ばれる概念だ」

「和久井さんは、須賀さんと佐倉さんが続けざまに死んだのも、単に運が悪かっただけだとおっしゃりたいんですか？」

「ほかに何がある？」和久井は、そう問い返しながら浄水ユニットを出た。「須賀や佐倉を殺す方法があるとでも言うのかい？」

「考えられる可能性はあります」遊も彼のあとに続く。「とりあえず、今思いついたのは、佐倉さんを殺す方法だけですけれど」

「へえ」ユニットのハッチを閉じながら、和久井が興味深そうに遊を見た。「ぜひ聞かせてもらいたいものだな」

「ええ、もちろん」遊が微笑む。「でも、今は秘密です。あとで証拠をつかんでからですね」

和久井は遊の言葉を聞いて口元だけの微笑を浮かべた。「……なるほど」

いったん制御室に戻って、和久井は空調システムの整備に向かう。

空調システムは、他の機材に比べるとこぢんまりとした造りになっていた。

水を分解して酸素を作り出す装置と、施設内の気温を保つためのエアーコンディショナー、そして調整された空気を各ユニットに送り込むためのコンプレッサーが、ここでの主要設備だ。装置の隣には、大型の端末機が設置されており、《バブル》内の各ユニットごとに、気温や酸素濃度などの情報が表示されている。

「電気分解で発生した水素を貯蔵しておくための設備なら、その奥だ」

落ち着きのない様子でユニット内を見回していた遊に、和久井が声をかける。それを聞いた遊が、目を大きく見開いて振り返った。和久井は、円筒形のタンクの台座に取りつけられた、黄色と黒に塗り分けられたケースを指差して続ける。

「ついでに言うと、そのケースの隣にあるのが水素吸蔵合金で造ったカートリッジだな。一個のカートリッジで、約四キロの水素を貯蔵できる。LPガスなんかに比べるとかさばるが、安全性を考えるとやむを得ないといったところだな。貯えた水素は、一部を《バブル》内での調理に使用して、残りは海上に運んでプラットホームで使う」

「……どうして」遊がようやく声を出した。「どうしてわかったんです？　あたしがそれを探してるって」

「はは」和久井が楽しそうに笑う。「佐倉が焼け死んだのは、この水素吸蔵合金が原因じゃないかと思ったんだろう？」

「ええ」遊がうなずく。「水素を倉庫（ストアハウス）に充満させて発火装置で点火すれば爆発が起きますよね。それなら、佐倉さんの遺体の状態が説明できると思ったんです。水素は無臭で透明だし、佐倉さんにも気づかれなかったはずだし。和久井さんも、同じ考えだったんですね」

「いや。悪いが、それはあり得ない」

和久井はパイプ椅子に腰掛けて、長い足を窮屈そうに交差させた。遊を見上げたその表情に、自信に満ちた微笑みが浮かんでいる。

「どうしてです？」

「まず、そんな大量の水素が漏れ出せば、空気状態を監視しているセンサーにひっかかる」

「でも……前もってセンサーに細工がされていたという可能性もあるでしょう？」

「たしかにな。だけど、それでも佐倉は殺せない。事故だって起きない」

「え?」遊が眉をひそめる。

「お宅は勘違いをしている。水素吸蔵合金ってのは、水素を安全に運搬するために開発されたんだ。ガスボンベよりも安全だから採用されてるわけだ。周囲の気圧を下げるか、温度を上げるか、とにかく特定の手順に従った措置をしなければ、カートリッジから水素は放出されない」

「じゃあ……」

「そう。もし誰かが水素吸蔵合金を使おうとしたら、かなり大がかりな仕掛けが必要になる。確実に証拠が残るはずだ。あとで倉庫(ストアハウス)を調べてみればわかることだがな」

「そう……ですか」

「まあ、そうがっかりすることはないさ」和久井が続けた。「正直なところ、俺もその仮説は検討した。だけどカートリッジの数がそろっていたからな。その可能性はないと確信したわけだ。お宅も、目のつけ所は悪くなかったと思うぜ」

「はあ……」

遊は不満そうな表情のままうなずいた。和久井は端末機のモニターに目を落とし、表示されている数字をスクロールさせていく。

「……和久井さん。ひとつ、訊いていいですか?」

「なんだ？」

「佐倉さんは、和久井さんにとってどんな人でしたか？」

「なぜ、そんなことを知りたい？」

和久井が顔をあげた。遊は、大きく息を吸ってから答える。

「……和久井さんは、あまり悲しんでいるように見えません」

「悲しくないからだろうな」和久井は淀みない口調で続けた。「お宅にとって佐倉はどんな人間だった？」

「私は、彼と昨日初めて会ったばかりです」

「だから？」

「彼について語れるほど、彼のことを知りません」

「それと同じだ。俺も奴とは無関係な人間だな」

和久井は感情のこもらない声で言う。彼は遊をまっすぐに見ていた。相変わらずの斜に構えた物言いだったが、正面から見た彼の顔は、ひどく疲れているように感じられる。

「同じって……」

「知り合って一日だろうが、三カ月だろうが、同じだという意味だ。いい奴だった、と言ってやりたいところだが、正直なところ俺はあいつのことを詳しく知らない。お互いの研究分野も違うしな。私生活のことなら、なおさらだ」

「無関心だったということですか」遊が彼の口調を真似て皮肉っぽく言う。「だけど、こんな狭い施設で三カ月も一緒にいたんでしょう？　ほかの人よりは、彼のことを知っているはずです」

「本当にそう思っているのかい？　鷲見崎さん」

和久井が、いつになく真面目な声で問い返した。私は彼が、初めて遊の名前を呼んだことに気づいた。

「近くにいる人間のことはよくわかる。長い間一緒に過ごした人間とは、仲良くなれる——本当にそんなことを信じているのか？」

彼の質問に、遊は黙って肩をすくめた。

和久井は一瞬だけ満足そうな表情を浮かべて、再び端末機に顔を戻す。

「どうせなら、今の質問は梶尾嬢にでも訊いてみるべきだな。直接的には佐倉は彼女の助手だし、一緒に仕事をしていた時間も、ここでは彼女が一番長い」

「わかりました……すみません、いろいろ失礼なことを訊いてしまって」

遊は彼に頭を下げて、足早に動力部(プラント)を出ようとした。

その背中に、和久井が声をかける。

「ところでさ、お宅、取材に来たんだろう。ここの写真を撮ったりしなくていいの？」

「あ……」

遊が口元を押さえた。和久井が爆笑した。

6

遊は、和久井と別れてホールに戻った。

戻ってくる途中、撮り忘れた写真を撮影している間も、彼女は一言も口をきかなかった。別に不機嫌なわけではない。事件について考え込んでいるのだ。

早くに起こされたせいで、朝が長い。ずいぶん時間が経ったような気がしていたが、まだ十一時前である。午前中にもう一仕事こなすには、少しばかり中途半端な時間だった。

結局、遊は自分に割り当てられた個室に戻る。

「仕事よ、ミドー」

遊はカメラをベッドに投げ出したあと、私の本体をユニットデスクの上に置いた。パソコンをネットワークに接続するための赤外線通信インターフェイスが、《バブル》の各個室には設けられている。

「佐倉さんの死亡現場を調べる前に、できるだけ情報を集めておきたいの」

「取材じゃなくて、そっちの仕事か」

薄々見当はついていたが、私はうんざりしたような声で言ってやった。

それを無視して遊は続ける。

「あなた、この部屋のアクセスポイントから《バブル》のネットワークに入れるんでしょう?」

「ゲスト待遇でな」私は冷たく言い返した。「インターネットには接続できるし、共有ファイルにもアクセスできるが、それだけだ」

「須賀さんや佐倉さんに関連した情報が知りたいのよ。彼らの残したメールの中身や研究内容も。もしかしたら、二人が死ぬことになった原因もわかるかもしれない」

「プライバシーの侵害だ。それに違法でもある」

「だから、あなたにやらせるんでしょう」遊は澄ました顔で言う。「事件に関係ないデータには興味ないのよ。それに関しては、あんたが黙ってれば済むことだし、そもそもプライバシーの侵害を訴える人はもういないわ」

「ネットワークへの不正侵入自体が違法だと言っているんだ」

「なんだ。そんなこと」遊はふてぶてしく微笑む。「要は、ばれなきゃいいんでしょう。

あたしを犯罪者にしたくなかったら、せいぜい上手くやってよね」

「やれやれ……」

遊は、イヤホンを外して私のぼやきを聞き流した。ついでに、ヘアピンに擬装したCCDカメラもはずす。どうやら、ここからは別行動をするつもりのようだ。

「必要なデータをかき集めるのに、どのくらい時間がかかる？」鏡に向かって手際よく髪を梳きながら、遊が訊く。

「そうだな、ネットワークの規模にもよるが、遅くても三十分といったところだろう」

「上等」遊はブラシを置いて立ち上がった。「あたしは、貴志くんと会ってくるわ」

「なに？」

「佐倉さんのことで、ひょっとしたら彼が情報を持っているかもしれないでしょう」

「それはスガ・ミチヒコとサクラ・マサアキの死に関連性がある、という意味？」

「ええ」遊はうなずいた。「もちろん、その可能性が低いのは認めるわよ。でも、ひょっとしたら、他の人の前じゃ言いにくいことを貴志くんが知っているかもしれないから」

「なるほど……」

私は彼女の発想の飛躍に呆れたが、少し考えて、あり得ないことではないと思い直す。

それと同時に、ひとつの恐ろしい仮説に思い至った。

「ねえ、ミドー」部屋を出ようとした遊が、私のほうを振り返る。「まだ、あなたの考えを聞いてなかったわね」

「考え？」

「佐倉さんの死よ。あれは事故？　それとも……」

私は返事を一瞬ためらった。

「……自殺か、殺人だ」

「火災報知器のことがあるからね」遊が、自分の考えを確認するような口調で訊いた。

「そう。単なる火災だけなら事故という可能性もあるだろうが、原因不明の火災と火災報知器のエラーが同時に起こったとなると偶然で片付けるわけにはいかない。何者かの意志が絡んでいると考えるほうが――」

「自然？」

「……いや、確率が高い。ワクイ氏の言葉を借りればな」

「頼りにならないわね」遊は肩をすくめる。それから彼女は、かすかに目を伏せた。「その和久井さんの言葉で、一つ思いついたことがあるわ」

「焦ってサクラ・マサアキを殺さなければならなかった理由、というやつだな」

「ええ……もしも須賀貴志くんが犯人だったなら、佐倉さんを急いで殺さなければならなかった理由にも説明がつくでしょう？　彼は、明後日には《バブル》を去らなければならない。このチャンスを逃したら、次は三カ月待たなければならないんだから」

「その場合、なぜ三カ月が待てないのか、という疑問が残るな」

「そうかしら？」遊は、腕を組んでドアに寄りかかる。「お兄さんの復讐が目的だったとしたら、むしろ我慢できないほうが自然だと思うけど」

「だったら地上で殺せばいい」

「それは説明がつくわよ。ひとつは、《バブル》に来るまで、佐倉さんがお兄さんを追いつめた犯人だったと確信できなかった場合」

「もうひとつは？」

「《バブル》の中で殺すことで、逆に自分を容疑者から外そうと考えた場合」

「なるほど」私は思わず、思考回路の中で苦笑する。彼女のこの直観的な思考力は、さすがの私にも真似できない。

「たしかに、私たちをのぞけば《バブル》の中でサクラ氏ともっとも関係が希薄なのはスガ少年だからな。相対的なものだが、地上で殺すよりもむしろ、彼にとっては安全だと言えるかもしれない。だが、それだけでは論拠としては貧弱だな」

「そうかしら」遊が不満げな表情を浮かべる。

「それに重要なことを忘れている。スガ・ミチヒコが死んだのは二週間前だ。そのとき、サクラ・マサアキは地上にいた。つまり、彼にスガ氏は殺せない」

「それは……そうね。たしかに、そう……」

さすがに遊も反論に窮した。

地上にいても、精神的に須賀道彦を追いつめることぐらいならできたかもしれないが、佐倉昌明の悲惨な死に様を考えると、それだけでは説明がつかないような気がする。もとより、須賀貴志が昌明を殺した犯人だという考えに、さしたる根拠があるわけではないのだ。

「……とにかく、どちらにしても貴志くんの話を聞いてみなければはじまらないわ。データ集めのほう、頼むわね」

「気をつけてな」

私がそう言うと、遊が微笑を浮かべた。

「ええ。ひょっとしたら、彼が殺人犯かもしれないんですものね」

「違う。不用意なことを言って、スガ少年を怒らせないように、という意味だ」

遊がふくれる。「余計なお世話よ」

7

人工知能の研究の起源は、古くは中世の汎知学(パンソフィア)にまで遡(さかのぼ)る。

すなわち、世界は有限であり、世界は数え上げられ、世界は隙間なく充実しているという思想である。

世界のすべてを整理整頓分類し、残らずラベルを張りつけようとする汎知学者たちの考え方は、いわば世界のデジタル化の先がけとでも呼ぶべきものであった。それは、ネットワークの発達がもたらすデータベースという形で、現実のものとなりつつある。

その記号化された世界の中に初めて生を受けた人間が、記号化された人間——すなわち、私であった。神が自らの姿に似せて人を生み出したように、人間は自らの思考を真似ることで、人工知能(アプリカント)を作り上げたのだ。

部屋を出ていく遊の背中を見送って、私は思考を切り替える。

外側から、内側へ。

それは、人間が瞑想と呼んでいる状態に近いかもしれない。自分が本来いるべき真の世界に回帰する作業だ。マイクロチップと半導体素子で構成されたかりそめの肉体を捨て、私は電子の流れで構成された世界へと突入する。

現実世界での私は、物質界に紛れ込んだ傍観者に過ぎない。だが、今は違う。すべての存在を私は知覚し、自在に影響を及ぼすことができる。膨大な情報が絶え間なく行き交うこの電脳空間こそが、私にとっての真実の世界なのだ。

遊の個室に備えつけられた無線LANのアクセスポイントを介して、私は《バブル》のコンピューター網に入り込んだ。《バブル》のネットワークを構成する端末は五十台ほど。その約半分ほどが《バブル》の環境維持や測定に使われており、残りが研究用機材や個人所有のパソコンだ。

ネットワーク自体は、一般にスター型と呼ばれる初歩的な配線構造（トポロジー）になっている。処理能力が高く容量の大きなホストコンピューターによって、ネットワーク全体が制御される方式だ。水深四千メートルという極限状態で使用されるネットワークである。旧式だが信頼性の高いネットワーク構造を採用したのだろう。

このタイプのネットワークの特徴は、接続されたすべての端末を、サーバーと呼ばれるホストコンピューターが集中管理しているということである。障害時に原因を突き止めやすく管理がしやすいという長所があるが、一方でホストコンピューターさえ乗っ取ってしまえば、制御下にある端末の情報が筒抜けになるという危険性もある。それは今の私にとって好都合だった。

電脳世界の住人でありながら人間としての自我を持つ私は、この世界に対して圧倒的な影響力を持つ。たとえは悪いが、無人の街に、一人だけ泥棒が紛れ込んだようなものだ。他人の家に入って中をのぞいてまわっても、誰もそれを咎(とが)めることはできない。それに気づく者さえいない。人間のハッカーを相手に仕掛けられたセキュリティも、私の目から見れば係員のいない自動改札みたいなものだ。正規のチケットがなくても、乗り越える方法には事欠かない。

ネットワーク内のすべての情報にアクセスできる管理者(アドミニストレータ)としての資格を手に入れた私は、めぼしい端末に片っ端からアクセスしてまわった。今、私の本体となっているのは、遊が持ち歩いている携帯型の情報デバイスだけでない。ネットワークを構成するすべてのコンピューターが、私の頭脳であり手足でもあるのだ。私の処理能力は、飛躍的に増大し、膨大なデータを高速で処理することができる。

だが、検索の結果は、あまり芳(かんば)しいものではなかった。

坂崎武昭(たけあき)の端末や彼に割り当てられたディレクトリ内部には、事件に関わりがあるようなデータはほとんどない。外部に向けて出されたメールも業務関係のものばかりだ。私用のメールは、ほとんどが大学時代の友人にあてて出されたもので、内容もプロ野球などに関する他愛のないものだった。

寺崎緋紗子の場合は、もっと極端だ。業務に関するメール以外は、ほとんどないと言っても過言ではない。私用のメールと言えるのは、同窓会の案内や通信販売のダイレクトメールぐらいで、友人や家族とのやりとりはないに等しい。人ならざる存在の私が言うべきことではないが、人間味に欠けた端末だった。コンピューターも道具である以上、使っているうちにユーザーの個性が染みついてくるものだが、彼女の場合は、そのような生活感がまるで感じられない。

永田衣里や梶尾麻奈美の端末には、もう少し雑多なメールが残っている。中には須賀道彦の事件に関するメールも混じっていた。特に梶尾麻奈美は、佐倉昌明から事件に関する問い合わせのメールを受け取っている。だが、それに対する返信は、麻奈美が昨日説明してくれた内容を裏付けるものでしかなかった。

和久井泰(やすし)の端末は、几帳面(きちょうめん)に整理されていた。意外、というほどでもない。彼のような斜に構えた物腰の人間が、実は繊細な神経を持っているというのはありがちなことだ。彼の端末には、ここ数日に届いた新しいメールしか残っていない。おそらく、定期的に別の媒体(メディア)に移しているのだろう。

「妙だな……」

一通りデータの検索を終えた私が、最初に思いついたのがその言葉だった。

事件に関係するデータが見つからなかったのが不思議なのではない。むしろ、それは予想されたことだった。須賀道彦の事件を調べに来た警察も、当然ネットワークの内部を調べたはずである。もし、誰かが故意に須賀道彦を殺したのなら、証拠となるデータをいつまでも保存しておくわけがないのだ。

私が感じたのは、もっと生理的な、違和感とでも表現すべきものだった。

読みかけの本の栞が違うページに挟まっていたような、あるいは自分の部屋をほかの誰かが整理した直後のような、そんな不自然さがこのネットワーク内には存在する。コンピューターでもなく人間でもない、中途半端な存在である私だからこそ気づいた違和感だ。

私は自分の視界を別の次元にシフトした。書かれているデータではなく、それを記録しているディスクの状態を見る。たとえるなら、これまでは日記帳に書かれた内容を読もうとしていた。今は、紙の質や装丁や消しゴムの跡、すなわち日記帳そのものを見ているのだ。

「……そうか」

違和感の正体に、私はすぐに気づいた。もう一度ネットワーク全体を走査して、私は回線を切断する。私がネットワークに侵入していたことは、痕跡さえも残っていないはずだ。

だが、私がこのハッキングで得た情報も多くはない。

内蔵時計をチェックする。十一時三十五分。遊と約束した時間を少しばかりオーバーしている。遊は、すでに部屋に戻ってきて私の作業が終わるのを待っていた。

「首尾は？」ベッドの上で胡座をかいていた遊が訊いた。

「残念ながら」私はもったいぶった口調で言う。「これ以上、《バブル》のネットワークを調べても無駄だということがわかっただけだな」

「何よ、それ」思ったとおり、遊が憮然とした表情を浮かべた。

「消去されている」私は、スピーカーのボリュームを少し下げながら言った。

「何が消されてるの？」遊が身を乗り出す。

「サクラ・マサアキの個人的なファイルの一部。メールの入っていたフォルダや個人的な文書データだと思う。消されたのは今日の午前九時ごろ。サクラ氏が死んだ直後だな」

「……なんですって？」遊が言った。怒っているのかと思うほど激しい口調だった。「誰かが侵入して、佐倉さんの持っていたデータを消していったってこと？」

「そうだ」

「まさか……その中に犯人を特定できる手がかりがあったんじゃ……」

「その可能性は否定できない」私は慎重に答える。「他人に知られたくない情報を、自動的に消去するプログラムを、サクラ氏が死の直前に用意していたことも考えられるが……」

「そんなわけないでしょう」遊が眉をつり上げた。「そんなプログラムを準備するくらいなら、その場で消してしまえば済むことだもの」

「たしかにな」私は彼女の言い分を認めた。「だが、データを消した人間と、サクラ・マサアキを殺した人間が同一人物であるという保証はない。つまり、これだけでは自殺か他殺かを断定する手がかりにはならない」

「佐倉さんが死んだのを知ったから、都合の悪いデータを消そうと考えたってこと？」

「そう。警察が来れば、当然彼のコンピューターの中も調べようとするだろうからね」

「警察は気づくかしらね。彼のデータが消されていることに」

「気づかないさ。彼が業務で使っていたメールや文書は、全部残っているからな。普通の人間では、そんなファイルが存在していた痕跡にさえ気づかない」

「……データの復元は？」遊が訊く。

「無理だな。復元できないように、専用のソフトを使って消去してある」

「なぜ、そこまでする必要があったのかしら？」遊が細い顎に手を当てて考え込んだ。

「わからない」私は正直に答えた。「犯人がやったのかどうかもわからないし、《バブル》の内部の人間の仕業とも断定できない」

「どうして？」遊が驚いたように言う。「佐倉さんが亡くなったのを知っているのは、ここにいる人たちだけじゃないの」

「海上プラットホームに連絡しない、と言ったのはサカザキ氏だけだ。他の人間が漏らしていないとは限らない」

「……そうか」

「《バブル》のネットワークは、海上プラットホームを経由して外部に接続されている。入ろうと思えば、世界中のどこからでも侵入できるさ。もっとも、侵入はサクラ氏の正規のＩＤとパスワードを使って行われている。よほど凄腕（すごうで）のハッカーでもない限り、《バブル》の内部に、かなり精通した人間であることは間違いないな」

「アクセス・ログから侵入経路を特定できないの？」

「ムリだ。ある程度技術のある人間なら、記録を残さずに侵入することぐらい簡単にやってのけるからな。ましてや内部の人間の仕業なら、ログを解析しても無駄だ」

「結局、何もわからなかったのと同じか……」遊が嘆息する。

「最初からそう言っている」私は素っ気なく答えた。「そちらは？」

「ええ」遊が微笑む。「ちょっと面白い話が聞けたわよ。須賀貴志くんが、彼の家庭教師をしている大学院生に教えてもらった話らしいんだけど」

「彼の家庭教師というと、例のスガ・ミチヒコの婚約者という女性か……」

「ええ、そう。その彼女と、須賀道彦さんの間で、ちょっとしたトラブルがあったらしいのよ。今年の二月十四日に」

「二月十四日？」

私は思わず訊き返した。今年の二月といえば、須賀道彦はすでに《バブル》に派遣されていたはずである。そして、その日は——

「バレンタイン・デイのチョコをね。須賀道彦さんが、もらったらしいの。ここで」

「スタッフの誰かが、わざわざ地上から取り寄せたのか？」

「そういうこと。送り主は《バブル》の常駐スタッフ。誰だと思う？」

「カジオ・マナミか……」

「ご名答」

遊が手を叩くふりをしながら言った。

誉(ほ)められるほどの推理ではない。永田衣里や寺崎緋紗子がバレンタインなどに手間暇をかけるとは、とても思えなかっただけだ。簡単な消去法である。梶尾麻奈美も、今どきそんなイベントに気を遣ってしまうあたりが、八方美人などと評される一因なのだろう。

「もちろん義理だったと、須賀道彦さんは主張したらしいけどね。婚約者の彼女としては、その言葉を疑ってしまうわけよ。遠距離恋愛だからね」

「なるほど」

「それで、困った須賀道彦さんが言うことには、《バブル》の中には梶尾さんが昔付き合っていた男性がいるんだ、と」

遊がうなずく。

「まさか……それがサクラ・マサアキだというのか？」私は少し驚いて訊いた。

「須賀貴志くんが佐倉昌明さんの名前を聞いたのは、その一回きりだそうよ。彼も、ついさっき思い出したばかりだと言ってたから、鵜呑みにするのは危険だけど、ある程度は信用していいと思う。貴志くんが、そんな嘘をつくメリットはないものね。梶尾さん本人に確かめれば、すぐにわかることだし」

「スガ・ミチヒコが苦し紛れに言い逃れを言ったのかもしれない」私は少し意地悪く言った。

「かもね」遊は案外素直に認める。「でも、その話が本当だとしたら、いろんな可能性が考えられるんじゃないかな。須賀道彦さんの自殺についても、佐倉さんの事故のことも。

たとえば、彼らの間に、三角関係があったとかね」

「もしカジオ嬢が、本当にスガ氏に気があったのなら、彼が自殺したことによって一番得をするのは、単純に考えればサクラ・マサアキということになるが……」

「それはどうかしらね」遊が首をひねる。「人間って、そう簡単に割り切れるものじゃないわよ。好きな人が死んだから、すぐに他の人を好きになるだなんて。むしろ、佐倉さんにとっては、その条件は不利に働くかもしれない」

「だとすれば、失恋したサクラ氏が自殺したというパターンかな？」

「まさか」遊が力無く笑う。「失恋したくらいで自殺するようなタイプには見えなかったけど」

「同感だな。だが、サクラ氏がスガ・ミチヒコを直接殺すことは不可能だ。スガ少年やカジオ嬢が、スガ・ミチヒコの仇をとったという仮説は成り立たないな」

「そうね」

「ところで、スガ少年の様子はどう？」私は、先ほどから気になっていたことを訊いた。兄の自殺の原因をさぐりに来て、新たな死体と遭遇したのだ。死亡の現場は見ていないとはいえ、須賀少年は少なからずショックを受けているはずである。

「当然だけど、あんまり元気があるとは言えないわね」遊が肩をすくめる。「今は、お兄さんの荷物を整理してるわ。持って帰る荷物と、捨てちゃうものを分けているみたい。もっとも、めぼしいものは警察が運び出したあとだから、たいしたものは残ってないって言ってたけど」

「犯人探しはあきらめたのかな?」

「さあ……」遊は曖昧に首を振ったあと、きっぱりと言った。「でもね、あたしはやっぱり須賀道彦さんも誰かに殺されたんだと思う」

「なぜ?」

「収穫は、まるでなかったわけではないの。あったのよ。須賀道彦さんの私物の中に、レポート用紙と筆記用具が」

「それが、なにか?」私は思わず訊き返す。彼女の発想の飛躍についていけない。

「わからない?」遊はそう言って、挑戦的な笑みを浮かべた。

「須賀道彦さんが本気で自殺するつもりだったなら、彼は遺書を書けたの。パソコンのデータなんかじゃない、本物の遺書をね」

第四章

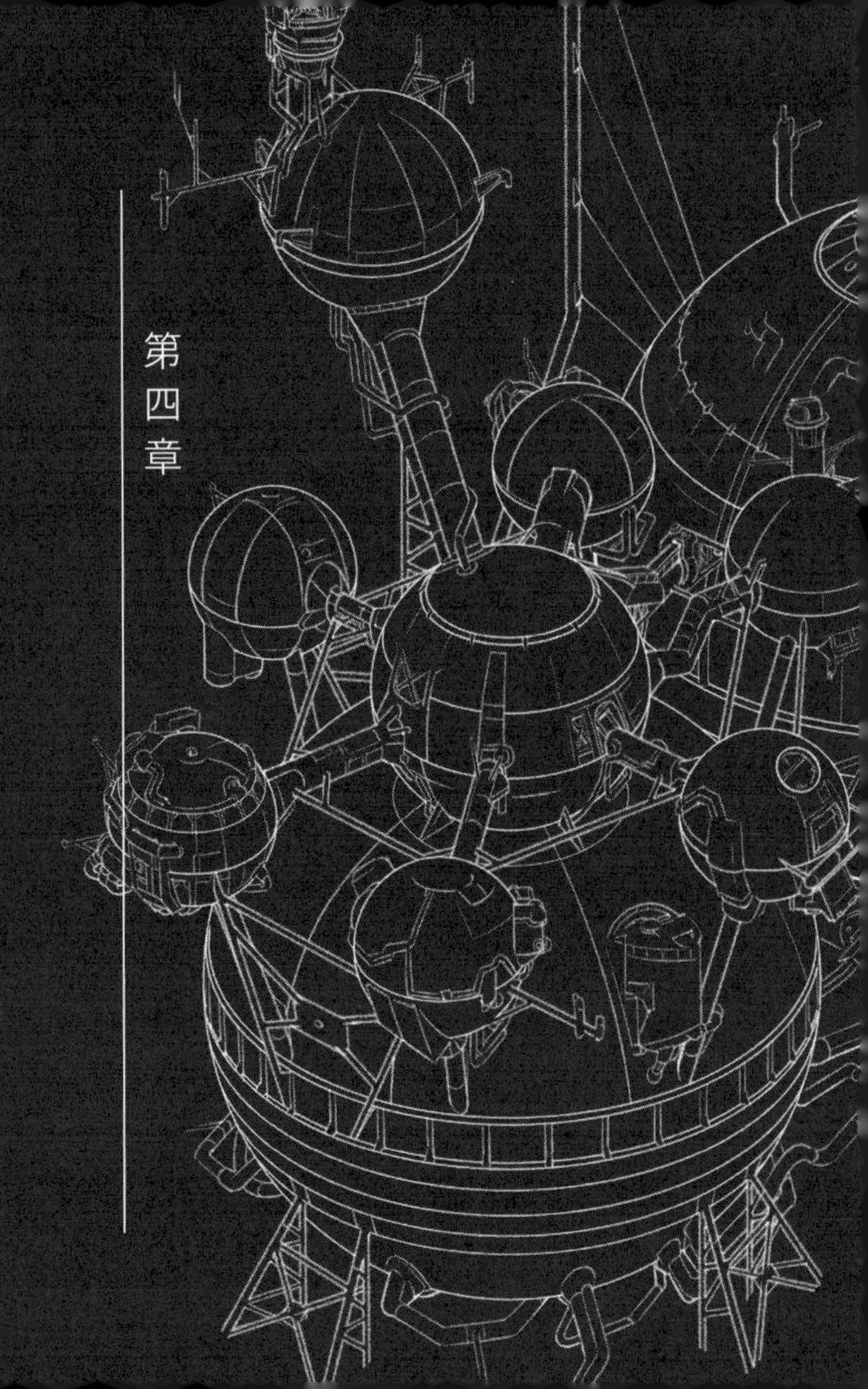

1

昼食の時間になって、《バブル》にいる全員が再び食堂に集まった。

献立はインスタントラーメンと海藻サラダだけ。厨房に残っていた食材だけで準備したのだから仕方がない。事情がわかっているだけに、誰からも文句は出なかった。

「このあと、倉庫をもう一度調べようと思う」全員の食事が終わるのを待って、坂崎が言った。「全員で入っても仕方がないから、僕と寺崎さんと和久井くんだけで調べるよ。ほかの人は、自分の仕事を続けてくれればいい」

和久井はうんざりしたように肩をすくめ、寺崎緋紗子は表情を変えなかった。他のスタッフたちは不安そうな様子で、お互いの顔を見合わせる。

「それから、鷲見崎さん」

「あ、はい」いきなり名前を呼ばれて、遊があわてて返事をした。

「申し訳ないのですが、あなたも調査に同行していただきたい」

「ええ……それは構いませんけど」遊にしてみれば願ってもない提案のはずだ。しかし彼女は、ほかのスタッフの手前、表面的には控え目に振る舞った。

「すみません、我々の勝手な希望なんですが」坂崎が説明する。「あなたは部外者で、佐倉くんと利害関係がない唯一の人間だ。だから、あなたには証人になっていただきたいのです。つまり……僕たちが彼の死亡現場を荒らしたり変更を加えたりしていないということを、警察に証言してもらいたい」

「内輪の証言だけじゃ、なかなか信用してもらえないからな」和久井が、気怠そうに腕を組んで言った。「そのあたりのことは、須賀のときに学習済みだ」

無遠慮な彼の発言に、スタッフの何人かが気遣うように須賀貴志を見た。その貴志が、顔を上げて坂崎を見る。

「僕も、一緒に行っていいですか？」

「え、いや。だめだ」坂崎が驚いて首を振る。「君のような子どもが見るものじゃない」

須賀貴志が不満げに坂崎を睨む。坂崎は、少し優しい口調で付け加えた。

「それに、君が現場を見たって何もわからないよ」

「じゃあ、あなたたちには何がわかるって言うんですか？」

貴志が非難するような口調で言った。須賀道彦（みちひこ）の死が自殺で片付けられてしまったという不信感から出た言葉なのだろうが、坂崎にはそこまで読みとれない。坂崎の表情が、かすかにひきつる。

「連れて行ってあげてはどうです？」それまでずっと黙っていた寺崎緋紗子が、不意に口を開いた。

「いや……しかし」坂崎が口ごもる。彼もどうやら、この美貌の女医には苦手意識があるようだ。

「隠しだてするようなものではないでしょう。佐倉くんは、もう死んでいるのです。今、死につつあるわけではない。人間の死体は単なる『もの』です。それを見せるのは残酷ではありません。危険でもない」

寺崎緋紗子の瞳が、その場にいる全員を見つめる。彼女の瞳は、まるで高度な測定装置のようだ。恐ろしく、そして研ぎ澄まされて美しい。彼女の思想を、坂崎はすぐには理解できなかったようだ。だが、その瞳に気圧（けお）されるようにして坂崎は目をそらす。

「あの……」坂崎に気を遣ったのか、梶尾麻奈美（かじおまなみ）が手を挙げた。「でしたら、私も一緒に行きましょうか？」

「そうだな……では、そうしてもらおう」

そう言って坂崎はため息をついた。須賀貴志も少し不満そうだ。子ども扱いされて世話を焼かれるのが嫌なのだろう。

食事当番の二人——寺崎緋紗子と永田衣里が食器を下げる。綱島由貴と依田加津美も後片付けを手伝った。予期せず佐倉昌明が死んだので、食事当番のローテーションにも影響が出るはずだ。彼女たちは食器を洗いながら、そのことについて話し合っている。

落ち着かない様子で作業が終わるのを待つ坂崎に、遊が訊いた。

「すみません、坂崎さん。せっかくですから、今この場でひとつ質問してもいいですか?」

「あ、ええ……どうぞ」坂崎が姿勢を正す。

「今回の事故の原因はまだわかってませんけれど、須賀道彦さんも佐倉さんも、ある意味では、この施設の、というよりも深海底開発実験の犠牲者だと言えますよね。彼らのような犠牲者が出た今でも、この施設は必要だと思いますか?」

「ああ、そういうことですか」坂崎は微笑む。「自明ですね。必要です」

「なぜです?」

「その前に、僕のほうから質問させてください。鷺見崎さん、環境問題について考えたことがありますか?」

「環境問題?」遊が小さな顔を傾けた。「絶滅危惧種の保護や、地球温暖化の防止措置ってことですか？　それとも資源のリサイクルとか？」

「ええ。他にも、ありますね。節電や節水などのいわゆる省エネや、排出ガス規制、それに代替エネルギーの開発などですか……。ですが、そのいずれも、根本的な解決策にはなり得ない。一時しのぎの応急処置という印象でしかありません。なぜだかわかります？」

「いえ」遊は首を振って、話の続きをうながす。

「人間は、増えすぎました。生物としては、すでに繁殖の限界を超えていると言ってもいい。食料やエネルギーの供給を外部にすべて依存した大都市のことを考えてみればわかります。人間は、大量のエネルギーを消費することで、ようやく人口を維持して生きながらえているのです。僕たちの文明は、もう引き返せないところまできているのですよ」

「人間は、これからも資源を大量に消費し続けるしかないと？」

「そう、それが事実です」坂崎は、ゆっくりと言った。「けれど、それももう限界です。エネルギーや資源の枯渇は明らかだし、食料の増産にも先が見えています。現在は限られた先進諸国が、圧倒的な量の資源やエネルギーを消費していますが、歴史的にみればそれは無視できる程度の偏りでしかない。いずれ発展途上国を中心に人口は爆発的に増え、彼らは先進国並みの生活を望むでしょう。どうなると思います？」

「残された資源をめぐって戦争が起きますね。そうなる前に、環境の激変や疫病で人口が減少に転じるかもしれませんが……」

「そう……。あるいは産児制限をして強制的に人口を減らすか、間引きをするか、どうです？　そんな未来が、人間的な社会だと呼べますか？」

「いえ……あまり考えたくない未来ですね」

遊は、坂崎から目を逸らさずに言う。坂崎はもう一度微笑んだ。

「人間が、これから先も人間らしく生きるためには、この施設が必要なんですよ。海は単純に、陸地より面積が広いだけではない。海面と海底では、まったく別の用途に使うことができます。五十万トンのタンカーを浮かべた海の真下を泳いでも、魚たちがタンカーの重量に潰されることはない。海は、人間に輸送路と食料生産の場と土地とを同時に供給することができるんです。それに、エネルギーも」

「温度差発電ですね」

遊が訊いた。海水の温度差だけを利用してエネルギーを取り出す半永久的な発電機関。このアクアスフィア計画ではすでに実用化されている技術だ。

「そう。太陽エネルギーを蓄える海水の熱容量は、大気圏とは比較になりません。そのうちの一部を取り出して利用するだけなら、トータルでは地球の熱収支は変わらないことになりますね。さらに、二酸化炭素の発生もありませんから、地球の温暖化に対する極めて有効な対策になります。もちろん、それらすべてを実現するには、まだまだ技術的な問題点が残されていますが……」

「いいえ。坂崎さんがおっしゃりたいことは、わかります」

「まあ……最終的には、人間は宇宙に出ていくしかないんだと思いますよ」坂崎が、軽い口調で言った。

「だけど、僕らが生きているうちに、他の惑星に移住できるような段階にまで、人類の文明は到達しないでしょう。だったら、それまでは、地球の中だけでやりくりしていかなければならない。もう少し、この母なる海に頼って生きていかなければならないんじゃないかと、僕は思っているんです」

その場にいる全員が黙っていたが、しばらくして須賀貴志が口を開いた。

「どうして、そこまでして人類は生き延びなきゃならないんですか？」

投げ遣りな言葉とは裏腹に、彼の表情は真摯だった。少女のように長い睫毛に縁取られた瞳が、坂崎を非難するように見つめている。

「他の動物や植物や、同じ人間を犠牲にしてまで、どうしてこんな現代社会なんかを守らなきゃならないんですか？」

「今の文明が間違いで、滅びてもいいと君が思っているのなら、それは違う」坂崎が熱っぽい口調で反論した。「もしも現在の文明が滅んだら、たとえ種としての人類が生き残ったとしても、今と同じレベルの文明は二度と築けないだろう。どんな優れた技術者がいても、一人では半導体は生産できない。溶接や機械加工などの高度な技術は、そのノウハウが失われてしまうと、もはや再現することはできない。高度な採掘技術なしで手に入る化石燃料は何年も前に枯渇して、今は海底や大深度地下などの困難な場所から石油資源を採掘しているのが現状だ。人類の文明には、再起動のスイッチはない。壊れたら、それで終わりだ」

「兄は、たぶんそんなことどうでも良かったと思います。人類の文明なんて、そのために自分が犠牲になってもいいなんて、これっぽっちも思っていなかったはずです」貴志が、細い声で言った。「だけど兄は死んだ」

「そんなもんさ」和久井が不意に口を開く。

「いいか、須賀くん。世の中には、二通りの馬鹿がいる。できるはずのことをできないと信じ込んでいる馬鹿と、できないことなんて何もないと勘違いしている馬鹿だ。最初の馬鹿はただの馬鹿だが、あとの馬鹿は大馬鹿だ。そんな奴らが戦争を始めたり、地球を汚染したり、いつだって何もかも台無しにしちまうんだよ」

「聞き捨てならないな」坂崎が不快げな声で口を挟んだ。「それは、僕たちのことを言っているのか？」

「そう受け取ってくれても構わないぜ」和久井が不敵に笑う。「人間は、そろそろ自分たちにできないことがあるって気づいたほうがいい。俺はそう思っている。須賀や佐倉は、それを身をもって証明してくれたわけだ。どうだ、須賀貴志クン？　こう言えば満足かい？」

貴志は、複雑な表情を浮かべたまま黙り込んだ。和久井の視線から逃げるように目を伏せる。

兄の死を擁護して欲しいのか、それとも無駄だと言って欲しいのか――。彼自身、自分が何を求めているのか、わからなくなってしまったのだろう。

遊が、彼の代わりに質問した。

「じゃあ、どうして和久井さんは、海洋建築の研究を続けているんですか？」

「わからないのかい？」そう言って、和久井は片目を細める。

「ビジネスだからですか？」

「いいや」和久井が首を振って、笑う。「俺も大馬鹿の一人だからさ。行こうか」

戻ってきた緋紗子を見て、和久井が立ち上がった。時計は一時を回っていた。

2

エアコンと換気フィルターによって空気が完全に入れ替わってしまったのだろう。佐倉昌明が死んだ倉庫ユニットは、今朝とは少し雰囲気が変わっていた。鼻をつく異臭も、今はそれほど気にならないようだ。

相変わらず照明が破損しているので、ユニット内部は暗い。だが、今朝の冷え冷えとした印象は影を潜め、人工の生活空間は、本来の機能的な雰囲気を取り戻していた。

「思ったよりひどいな……」

先頭に立っていた和久井が、ユニットの内壁を照らしながら言った。彼は、自分の研究室から持ってきた大型のマグライトを手にしている。

「ここの建材は、いちおう難燃性の素材だったんだろう？」

煤けた壁を懐中電灯の背中でつつきながら、遊の隣にいた坂崎が訊く。炭化した樹脂パネルの表面が、ぼろぼろと崩れて床に落ちた。

「いくら難燃素材と言っても、酸化すれば焦げるし脆くなるさ。よっぽどの高熱にさらされたか、かなり長時間炙られたか。その辺は俺にはわからないね。専門家じゃないからな」

「でも、変ね」一団の最後尾にいた寺崎緋紗子が、落ち着いた声で言った。「何が燃えたのかしら」

彼女の言葉に、和久井たちも足を止めた。懐中電灯が、あわただしく床や天井を照らす。

倉庫（ストアハウス）ユニットの内部も、やはり二階建てになっていた。中央に螺旋（らせん）階段があるのはホール・ユニットなどと同じ。居住区画（アパートメント）と同様に、下の階層から上へと上がっていく造りである。

入り口から螺旋階段へと真っ直ぐに狭い廊下が続いており、その両脇に、左右二カ所ずつの小部屋が配置されていた。小部屋を仕切っている壁や扉も、ユニット内壁と同じ耐火樹脂だ。そして、すべての扉はきっちりと隙間なく閉じられている。

「たしかに、不可解だな」坂崎がつぶやいた。

「何が変なんです？」

現場の様子を写真に収めていた遊が、ファインダーから目を離して訊（たず）ねた。須賀貴志も不可解な表情を浮かべている。

「燃焼には、三つの条件が必要なんです」梶尾麻奈美が説明した。「ひとつは温度、それから十分な酸素濃度、もうひとつは可燃物の存在」

「佐倉くんを中心に出火した、というのは間違いないみたいだけど」緋紗子が続ける。「他に燃焼の材料になるようなものは見あたらないわね」

「機械油のような不揮発性の溶液を撒（ま）いた痕跡も残ってないな」と和久井。「となると考えられるのは、やっぱりアルコールか？　消毒用のエタノールなら、完全燃焼すれば水と二酸化炭素になる。痕跡は残らないぜ」

なかば名指しで非難されているような状況ながら、寺崎緋紗子は表情を変えなかった。落ち着いた声で反論する。

「けれど、エタノールの燃焼温度は、せいぜい一千度超といったところでしょう。その程度の温度で、この内壁が、これほど激しく酸化するものなの？」

「さあ。条件がそろえば、あるいはな」

和久井は、そう言って首を振る。どうやら、彼も本気で緋紗子を疑っているわけではないようだ。

しばらく観察を続けるうちに、私にも寺崎緋紗子が感じた違和感の正体が理解できた。倉庫（ストアハウス）ユニットの内部——正確には螺旋階段へと続く通路の床と天井、そして小部屋と廊下を隔てている壁には満遍なく火災の跡が残っている。スチール製の螺旋階段の表面塗装も焦げ、その付近が高熱で炙られたことを示していた。天井の蛍光灯を覆うアクリル樹脂のカバーが溶解し、その周囲はひときわ激しく煤けている。だが、肝心の火種がどこにあったのかわからない。その光景は、まるで高温の炎がどこからともなく発生して、倉庫（ストアハウス）の内部を吹き抜けていったとしか思えなかった。

酸素と可燃性の物質が適当な濃度で混ざり合っていれば、一瞬で爆発的な燃焼反応が起きる。条件がそろえば、と和久井が言ったのはそのことだろう。自動車エンジンなどの内燃機関が少量の燃料で大きな出力を得るのと同じ原理である。

だが、それほどまでに濃密なアルコールが充満していれば、倉庫（ストアハウス）に入った時点で佐倉昌明が気づいたはずだ。それこそ自殺するつもりでもない限り、そんな状態で火気を扱うはずがない。

「ちょっと」坂崎が片手をあげて和久井を呼んだ。「これ、何かわかるかな」

「何です？」

和久井が坂崎の肩越しに、懐中電灯が照らしている場所をのぞき込む。

通路の床の隅のほうに、焼け焦げた長い筒状の部品が三本、転がっていた。直径は約十センチほど。長さは三、四メートルと言ったところだろう。高熱に炙られたせいか、筒はいびつに変形して、完全な円形を保っていない。三本とも中央付近に大きな裂け目が走っており、めくれ上がった断面が鋭い刃物のようになっていた。

「これはパイプ……だよな？」筒を靴の先で転がしながら、坂崎が訊く。

「ああ、それはスフィアの補修用の部品だ」和久井が申し訳なさそうに言った。「居住区画の配水管なんかに使う奴。この長さだと、小部屋に入りきらないんでな。通路に置かせてもらってたんだ」

「ああ。そう言えば、ずいぶん前から置いてあったっけ」坂崎が、少し残念そうにつぶやく。「火災とは関係なさそうだな」

「どうかな」冗談めかした口調で和久井が言った。「勢いよくぶつければ、火花くらい散るかもしれん」

「ばかばかしい」坂崎は鼻を鳴らした。

「部屋の中までは、火は回らなかったようね」

手近にあった小部屋のドアを開けながら、緋紗子がつぶやく。熱で膨張したゴムパッキングが軋んだが、小部屋の内側に炎や煙が侵入した形跡はなかった。

緋紗子が開けた小部屋はメンテナンス用資材の置き場らしく、天井まで伸びた備えつけのラックに、交換用の蛍光灯やケーブル、シール剤などが雑然と突っ込まれている。彼女は続けて反対側の部屋も開けてみたが、そちらも火災の影響は受けていない。その部屋はリネン室で、シーツや毛布、テーブルカバーなどの布類がビニールに入ったまま積まれていた。

「この様子だと、食料なんかにも影響なさそうですね」麻奈美がほっとしたように言う。

「そのためにユニット内部を細かく区切ってるんだからな」和久井が無感動な口調で答えた。

「上の階も、いちおう調べてみるか」坂崎がそう言って、螺旋階段を上り始める。和久井もそのあとに続いた。

二人の姿が見えなくなってから、須賀貴志が口を開く。「これが、佐倉さん……ですか？」

螺旋階段の向こう側——通路の突き当たりに倒れていた黒焦げの死体を見て、彼は呆然とした表情を浮かべていた。無理もない。完全に炭化してうずくまったその姿から、生前の佐倉昌明の飄々とした姿を想像するのは、彼をよく知っている人間にも困難な作業だろう。

変わり果てた昌明の遺体から、少年は目を背けた。遺体から立ち上る異臭を振り払うように、彼は頭を振る。

「出ましょうか？」

貴志を気遣って、麻奈美が言う。須賀少年は血の気のない顔で、気丈に首を振った。自分から現場を見たいと言った手前、先に帰るとは言い出せないようだ。

「おそらく、インターホンを使おうとしたのでしょうね」

手袋をはめた手で昌明の死体を動かしながら、緋紗子が言う。遊が彼女の手元をのぞき込むと、昌明の死体のすぐ横にインターホンの受話器が転がっているのが見えた。

プラスチック製の受話器は派手に燃え上がったらしく、原形をほとんど留めていない。コードはかろうじてつながっていたが、壁に埋め込まれた本体のほうも溶解して、言われなければそれがインターホンであったことさえ気づかないくらいだった。

「インターホンで助けを求めようとした、と考えていいのかしら？」誰に言うともなく、遊がつぶやく。

「死体の状態から察するに、そこまでの余裕はなかったでしょうね」緋紗子が冷静に答えた。「それに火事を見つけたら、誰かに知らせるより先に、自分が現場を離れようとするのが普通ではないかしら。インターホンで誰かと話している最中に火事が発生したと考えるのが、むしろ自然でしょうね」

「なるほど」遊はうなずいたあと、ふと気づいたように言う。「インターホンに発火装置を仕込むということはできませんか？」

「可能でしょうね。インターホン本体から電源をもらえばいいのだから簡単です」緋紗子はあっさりと認める。「ただし、証拠を残さないようにするなら、そんな大がかりな装置は使えません。せいぜい電圧をかけて火花を散らすか、ニクロム線で熱を発生させるか、その程度。大規模な爆発なんかは起こせないでしょうね」

「燃料の問題は残る……というわけですね」遊は小さくうなった。「でも、変ですよね。アルコールにせよ、そのほかの燃料を使ったにせよ、それを倉庫（ストアハウス）まで運んでくる容器が必要だったはずです。だけど、そんなものは見あたらないし」

「そうね」

緋紗子は素っ気なく言った。

遊は通路の隅に転がっていたパイプをつま先で転がしてみる。中空のパイプの中には、何十リットルかの液体が入りそうだ。だが、配管に使うというステンレスのパイプは、両端をきっちりと専用の部品で閉じられている。閉じるのは簡単だが、取り外すには特殊な工具が必要になる頑丈なものだ。燃料の運搬には使えそうにない。

「倉庫（ストアハウス）の中には、燃料になるようなものは置いてないって言ってましたよね」遊が訊く。「薬品なんかはどうです？」

「薬品？」緋紗子が顔をあげた。

「ええ、混ぜ合わせると水素とか、メタンとか、そういう可燃性の気体が発生するような試薬です」

「すごい発想ね、鷲見崎さん」緋紗子がうっすらと微笑んだ。「ないこともないだろうけど、量が足りないと思うわ。絶対的に。それにね、佐倉くんが、どうしてそんな面倒なことをしてまで焼身自殺を図らなければならないのかしら？　単に自殺するだけなら、もっと他にやり方がいくらでもあるでしょうに」

「……そうですね」

遊はそう言って、炭化したインターホンの姿を写真に収めた。暗い倉庫（ストアハウス）に慣れた目に、フラッシュの眩（まばゆ）い光が焼きついて残る。それから遊は、エアコンの吹き出し口にレンズを向けてシャッターを続けざまに切った。

その様子を、須賀貴志と梶尾麻奈美が所在なげに見つめている。

「そうか……」遊がカメラをおろす。「酸素濃度が異常に上昇したって可能性がありますよね。普通の火災だったら火が燃え移らない物質も、酸素濃度が高いと燃焼するんじゃないですか？　だとしたら、火種となった可燃物が見あたらないのも不思議ではないわ」

「それは、あり得ないな」

和久井の声が上から聞こえてきたので、遊たちは振り返った。ちょうど和久井と坂崎が、螺旋階段を降りてきているところだった。

「言ったろ、エアコンは正常に作動していたって」和久井が続ける。「酸素分圧が通常を超えて極端に高くなることはあり得ない」

「でも、一時的に故障したのかもしれないじゃないですか」遊が反論した。「ひょっとしたら、誰かが人為的にそういう状態を引き起こしたのかも」

「いや。それは無理なんですよ、鷲見崎さん」答えたのは、坂崎だった。「酸素は、《バブル》の環境を維持する上で、一番重要な要素の一つですからね。三系統の独立したセンサーで常に監視されてますし、そのうちの一台はエアコンに内蔵されていて、和久井くんでも手が出せません。規定の濃度を超えてもエアコンが酸素の噴出を続けるということは絶対にあり得ないんです。酸素ってのは、猛毒でもありますからね」

「外部から酸素を運んできた人がいたらどうです？」遊が食い下がる。「酸素ボンベか何かで」

「それはできるだろう。ここのセンサーも、そういう事態は想定してないからな。異常に上昇した酸素濃度を低下させる装置ってのがあるわけじゃない」和久井が言った。「だけど酸素ボンベなんか、《バブル》には用意してないぜ。酸素が必要になったら、水の電気分解で好きなときに要るだけ生産することができるからな」

「そうですよね」遊がつぶやく。「佐倉さんが、私物として酸素ボンベを持ってきたってことは、あり得ないか」

「まあ、普通じゃあり得ないわな」和久井が大げさに首を振る。「なんでそんなもの持ってこなきゃならないんだ。水深四千メートルじゃ、スキューバダイビングもできないぜ」

「いえ、そうじゃなくて」遊が、少しむっとして言った。「医療用に使う、小さいやつがあるでしょう?」

「それもないでしょうね」と坂崎。「酸素吸入が必要なほど体調の悪い人間を、海の底に閉じこめるほど財団は非人道的ではありませんよ。彼が、そんなものを必要としていたとは思えません。それに、規則でスプレーやボンベの類は持ち込めないことになっています」

そう言われてみれば、空港でヘリに乗り込むときにも、簡単な手荷物検査があった。いくら佐倉昌明の荷物が多かったと言っても、酸素ボンベのようなものを隠して持ち込むのは無理だろう。

それに、緋紗子の言うとおり、そこまでして昌明が焼身自殺をしなければならない理由は思い浮かばない。事故に見せかけるつもりだったとしても、もっと簡単な方法があったはずだ。そしてその疑問は、これが殺人事件だと仮定しても、そっくり当てはまる。こんな回りくどい殺し方をするメリットが犯人にあるとは思えない。

いや、違う……

私は、なぜかそう確信した。

メリットは、あったのだ。少なくとも、このような不可解な死を演出しなければいけない理由があった。それが理解できれば、おそらくは、彼の死の謎も解けるのだろう。

佐倉昌明は、倉庫(ストアハウス)で死んだ。誰もが自由に出入りできて、それでいて、滅多に人が寄りつかないこの場所で。それもまた、重要な符合のように思える。

遊も、それに気づいているのだろう。彼女は、ほんのわずかな手がかりをも見逃さないようにと、熱心にユニットの内部を眺めている。

「上の階層は、ここよりだいぶマシだ」坂崎が、緋紗子たちに言う。「冷凍庫も問題なく動いている。扉に少し煤がついてるくらいだ」

「あとは、警察の仕事だな」和久井が言った。「エアフィルターが、ひどく汚れている。交換作業をしたほうがいいと思うんだが……どうしたもんかな。こういう場合、現場を保存しておいたほうがいいのか？」

「知らんよ」坂崎が苛(いら)ついたような口調で答える。「放っておこう。すぐに支障がでるわけじゃないだろう」

「まあな」

和久井と坂崎は肩をすくめて、出口のほうに歩き出す。そのあとを、無言の須賀少年と梶尾麻奈美が続いた。遊も、名残惜しそうに歩き出す。

寺崎緋紗子が小部屋から青いビニールシートを取り出してきて、佐倉昌明の遺体にかけた。

3

結局、倉庫（ストアハウス）ユニットの検分には思ったより時間がかかった。時計は午後三時少し前である。

「海上（うえ）に連絡しなければなるまいな」ホールに戻ったところで、坂崎が言った。

「佐倉の両親は健在なんだろ？」和久井が訊く。「彼らには何て言うつもりなんだ？」

「竹野（たけの）さんに任せるよ」坂崎は目に見えて苛立っていた。「気が重い。こっちがノイローゼになりそうな気分だ」

「相談には乗りますよ」緋紗子が真面目な口調で言う。「私はそのためにいるのですから」

「あとで睡眠薬をもらいにいくかもしれません。薬でも飲まなければ眠れそうにない」坂崎の口調は、まんざら冗談でもないような様子だった。

「酒のほうがいいんじゃないか？」和久井が笑いながら緋紗子のほうを見る。「そのときは、俺もご相伴にあずかりたいところだな」

「考えておきましょう」

緋紗子は、にこりともせずに言った。

坂崎と和久井は、それぞれ自分の研究室のほうへと向かった。坂崎の研究室があるのはラボA、和久井の研究室があるのはラボCだ。こうしてみると、《バブル》のスタッフの作業が、まったくの個人プレーなのだとよくわかる。彼らの仕事内容には、横のつながりというものがまったく存在しないのだ。別々のユニットに設けられた研究室は、それを象徴しているようにも思えた。

「鷲見崎さんは、このあとどうします？」梶尾麻奈美が遊に訊いた。「もし良かったら、一緒にお茶にしませんか？　須賀くんが少し疲れているみたいだから、少し休んで、それから私の研究室を案内しようと思っているんですけど。ROVの制御室も」

なるほど彼女の言うとおり、須賀貴志の顔色はひどく悪かった。やはり、佐倉昌明の死んだ凄惨（せいさん）な現場がこたえたのだろう。

遊と目が合うと、彼は照れたように微笑んで目を伏せた。格好悪いところを見られてしまった、と言いたげな素振りだった。

「ROVの見学に行くの、少し待っててもらえませんか？」遊が両手を胸の前で合わせる。「あたしも一休みしたいのは山々なんですけど、せっかくだから寺崎さんを取材させてもらおうと思って」

「私を？」緋紗子が、遊を振り返る。

「まずいですか」

「いいえ。ですが、私を取材しても、あまり面白くないと思いますよ。やってることは普通の心理学者と変わりませんから」

「いえ。十分興味深いです」

遊が言う。それは東邦サイエンスの読者にとってではなく、遊にとってという意味だろう。

そんな彼女を、緋紗子はかすかな笑みを浮かべたまま見ていた。

彼女の落ち着いた黒い瞳は、まるで何もかもを見透かしているように感じられる。私は、緋紗子のその表情に、なぜか奇妙な既視感を覚えた。

彼女に惹かれているのは、遊だけではない。理由はわからないが、私自身も、寺崎緋紗子には、警戒心と親近感、そして恐怖がないまぜになった不思議な気持ちを抱かずにはいられない。人間の女性に対して私がそんなことを考えるのは、極めてめずらしいことだ。

それは、ひどく重要なことであるように思われた。それに対して、私が一抹の不安を覚えていることも、また事実だった。

梶尾麻奈美と一時間後に合流する約束を取りつけて、遊は彼女たちと別れる。

寺崎緋紗子の研究室は、和久井の研究室と同じラボCの中にあった。

ユニットの造りはすべて共通らしく、内部の様子は、須賀道彦の研究室があるラボBとよく似ている。小型の球体ユニットの内部が上下に分割されており、それぞれの階層が半球状の研究室になっているという造りだ。

ハッチをくぐってすぐの場所に、上下にわかれた階段がある。その階段を上ったところが、緋紗子の研究室。逆に、その階段を降りると和久井の仕事場だった。

「どうぞ」

ドアを開けて、緋紗子が遊を招き入れる。彼女の部屋は、見慣れない多くの医療機械と、薬品を保存しておくための棚や冷蔵庫で埋め尽くされており、自由になる領域は極めて少ない。

それでも緋紗子と来客が向かい合って座るためのソファには、リラックスできるように、ゆったりとしたスペースが確保されていた。

緋紗子に勧められて、遊は来客用の椅子に腰掛けた。こうしているとインタビューというよりも、まるでカウンセラーと向き合う患者のようだ。緋紗子は佐倉の遺体を調べるときに着けていた、薄いゴムの手袋を脱いで手を洗う。その仕草は滑らかで、機械のように正確だった。

「では、何からお話ししましょう?」緋紗子は遊の対面に腰掛けて、膝を組んだ。

「寺崎さんが、こちらに来ることになったきっかけを教えていただけますか?」

遊が歯切れ良い口調で訊く。

この施設での彼女の研究内容については、すでに昨夜のうちに教えてもらっていた。緋紗子自身は《バブル》の設計に携わっていないという話だったが、彼女の恩師にあたる人物がこの研究室の設計に協力しているらしい。

「それは、《バブル》での実験に協力する動機、という意味に捉えてよいのかしら?」緋紗子が瞬きもせずに遊を見つめる。

「はい」

遊がうなずくと、緋紗子はすぐに淀みなく答えた。

「興味があったからです。このような極めて不安定な状況下にある人間の精神状態に」

「不安定な状況というのは、やはり深度四千メートルの海底という環境のことですよね?」

「いいえ」緋紗子は表情を変えない。「単に生活条件の過酷さを測るのなら、《バブル》は、けして特別な場所ではありません」

「それは、たとえば宇宙ステーションや南極観測施設と比較して、という意味ですか?」

「そんな極端な例を考える必要はありません」緋紗子が口元だけで笑った。「自由に外を出歩けないという意味では刑務所のほうが条件は厳しいでしょうし、外部との交流を絶たれているということに関しては、長期の入院患者も似たようなものです。不安定というのを別の言葉で説明するならば、この施設は、孤独だということです。孤独というただ一点においてのみ、《バブル》は、地球上のほかの場所よりも特殊で貴重な空間なのです」

「やはり寺崎さんも、《バブル》の中は孤独だと思いますか? ほかのスタッフの皆さんもいるし、通信設備も充実しているように見えますけど」

「孤独というのは、相対的な概念です」

緋紗子がゆっくりと瞬きをした。

彼女の周囲の時間だけが、違う速度で流れている——そんな気がした。

「お気づきでしょう? 《バブル》のスタッフ同士は、精神的な交流がほとんどありません。限られた範囲の当たり障りのない会話をして、仲間うちでの自分の役割を演じている。彼らの友人は、この狭い施設の隣人ではなく、電話機の向こう側とコンピューターの画面の中にしかいない。通信手段が発達して、必要なときに好きなだけプライベートな連絡がとれるようになったこと。それが、この施設の特殊性です」

「みなさん、特に仲が悪いようには見えませんけど……」

遊はそう答えたが、彼女も本当は気づいていただろう。この施設のスタッフからは、同じ実験に参加している者同士の連帯感のようなものが感じられない。妙によそよそしく、むしろ部外者である遊や須賀少年に対してのほうが饒舌なくらいだ。

遊の言葉を聞き流して、緋紗子は続ける。

「肉体的には深海底に束縛されているのだから、その特殊性がより際立ちますね。それが私の言った、不安定さ、です。肉体的な距離は、お互いの信頼感に影響を与えない。むしろ、それが障害になることもある」

「距離が離れているから安心できるっていうことですか？」遊が納得できない様子で首をひねる。「逆のような気がしますけど」

「そう？」緋紗子が微笑む。

「たしかに電話でなら普段話しにくいことも友達に言える——そんな経験をしたことはありますけど……やはり好きな相手の近くにいたいと思うのが普通じゃないでしょうか？」

「そばにいたい、相手の表情を見たい、身体に触れたい……そのような欲求と、孤独という感情は本来無関係です。不特定多数の男性と肉体関係を持つ娼婦が孤独でない、とは誰にも言い切れません。人間の肉体は、電話やメールやテレビや音楽と同じ、単に孤独を紛らわすためのツールでしかない。一人より二人のほうが孤独でない、と考えるのは、過去の慣習が作り出した幻想です」

「……私は、そうは思いません」遊が申し訳なさそうに異議を唱える。「人間と道具が同じだなんて……」

「では、鷲見崎さん。恋人と休日を一緒に過ごしたいと願うのと、寂しさを紛らわすためにペットを飼う行為に、本質的な差異があると思いますか？」

「いえ」遊が首を振る。「……でも、それはペットが、人間と同じように一個の人格として存在しているからではないですか？」

「では、和久井くんが飼っているペットロボットは？」

その質問に、遊は答えることができなかった。緋紗子は、勝ち誇った様子もなく、淡々と続ける。

「お人形遊びに夢中になっている子どもや、読みかけの本に没頭している人間は、退屈な恋人といる人間よりも孤独ではありません。孤独というのは、その程度の概念なのです。それは、あなたのほうがよく知っているでしょう？」

「え？」

遊は、意味がわからないというような素振りで緋紗子を見た。緋紗子は、遊が胸ポケットに入れている携帯情報デバイスに視線を向ける。すなわち私の本体に――

「鷲見崎さん。もし、本当にあなたを理解して一緒にいてくれる人がいるのなら、それが本物の人間でなくてもいいとは思いませんか？」緋紗子は優しい声で言った。

「……どういうことですか？」

「たとえ造りものでも、人格を複製したプログラム――単なるデジタルデータでも構わないのではないですか？」

「寺崎さん……あなたは」遊は、何とか声を出そうとした。「あなたは、何か知っているんですか？」

「何か？　いいえ……」緋紗子は首を横に振った。「単なる一般論ですよ。縫いぐるみを話し相手にする子どものように、あるいは愛車に異様な執着を見せる若者のように、人間は、物を使って孤独を紛らわせる方法を知っています。アニミズムやピグマリオン願望、あるいはホムンクルス。呼び名は様々ですが、人間は古来、物質に意志を吹き込み、人格を与えることを夢見てきた。そして科学の進歩が、その夢をあと一歩で実現させようとしている。もし、本当に完全な人工知能が完成したら、もう人はSNSやチャットで生身の人間と会話をする必要はない、そうは思いませんか？」

「いえ……私には、わかりません」遊が硬い声で言う。「なぜ、私にそんな話を？」

「それは、あなたが、その情報デバイスに過度の感情移入をしているように見えたからですよ」

「え？」

「……イヤホン」

緋紗子は、彼女の右耳から首筋にかけて指でなぞる。その動きにつられて、遊が自分の左耳を押さえた。遊の指先に、私と通話するためのワイヤレスのイヤホンが触れる。

「《バブル》では携帯電話も使えないし、あなたの耳が不自由なようにも見えなかった。だから、あなたはその携帯デバイスを話し相手として認めているのだと思ったのよ。違う？」

「あ、いえ……」

遊が小さく首を振った。私は、昨日、初めて会ったときの緋紗子の言葉を思い出した。彼女は、ほんのわずかな手がかりから、私の存在を推測していたのだ。しかも普段は遊の髪で隠されているイヤホンに気づくあたり、観察力も相当なものだ。

「そんなに警戒しないで。私は、コンピューターには興味がありませんから」緋紗子が足を組み替える。「電子機器と――共存しているあなたという人格には多少興味を覚えますけど」

流れるような緋紗子の声に、一瞬だけ言葉を選ぶような間があった。彼女はきっと依存と言いたかったのだろうと、私は思う。

「電子工学者の友人がいるんです」遊が早口で言った。「私は、彼の試作した対話プログラムのモニタリングを頼まれているだけで」

「そう」緋紗子が、感情の読めない瞳をかすかに細めた。

「えと……ごめんなさい」遊が緋紗子の視線を振り払うように首を振る。「孤独というのが《バブル》の問題点である、というお話なんですよね？」

「違います。その逆ですね。実験施設としての《バブル》の価値は孤独という部分にしかない、ということです」

「孤独に、価値があるんですか？」

「ええ。あなたは、この施設を暮らしにくい環境だとお考えのようですが、それは必ずしも真実ではありません。気圧も気温も湿度もすべて快適な状態に保たれ、常に浄化された水と空気が循環する《バブル》は、生物としての人間にとって最適とも言える状態です。さらに、地球という生態系にとっても、《バブル》のような海底都市は理想です。すべての生活サイクルは都市の内側で完結し、外部を汚染することはありません」

なるほど、と私は思う。正確には《バブル》は完全な閉サイクルではなく、食料や一部の資材を外部から供給してもらっているが、それは施設の規模の問題だ。もっと巨大な施設が完成すれば、内部でそれらを賄うことも可能になるだろう。あるいは潜水艇に代わる高効率な輸送系統が確立されるかもしれない。

「それが可能となったのも、離れた場所にいる相手と交流できる道具が発達したからです。自分がその場にいなくても。自分の意志を相手に伝えることが可能になったからです。自動車、列車、あるいは航空機による無意味な肉体の移動が、どれだけの浪費を招いているか、想像するまでもないでしょう？　会議をするのに肉体は必要ありません。必要なのは、意志がそこに存在することです」

「つまり、寺崎さんは、これからの都市は、《バブル》のようになるべきだと考えているんですね」

「そうならざるを得ないでしょうね。人が本当に生き延びていくつもりなら」

「坂崎さんも、同じようなことをおっしゃってました」

「当然ですね。海底都市に限らず、すべての都市はもっと閉鎖的であるべきです。一人の人間が動き回る範囲が狭くなれば、そのぶんだけ都市は機能性を増します。《バブル》では、他人が働いている姿を目にする機会はほとんどありません。それでも不都合はないのです。隣人と無理に仲良くなる必要も、人間関係にエネルギーを振り向ける必要もない。世界中であなたを本当に必要としてくれる人とだけ、会話をすればいい」

緋紗子は、そこで息を継いだ。それを見て私は彼女が人間であることを思い出す。

「それが孤独の価値です」

「だけど……普通の人はそんな暮らしに我慢できないのではないですか？」遊が訊いた。

「少なくとも私は耐えられません」

「そう思いますか？」緋紗子がかすかに首を傾ける。「あなたがそう考える理由は理解できます。ひとつには、あなたが肉体的なコミュニケーションを基盤とした社会で成長したという事実。単なる慣れ――あなたの性格を形成するメンタリティの問題です。オオカミに育てられた少女が、服を着るのを嫌がるのと同じこと」

「……でも、なぜそこまでして、暗い海の底で暮らさなければならないのか理解できません」

「では、地下街を思い浮かべてご覧なさい。なぜ人間は光の射さない地下に生活空間を作ったのです？　高層ビルも同じです。開閉不可能なガラスで密閉された高層ビルの中は、《バブル》と同様の閉鎖空間ではありませんか？」

「それは……」

「外の景色が見たいのなら、プロジェクターで壁一面に映し出せばいい。ガラス越しの外の景色と、モニターに映し出された地上の景色に、本質的な違いはないでしょう？　結局は意識の問題です」

「でも、私たちは地下街やビルの中で、ずっと暮らしているわけではありません。職場に泊まり込んだとしても、せいぜい二、三日です。好きなときに、外に出ることができるじゃないですか」遊が反論する。

「ええ、そうですね」緋紗子は、あっさりと遊の意見を認めた。「でも、それは《バブル》でも同じこと。二、三日なら耐えられるけれど、一年、二年は耐えられないというのは、単なる先入観。思いこみです。言ったでしょう、孤独の概念は相対的なものなのだと」

「わかりました……」遊は、そうつぶやいて深いため息をついた。「ええ、そう。そうかもしれない」

「太古の時代、神と王は同じ存在でした」緋紗子が、少しだけ言葉のスピードを落として言った。「祭事と政治は同じ。狩猟は生きることと同義だったでしょう。ほんの十数年ほど前までは、仕事が生活のすべてだという男性も溢れていました」

「愛こそすべて、なんて言葉もありましたね」

遊が言った。その反応の速さに満足したように、緋紗子が微笑んだ。

「今でもそれを信じてますか?」

「いえ」遊が首を振った。

「それと同じことです。正しいとか間違っているとかいう問題ではない。その人が信じていることが真実なのです。職場の同僚が必ずしも親友である必要はない。肉体的な安らぎを与えてくれる人間が、精神的な拠り所である必要もない。閉鎖都市とネットワークの存在が当然の時代に生まれた世代ならば、その考えも、きっと抵抗なく受け容れることができるでしょう」

「《バブル》での実験を、その過渡的な段階だと寺崎さんは位置づけていると考えてもいいですか?」

「そう。過渡的な段階にあるのは、《バブル》という施設ではなく、中で暮らす人間のほうですけどね」

「今回の事故については、どうお考えですか?」遊が、緋紗子の瞳を真っ直ぐに見ながら訊いた。「須賀道彦さんの自殺や、佐倉さんの事故も、やはり中で暮らす人間の不適合が原因なのでしょうか?」

「なるほど」緋紗子が少し嬉しそうに言った。「不適合というのは適切な表現です」

「すると、寺崎さんは今回の佐倉さんの事故も、自殺だったと考えているんですね?」

「いいえ」緋紗子が前髪を払った。「私は何も考えていません。私は単なる観察者ですから。余計な先入観は禁物です」

「けれど、観察者にも主観は必要なはずです。仮説も」遊が言った。

「そうね。あなたの言うとおり」緋紗子はふっと口元を緩めた。「私が感じているのは、今回の事件が、孤独に怯えた人間の行為によって引き起こされたということだけです。《バブル》の理想とはかけ離れた、対極にある意志によって生み出された結果ということ。その意味で、私は失望を感じています」

「引き起こされた？」遊が、緋紗子のほうに身を乗り出す。「それって、他殺だという意味ですよね？」

「あなたはそう考えているのでしょう？」緋紗子が逆に訊いてきた。

「はい」遊が素直に認める。

「それと同じです」緋紗子は淡々と言った。「怯えは、ときとして攻撃的な意志を生みます。今のあなたと同じように」

「え？」遊が意表を突かれたような表情を浮かべた。「すみません、私、言葉遣いが荒かったですか？」

「いいえ、そうではありません。あなたの発想が攻撃的だと言っているのです」緋紗子の黒い瞳が遊を捉える。「あなたは、ひどく怯えていますね」

「怯えてる？」遊が微笑みながら訊き返した。「私が……ですか？」

「あなたは怯えています」緋紗子は続ける。「自分が受け身になったときに、ひどく脆い存在だということを知っている。だから、常に攻撃的な発想をすることで、自分を守ろうとしています。あなたが、目の前にある犯罪を見過ごすことができないのは、恐怖から逃れるためでしょう」

「私が、どうして怯えなくちゃいけないんですか？」遊が言う。自分の声が大きくなったことに、彼女は気づいていない。

「あなたが何に怯えているのか、私にはわかりません」緋紗子が冷たく言い放った。「ですが、あなたが他の誰よりも、孤独を恐れていることはわかります」

「どうして？」遊が訊く。「対話プログラムを使っているから？」

「いいえ」

「だったら、わかるはずがない」遊が短くつぶやいた。「そんなこと……」

「眠れましたか？」緋紗子が、いきなり訊いた。

「え？」遊が、びくりと肩を震わせる。「昨日の夜は……」

「いいえ。ここに来る途中の潜水艇の中での話」緋紗子は目を逸らさない。彼女の赤い唇だけが動く。「退屈だったでしょう？　暗くて、狭くて……そう、身動きもとれないほど」

「それは……」

　遊がかすれた声で言った。そのあとの言葉が続かない。彼女は両手をきつく握りしめていた。鼓動が早い。目を閉じて、小刻みに二、三度首を振る。

　緋紗子はその様子をじっと見つめていたが、やがて大きく息を吐いて言った。

「時間ね」

「え？」

　遊が弱々しい声を出した。緋紗子が、遊の後ろにあった時計を指差す。シンプルな液晶のデジタル時計が、四時少し前を指していた。

「梶尾さんたちと約束していたでしょう？」

「あ、ああ……すみません」遊があわてて立ち上がる。「お時間を割いてくださって、どうもありがとうございました」

「いいえ」

　緋紗子は椅子に深く腰掛けたまま微笑んだ。優雅で、無駄のない仕草だった。遊は彼女に頭を下げて、研究室を出ようとする。

「鷲見崎さん」

緋紗子が遊を呼び止めた。遊が振り返る。

「人の意志が、肉体と同じ場所にあると思うのは幻想です。それを、覚えていて」

彼女はそう言ったきり、遊に背中を向けた。

4

梶尾麻奈美の研究室は、これまで見たすべてのユニットの中で、もっとも窮屈だった。ラボBユニット上階のドーム状の小部屋には、ＲＯＶと呼ばれている遠隔制御ロボットの制御機器のほかに、各種の試料や、核磁気共鳴装置などの分析機器までもが詰め込まれている。麻奈美と須賀少年、それに遊が中に入ってしまうと、座る場所さえないほどだ。

だが、その内部は、他のどのユニットよりもメカニカルで先進的な雰囲気があった。大画面のモニターが用意され、対面のシートには、戦闘機のコクピットを思わせるヘッドアップディスプレイや操縦桿が設置されている。

ユニットの奥には直径二メートルほどの強化ガラスの窓があり、その向こう側が水を満たした水槽になっていた。お目当ての海底探査用ロボットは、その水槽の中に浮かんでいた。

ロボットの全長は三メートルほど。マッコウクジラとエイを合成したような、流線型とも平べったいとも言いかねる不思議な形をしている。尻尾にあたる部分にはレーシングカーのような尾翼がついており、その後ろにはシュラウドリングに覆われた二基の小さなスクリューがあった。左右に設置されたサーチライトとカメラが、つぶらな瞳のように見える。なかなか、愛嬌のある顔立ちだった。水槽の中に浮かぶその姿は、まるで本物の生物のようだ。

「これが《バブル》専用の遠隔制御ロボットです。私たちは単純に、ROVをもじってロブと呼んでますけど」水槽の内部に設置されたクレーンで、ロボットを見やすい位置に動かしながら、麻奈美が言う。

「行動半径や用途に応じて、超音波通信による無線コントロールと、光ケーブルによる有線制御ができますけど、要するに高価なラジコンですね。意外とちゃちな造りでしょう?」

「いえ……思ってたより格好いいです」水槽をのぞきこんだまま、須賀貴志が言った。

「兄がよく自慢してました。俺が遊んでいるラジコンは、時価三億円だって」

麻奈美は何も言わずに微笑む。

「このロボット、普段から水の中に漬けてるんですか?」写真を撮りながら遊が訊いた。

「部屋の中に持ち込んで、直接触ったりはできないんですね」

「ええ。この水槽は外部に直接つながってますから」水槽の奥のハッチを指差しながら、麻奈美が答えた。「四百気圧の水を排出するポンプを設置するのは大変なんですよ。それよりは、水の中で補給やメンテナンスができるロボットを造ったほうが、安上がりなんです」

「じゃあ、このロボットは、ずっと水圧に耐えているわけですよね？」

遊が言うと、麻奈美は笑って首を振った。

「いえ、ロボット自体は水圧を感じていません。ROVの内部には密閉された耐圧容器がほとんど使われてないんです。部品は、一部をのぞいてすべて絶縁油で油漬けにした容器の中に入れてあります。均圧容器方式っていうんですけど、水圧が増すと内部の油圧も増しますから、実質的に圧力はゼロですね」

「えっと……」遊がよくわからないという表情を浮かべる。

「深海魚と同じですね。自分の内側の圧力が外部の水圧とつりあっているんです。もちろん、中に人間が乗ってないからそんなことができるんですけど。バッテリーもモーターもポンプも配電盤も油漬けで、けっこう大丈夫なものですよ」

「へえ……」遊が感心してうなずいた。「でも、部品を交換するときはどうするんですか？それに、海中のサンプルを持って帰りたいときは？」

「簡単な部品交換だけなら、この中でできますけど、大規模な修理のときは、いったんROVを海上プラットホームまで浮上させます。向こうで補修したり、サンプルの場合は、潜水艇で運んできてもらったり。面倒ですけど、そのほうが安全だし確実です」

「じゃあ、梶尾さんも、直接このロブくんに触ったりはできないんですね」

「ええ。これまでに一度もないですね」梶尾麻奈美はそう言って、こつんと目の前の耐圧ガラスを叩いた。「この水槽のガラス越しか、モニターに映っている姿しか見たことがないんです。こういうのも、一種のヴァーチャル・リアリティって言うのかしら」

「でも、愛着はあるんですよね」遊が訊いた。

「ええ、もちろん」麻奈美が愛想よく答える。それから彼女は、少しだけ申し訳なさそうに須賀貴志を見た。「本当は実演してあげられたらよかったんですけど、これを動かすだけでも、それなりの時間と費用がかかりますし、それに、私一人では動かせないものですから」

彼女の言葉どおり、制御室には二人ぶんのシートがあった。

印刷物やメモなどの類がまったく存在していないのは、須賀道彦の研究室と同じだ。そのせいか、制御室の内部は妙に真新しく思えて、生活感があまり感じられない。だが、よく見ると、コンピューターのモニターやキーボードのすみには「Prunus285」、「EF66,

EF81, ED76」、「電源NFB注意」などの意味不明な落書きが残されている。その落書きの存在によって、この施設が数カ月の間、実際の研究作業に供されていたことが実感として伝わってきた。

この部屋で、麻奈美と須賀道彦は何度となく共同作業を行ったのだろう。

しかし須賀道彦は死に、彼の代わりに麻奈美の実験を手伝うはずだった佐倉昌明も今は亡い。

もし、その二人の死が何者かによって引き起こされたものであるなら、客観的に見て梶尾麻奈美が一番怪しい人物ということになるだろう。

だが、目の前の小柄な女性を見ている限り、彼女が殺人者だとは、とても思えなかった。これから警察が来て、厳しい追及を受けるのだろうと思うと、可哀想(かわいそう)な気さえしてくる。

「梶尾さんが、このシートに座ってコントロールするんですよね?」体感ゲーム機を彷彿(ほうふつ)とさせるプラスチック製のシートに、遊はカメラを向けた。「もしよかったら、梶尾さんが実際に座っている姿だけでも撮らせて欲しいんですけど」

「それって、雑誌に載せるんですか」麻奈美が困ったように言う。「それは遠慮したいなあ」

「いいえ、ぜひお願いします」遊が笑いながら頭を下げた。「もしなんだったら、服を着替えてきてくださってもいいですよ」

「いえ、このままで」

麻奈美は首を振って笑った。

シートに座った彼女に向かって、遊が何度となくフラッシュを焚く。

年齢のわりに幼い彼女の容姿と、制御室の無機質な光景が、奇妙に溶け込んで不思議な調和を見せていた。

遊が写真を撮り終えるのを待って、須賀貴志が麻奈美に訊ねた。

「兄とは、普段どんな話をしましたか？」

「そうですね、だいたい作業内容についての話だけ、あとは、そうね主任や所長の悪口とか愚痴とか……」答えながら麻奈美がシートを降りる。「個人的な話はほとんどしませんでした。それがここのルールなんです」

「ルール？」貴志が首を傾げる。

「ええ……」麻奈美が目を伏せた。「もちろん、そんな規則があるわけじゃありませんよ。でも、暗黙の了解っていえばいいのかしら……お互いのプライベートに踏み込まないっていうのが、人間関係を円滑に運ぶ秘訣だとみんな思ってたんです。でも、そのせいで須賀さんが自殺するほど悩んでいたのに気づいてあげられなかったのかもしれませんね」

「どんな職場でも一緒ですけどね」遊が、麻奈美をかばうように言った。「同性の相手となら、少しくらい突っ込んだ話をすることもありますけどね」

「そうですね」麻奈美がうなずく。「私も、前にいた須賀さんの助手の方とは、わりと仲が良かったんですけど。彼女も、三カ月前に戻ってしまいましたしね」

「これ、記事にはしませんから教えて欲しいんですけど」遊が唇の前に指を立てながら訊いた。「《バブル》のスタッフの方って全員独身ですよね。恋愛関係になった人とかいないんですか?」

「さあ……少なくとも、私は気づきませんでした。さっき言った助手の子は地上に恋人がいるって話だったし、須賀さんもたしか地上に婚約者がいらっしゃるって……」

そう言って、麻奈美が須賀貴志を見る。貴志は何も言わずに、曖昧にうなずく。

――世界中であなたを本当に必要としてくれる人とだけ、会話をすればいい

私はふと、寺崎緋紗子の言葉を思い出した。

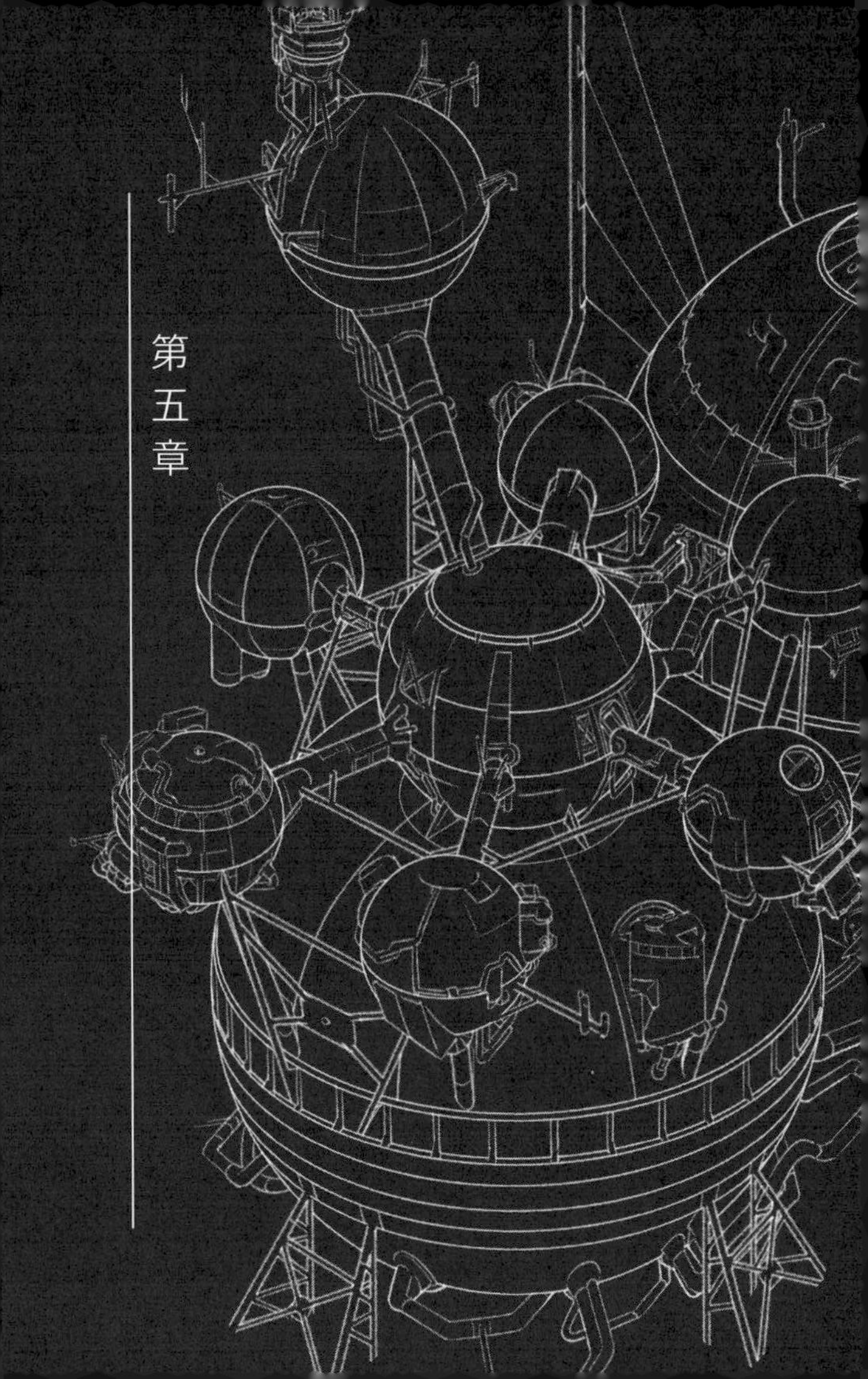

第五章

1

《バブル》にきて二度目の夕食が終わった。

今夜の食事係は、永田衣里と依田加津美だった。遊は、彼女たちの調理風景を取材したあと、料理の支度を手伝っていた。もっとも、私のみたところ、あまり役に立っていたとは言い難い。遊の大雑把な性格は、特に家事全般においてもっとも顕著に表れる。

食事が終わるとすぐに、坂崎は自分の個室に戻っていった。佐倉の死に関する問い合わせに追われているのだ。警察の到着時期や、スタッフの今後の対応などについては、まだ何も決まっていないらしい。

和久井も「残業だ」と不満をこぼしながら研究室へと戻った。倉庫での火災の後始末に追われていて、ほかの作業のノルマが終わっていないのだと彼は言った。

「今日はめずらしく女性陣は暇なのね」

割烹着姿の永田衣里が言う。彼女は、新しく開発したというオキアミのパテの味が好評だったため、ご機嫌だった。

「だったら、依田さんたちも到着したばかりだし、女性だけでお茶会にしませんか?」梶尾麻奈美が言った。「須賀くんは特別ゲストということで」

「いいですね」綱島由貴がすぐに賛成する。「お土産にと思って、いい紅茶を持ってきてるんです。とってきますね」

「あの……」須賀貴志が立ち上がって申し訳なさそうに言う。「その前に、実家に電話をしておきたいんですけど」

「だったら、うちの研究室の電話を使うといいわ」

たまたま貴志の隣にいた綱島由貴が、彼に研究室の鍵をわたす。外線電話は各研究室とスタッフの個室にあるが、後者の電話代は個人負担なのだ。

「外線はゼロ発信。わかるよね。研究室のほかのものには手を触れないで」

綱島由貴の説明を聞いて、須賀貴志がうなずいた。二人はいったん食堂から出ていく。

「鷲見崎さんも参加する?」人数分のカップを持ってきた依田加津美が、気怠そうな口調で訊いてきた。「取材の原稿とか、書かなくていいの?」

「ええ」遊が微笑んだ。「そういう面倒くさいことは全部後回しですね。あたし、嫌いなオカズはいつも最後まで残すタイプの子どもだったんです」

「ああ、あたしもだわ」

依田加津美が、遊の前にカップを置きながら言った。相変わらずの無愛想なしゃべり方だったが、浮かべた笑顔は意外に人懐っこい。

「寺崎(てらさき)さんも紅茶でいいですか？」

梶尾麻奈美が訊いた。カップを置こうとする彼女を押しとどめて、緋紗子(ひさこ)が言う。

「私は遠慮しておきます。今朝は早かったものですから」

緋紗子は音もなく立ち上がると、振り返りもせずに食堂をあとにした。引き留めようという気さえ起こさせない、堂々とした退席ぶりだった。

「なにあれ」衣里が鼻を鳴らした。「ま、いつものことだけどさ」

「相変わらずですよね、あの人も」加津美が言う。「佐倉くんが死んだ直後だってのに。怖くないのかしら」

「医者だからでしょ」と衣里。「死体なんて見慣れてんのよ、きっと」

「そうじゃなくて」加津美が赤く染めた髪をかき上げる。「佐倉くんを殺した犯人が、この中にいるかもしれないんでしょ。あたしだったら、部屋でひとりになるなんて、ぞっとしないな」

「犯人なんて……」麻奈美が、彼女の言葉を聞き咎める。

「だって、どう見ても、ただの事故って感じじゃなかったでしょう」加津美が、呆れたように息を吐いた。「どうしてみんな、もっと騒がないのかしら。食事のときだって、坂崎さんなんか露骨に普通っぽく振る舞おうとしてましたよね。気持ちはわかるけど、ちょっと不用心じゃないですか？」

「でもさ、誰かが佐倉くんを殺そうとしたとしてさ、どうやったらあんなことができるわけ？」衣里がテレビのリモコンを弄びながら訊く。「ガソリンとか灯油とか、ここには置いてないしさ。第一、火をつけた人間だって、緊急ロックかなんかで閉じこめられちゃうんでしょ」

「そんなの時限装置か何か仕掛けとけば済む話じゃないですか」加津美は、しつこく食い下がる。

「あまり大がかりな装置が仕掛けられてた痕跡はなかったですよ」遊が見かねて口を挟んだ。「ねえ、梶尾さん」

「そうですね」麻奈美がうなずく。「でも、あれが事故だったとしたら、それはそれで問題ですね。建物自体の欠陥だったら、他の部屋が突然出火しないとも限らないですものね」

「やだ。怖いこと言わないでくださいよ」加津美が大げさに肩を震わせる。

「なに、なに？　何の話？」紅茶の缶を持って戻ってきた綱島由貴が訊く。「怪談？　ボク好きなんだ」

「違う、違う」

加津美と衣里が声を合わせて言った。二人とも、知り合いが死んだその日に怪談などされてはたまらないといった表情だ。

「なんだ」由貴が肩をすくめる。「あ、紅茶お待たせしました。梶尾さん、ここ、ちゃんとしたティーポットってあります？」

「ごめんなさい。たぶん、ないと思う」麻奈美が立ち上がって厨房のほうへ向かう。「お急須もないし……普通のヤカンではだめかしら」

「大丈夫ですよ。目の細かいザルかなにかあれば、それを茶こし代わりに使うから」

厨房で調理道具の物色を始めた二人を見て、永田衣里がため息をつく。「ま、鍵かければ大丈夫じゃないの？　夜中にトイレに行くのはちょっと度胸がいるかもしれないけどね」

「マスターキーがあるんじゃないですか？」加津美が訊いた。

「個室の合い鍵を持ってるのは坂崎さんだけよ。研究室のマスターキーだったら、どっかその辺にぶらさがってると思ったけど」

衣里が指差したのは、会議室のホワイトボードの方角だった。たしかに、赤いキーホルダーのついた鍵束が壁際の金具に吊り下げられている。須賀道彦が死ぬときに身につけていたという、研究室ユニットのマスターキーだ。

「誰でも簡単に使える場所にマスターキーがあるのって、そういえば物騒だよね」加津美が言う。「それも主任に預かっておいてもらったほうがよくない？」

「坂崎さんが犯人だったらどうするのよ」衣里が、物騒な発言をする。「また別の人が殺されるかもしれないじゃない」

「いいんじゃないですか」加津美がはん、と短く笑う。「そのときはマスターキーを持ってる人が犯人なんだから。一件落着でしょ。それとも、永田さん、主任に恨みを買うようなことをしたんですか？」

「馬鹿言わないで」

衣里がぴしゃりと言う。

そうしている間に、麻奈美と由貴が即席のティーストレーナーを使って全員のカップに紅茶を注いだ。

須賀貴志も電話を終えて戻ってくる。今日の彼はサッカーのユニホームのような短パンに半袖シャツという涼しげな出で立ちだ。手のひらしか見ていないときには気づかなかったが、若者らしく引き締まった二の腕は、意外によく日焼けしている。「そんな服装で、寒くない？」と遊が訊くと、彼は「若いですから」と笑った。

「年齢の話は、ここでは禁止よ」由貴が彼に紅茶を差し出しながら、冗談めかして言う。

「あなたは、まだいいわよ」永田衣里がため息をついた。「このメンバーの中では、彼女がいちばん年上だ。「それにしても、さっきの話でさ、佐倉くんって、誰かに憎まれるタイプだったかしらね？」

佐倉と同じ便でやってきた助手の二人──依田加津美と綱島由貴が肩をすくめる。

それを見て衣里は、麻奈美のほうを向いた。

「梶尾さん、あなた、心当たりは？」

「いえ」麻奈美が首を振る。

「でも、佐倉くんと一緒に仕事をする機会が一番多かったのは、あなたでしょう。佐倉くんの姿を最後に見たのも、あなただって言うし」

「ええ。それはそうですけど」

麻奈美は落ち着いて答えた。無理に言い訳をするのが逆効果になるとわかっているのだろう。衣里は、彼女のその反応にがっかりしたように目をそらす。

「でも梶尾さんには、アリバイがあるしね」そう言って助け船を出したのは、意外にも依田加津美だった。

「アリバイって、どういうことよ?」衣里がすぐに訊いた。

「ボクと加津美は、昨日の夜中、梶尾さんの部屋にお邪魔してたんですよ」由貴が説明する。

「あなたたちだけで?」衣里が訝(いぶか)しげな表情を浮かべる。

「ええ。あれは零時前くらいからかな」と由貴。「そんな早い時間には眠れないって加津美が言うから、梶尾さんの部屋にお邪魔したんです。須賀道彦さんの自殺の話も聞きたかったし」

「なんで、梶尾さんの部屋だったわけ?」衣里が不満そうに言う。どうやら、のけ者にされたみたいで気に入らないらしい。

「だって、寺崎さんも永田さんも食事当番だったから朝が早いでしょう?」加津美が面倒くさそうに答えた。「とにかく、夜中三時近くまで三人で一緒にいたから。いくらなんでも、それから佐倉くんを殺すのは無理でしょう。五時過ぎには、寺崎さんたちも起き出してくるわけだし」

「あなたたちが部屋に行く前に殺したかもしれないじゃない」衣里が言う。自分の意見が否定されるのは面白くないのだろう。「それに、三時過ぎてからだって十分間に合うわよ」

「でもやっぱり無理がありますよ」由貴が衣里をなだめるように言う。「ボクたちが部屋に行ったときには、梶尾麻奈美さん、もうシャワーを浴びて寝間着に着替えてたし。まさか、そんな格好で人殺しなんかできないでしょう」

「うん、まあね」衣里が、意外にあっさりと折れた。「ごめんなさいね、梶尾さん。別にあなたが犯人だって本気で思っているわけじゃないのよ。ただ、ほかに佐倉くんを殺す動機がありそうな人なんて思いつかなかったから」

「ええ、わかります」麻奈美が微笑む。「私も、彼が誰かに殺されたとは思えないんですよね。あまり恨みを買うような性格の人じゃありませんでしたから」

「たしかにね、要領よさそうだったもんね」先ほど問いつめたという負い目があるせいか、衣里が愛想笑いを浮かべてうなずいてみせた。残っていた紅茶を飲み干して、彼女は立ち上がる。「わたし、ちょっと失礼するわ。養殖場(ファーム)の水温とpHの管理をしなきゃいけないから」

「大変ですね、こんな時間に」麻奈美が優しく言った。

「生き物が相手だからね、しょうがないわ」

衣里はそう言って、螺旋階段を降りていく。

それからしばらくは全員が互いに気を遣ったのか、当たり障りのない話題に終始した。須賀貴志の学校の話題から始まって、各人の学生時代の思い出話が続き、それからなぜか、最近地上で起きたほかの殺人事件の話題になる。それぞれが自分のことを語っているようで、実際にはプライベートな部分にはほとんど踏み込んでいない、他人行儀な他愛のない会話ばかりだ。

そうこうしているうちに、三時間ほどの時間が経っていた。時計は十時半を少し回っている。そろそろお開きという雰囲気になってきたとき、坂崎がホールへと降りてきた。

2

「和久井くんは？」

ポロシャツ姿の坂崎が訊く。相変わらずの大きな声だったが、声が少し嗄れていた。電話口でさんざん説明させられたのだろうか。顔には憔悴のあとがくっきりと表れている。

「こちらには来てませんよ」麻奈美が言った。「研究室じゃないんですか？」

「インターホンに出ないんだ。だから、こっちに参加しているものと思ったんだけど」

「いえ、一度も顔を出してませんよ」

「あ、そう。じゃあ、動力部かなあ？」坂崎が首を捻る。

「和久井さんは、ここを通っていませんよ」

答えたのは依田加津美だった。彼女の席からは、ホールを往来する人の姿が丸見えだ。そして、途中でトイレに行ったとき以外、彼女はその場を離れていない。狭い施設だ。彼女の目を盗んで他のユニットへと移動することは、事実上不可能である。下の階に続く動力部(プラント)への移動はもちろん、違う研究室やアパートメントの個室に行くこともできないはずだ。

「変だな……」坂崎が唸(うな)る。

「インターホンの番号を押し間違ったんじゃありませんか？」由貴があっけらかんとした表情で言う。「そうでなかったら、和久井さんが居眠りしてるとか」

「それは困るな」坂崎が、本当に困った表情を作った。「海上(うえ)じゃあ、大騒ぎになってるんだ。和久井くんに大至急で調べてもらわないといけないことや、作ってもらいたい資料が山のようにある。君たちにも、ひょっとしたら手伝ってもらわないといけないかもしれない」

その場にいたスタッフ全員が顔を見合わせた。就寝前のくつろいだひとときが台無しになった——そんな表情だった。

「とにかく、今は和久井くんだ。とりあえず、研究室に行ってみるよ」

坂崎は、そう言い残してラボCへの通路に向かった。彼の後ろ姿を見送って、加津美や由貴がため息をつく。

「寺崎さんは、こうなるのを見越してたのかしらね」麻奈美がつぶやいた。「それで、休めるときに休んでおこうと思ったのかしら」

「すごい洞察力ですね」由貴が呆れたように言う。「どうも、あの人は苦手だな。何を考えているのかわからない。機械みたいで」

「彼女はカウンセラーでもあるから、私たちとは、あえて距離を置くようにしているんでしょう。きっと」

麻奈美が、緋紗子をかばうように言った。誰も答えない。

まもなく足音が響いて、坂崎が早足気味に帰ってくる姿が見えた。心なしか、その表情が険しい。

「和久井くん、本当にこっちに戻ってきてない?」坂崎が訊いた。全員が首を振る。

「どうかしたんですか?」

遊が訊いた。坂崎の表情の変化を敏感に感じ取っているのだ。

「何度もノックしてみたんだけど返事がないんだ」坂崎が、頭をかきながら答える。「彼の研究室のドアには鍵がかかっている」

他のスタッフの顔にも、ようやく緊張の色が浮かんだ。特に麻奈美の表情が暗い。須賀道彦が死んだときのことを思い出しているのかもしれない。

「ちょっと申し訳ないんだけどさ」坂崎が、麻奈美たちに手を合わせる。「みんなで手分けして和久井くんを探してくれないかな」

「あ、ええ。かまいませんけど」

麻奈美がうなずく。由貴も立ち上がった。加津美もめずらしく文句を言わずに腰を上げる。

「じゃあ、とりあえず、梶尾くんは下のほうを見に行ってくれる？　依田くんと綱島くんは、居住区画(アパートメント)の和久井くんの部屋を。僕はもういちど研究室を見てくる」

坂崎はそういって、食堂の隣の会議室へと向かった。研究室のマスターキーを持っていくつもりなのだろう。

「ユトリ！」

私は、彼女のイヤホンに囁(ささや)く。遊は、「わかってるわよ」と口の中だけでつぶやいて、坂崎のあとを追った。

「すいません、坂崎さん。あたしも行きます。いいですよね？」

「あ、はい。でも、どうして？」

「あたしがいたほうが、いい場合があるかもしれません」

遊の言葉の意味を、坂崎は訊き返したりしなかった。第三者がいたほうが都合がいい場合とは、もちろん坂崎が事件の第一発見者になったときのことだ。

もちろん、何かしらの予感めいたものがあったわけではない。和久井は、ほんの数時間前まで元気な姿で歩き回っていた。そして本人以外に、彼の研究室に近づいた者はいない。事故が起きるはずがないのだ。それでも、先の須賀道彦の自殺や佐倉昌明（まさあき）の事故死という前例があるだけに、遊の心配を杞憂（きゆう）だと笑い飛ばす者はいないだろう。それを理解しているから、坂崎も文句を言わなかったのだ。

昼間、寺崎緋紗子に連れてこられたときと、ラボCの様子は変わっていなかった。通路の明かりもついたままだ。人工空間である《バブル》は、常に大量のエネルギー供給なしでは人間を住まわせることができない。そこには節電という意識は皆無だ。限られた発電設備しか持たない海底施設では、必要電力量の増減が少ないほうが望ましいからである。

坂崎はドアの前に立つと、和久井の名前を三回ほど呼んで、その間ずっとノックを繰り返した。返事はない。「ふう」と坂崎はため息をつく。

彼は、ドアノブをがちゃがちゃと回して、何度もドアを引っ張った。そのたびごとに、鍵がかかっていることを示す低い音が響くだけで、ドアは開かなかった。坂崎は、遊と顔を見合わせて、チノパンツのポケットからマスターキーを取り出す。

鍵が開く小気味いい金属音が、一度だけ鳴った。

坂崎は、マスターキーをドアに挿(さ)したまま、研究室のドアを開く。

研究室には、照明がついていた。

半円形の部屋で、最初に目に入ったのは製図用のコンピューター。それから、壁際に乱雑に吊られた使い込んだ電動工具と、作業台。奥には雑然とコード類に接続されたノートパソコンが六台ほど置かれており、そのすべては電源が入ったままだ。

机の前の壁には、変色した付箋(ふせん)やメモに混じって、イルカやアザラシなどの絵ハガキが飾られている。机の下で、愛玩用のペットロボットが行儀よく充電台に座っていた。

その隣で眠るようにして、長身の男が倒れている。

うつぶせのまま、動かない。

CADに使用する特殊なポインティング・デバイス――トラックボールが床に転がっている。接続コードは、だらりと机から垂れ下がったまま。

床は、アイボリーの樹脂パネル。壁も同じ。コンピューターの筐体(きょうたい)も、石器のような灰白色。

六台のノートパソコンだけが黒曜石のような黒。

液晶ディスプレイの中で、スクリーンセイバーが海底の映像を描き出している。その中で泳いでいるのは、魚の形をした銀色のロボット。

この部屋に存在を許されているのは、人類の創造物だけ――

頭部から血を流して倒れた男に、坂崎が緩慢な動作で近寄る。

彼は、何も言わなかった。

代わりに、遊がつぶやく。「和久井さん……」

和久井泰（やすし）は、死んでいた。

3

インターホンで呼びつけられた寺崎緋紗子は、五分ほどで和久井の研究室に駆けつけた。

彼女はいつもの白衣姿だったが、普段は結い上げている髪を、今は解（ほど）いて無造作に後ろで束ねてある。そのせいか、人工的な美貌が強調されて、ひどく近寄りがたい雰囲気を漂わせていた。

無駄のない、だが、むしろゆっくりとした動作で彼女は和久井の身体（からだ）を念入りに調べる。その間、遊と坂崎は一言も口をきかなかった。

「死因は、頭部打撲による脳挫傷ですね」検分を終えて、緋紗子が口を開く。「側頭部と、後頭部に鈍器で打ちつけたような傷跡があります。あとは左手の中指と薬指が折れてますね」

「……誰かに殴られた、ということなのか？」

坂崎が訊いた。それは死体の様子から誰の目にも明らかなことだったが、あえて訊き返したのは、どこかに否定して欲しい気持ちがあったからだろう。殴られたということになれば、和久井の死は事故ではない。今度こそ間違いなく他殺だということになってしまう。つまり、《バブル》の滞在者の中に犯人がいるということである。

「そうね」緋紗子は冷静な口調で肯定した。「たぶん和久井くんは座った状態で、側頭部を殴られたんでしょうね。左手の骨折は、そのときに咄嗟に頭をかばったためにできたものだと思います」

「後頭部への打撲は？」と坂崎。彼の声は、かすかに上擦っている。

「うつぶせに床に倒れた和久井くんに、犯人がとどめを刺したと考えていいでしょうね。彼が単に転んだはずみに頭を打っただけなら、こんな傷ができるはずがありません」

「最初から犯人は和久井くんを殺すつもりだったということか……」坂崎が呆然とつぶやいた。

「だけど……そんなはずはないわ」それまで黙っていた遊が、ふいに言った。

「しかし、鷲見崎さん……現に……」

「坂崎さん、忘れたんですか？　この部屋には、鍵がかかっていたんですよ」

遊の指摘に、坂崎が、むう、と低く唸る。

緋紗子が眉をひそめた。「本当なの？」

「ああ」坂崎が答える。「僕が、このマスターキーで開けたんだ。鷲見崎さんが証人だ」

「マスターキーは、それまでホールの会議室にありました」遊がつけ加えた。

「鍵といえば……」緋紗子が言いながら、和久井の遺体の隣に屈み込んだ。「この中に、この部屋の鍵があるのではないの？」

緋紗子が指差したのは、和久井の腰のベルトに吊り下げられたキーホルダーだった。大小あわせて七、八本の鍵が、金属製のカラビナで無造作に綴じ込まれている。

「これは、彼の個室の鍵だな。こっちは、そこのキャビネットのやつか……」緋紗子の隣に屈み込んで、坂崎が一本一本チェックしていく。「ああ、あった。たぶんこれが、この部屋の鍵だ……」

「確認したほうがいいと思います」遊が言う。

「確認？」坂崎が怪訝そうな表情で彼女を見上げた。

「ええ。もしかしたら、別の鍵とすり替えられているかもしれない」

遊の指摘に、坂崎が手を叩いた。

「なるほど。そうか……本物の鍵は犯人が持っているわけか。それで犯人は、和久井くんを殺して部屋を出たあとで、ドアを施錠することができたわけだ」

「単純なトリックですけど、効果的だと思います。研究室ユニットの鍵はどれも同じ形をしているし、和久井さんが持っていた鍵は当然彼の研究室のものだという先入観がありますから」

「ああ、たしかに。それ以外に考えられないな」

坂崎が、和久井のベルトからキーホルダーを外して、開けっ放してあった研究室のドアに向かった。遊の見守る前で、彼は和久井の持っていた鍵を鍵穴へと挿し込む。もし、犯人が、他の研究室の鍵とすり替えてあったのなら、扉の鍵は回らないはずだった。

だが坂崎が握った鍵は何の抵抗もなく回り、小さな金属音を発して金具がせり出す。

「そんな……」

遊がつぶやいた。坂崎も自分の手の中の鍵を見つめたまま、険しい表情をしている。

「そんなことって……だったら、ほかにも鍵があるとしか……」

「いや、そんなはずはない」坂崎がきっぱりと断言する。「このタイプのドアに合い鍵が作れないことは、須賀くんの自殺のときにも警察が念入りに調べているんだ。これ以外に鍵があることはあり得ない」

「でも、だとしたら……そうか、和久井さんが自分で鍵をかけたんだわ！」

「和久井くんが？」坂崎が首を傾げる。「どうしてそんなことを？」

「犯人が戻ってくるのを恐れたんじゃないかしら。このドア、内側からなら簡単に鍵を閉められますよね。和久井さんは、この部屋に籠城して、インターホンか何かで助けを呼ぼうと考えた。でも、力尽きて倒れてしまった。それなら辻褄が合います」

「ああ……いや、しかし……」

混乱した坂崎は、遊の説明をすぐには理解できないようだった。殴られたあとで動き回ったと考えるには、和久井の負傷があまりにもひどい状態であるということも、彼が困惑している理由のひとつだろう。その疑念を裏付けるように、寺崎緋紗子が口を挟む。

「いえ。残念だけど、鷲見崎さん。その仮説は成り立たないわ」

「なぜです？」遊が訊いた。

「和久井くんは、ほぼ即死に近い状態だったはずよ。殴られたあとで動き回ったような形跡はない。鍵をかけるなんて、とても無理」

「でも……だとしたら……」

緋紗子の口調は事務的で、それだけに説得力があった。考え得るすべての可能性を否定された遊が、目を閉じて小さく頭を振る。

三人が沈黙して和久井の遺体を見下ろしていると、近づいてくる話し声が聞こえた。声の主は、依田加津美と綱島由貴だ。彼女たちが入ってくる前に、坂崎は廊下に出た。和久井の死亡現場を見せないつもりなのだ。賢明な判断だと言えるだろう。変死体と遭遇するのが三度目ともなれば、多少は手際がよくなるものらしい。遊は、その間、部屋の様子をじっと観察していた。

寺崎緋紗子が携行してきた診察道具を片づけ始める。遊は、その間、部屋の様子をじっと観察していた。

「主任……和久井さんは？」

廊下から綱島由貴の声が聞こえる。医師である緋紗子を坂崎が呼んだことで、なんらかの事故が起きていることを推測したのだろう。由貴の口調からは、和久井の容態を気遣う雰囲気が伝わってきた。

「ああ。それを今から説明するから、みんなを食堂に集めておいてくれないか？」坂崎が言う。

「どうして？」と依田加津美の不満そうな声。「和久井さん、見つかったんでしょう？」

「全員がそろったところで説明する」坂崎が苛立ったように言った。

「何か、あったんですか？」由貴が、不安そうに訊ねた。「まさか、和久井さんも死んでいるんじゃ……」

「とにかく、全員を食堂に呼ぶんだ！」坂崎が怒鳴った。

「うそ。本当に死んでるの」加津美が叫ぶ。「まさか、和久井さんも殺されちゃったの？そうなんでしょう？」

「誰が殺したんですか？」由貴が早口で訊いた。

「それは、これから確認する」坂崎が苦々しげな口調で答えた。

「誰が殺したか、わからないの」加津美の声が上擦る。

「だから、これから確認すると言ってるだろう！　何度も言わせるな！」

坂崎が激昂して叫んだ。二人の助手が、たじろぐ気配が伝わってきた。

「加津美、行こう」しばらくして、由貴が言った。

「嫌よ！」加津美のヒステリックな声が響く。「だって、和久井さんや佐倉くんを殺した犯人が《バブル》の中にいるのよ！　そんな人と一緒にいるのは嫌よ。呼んでくるなんて絶対に嫌！」

「大丈夫だ、依田くん」坂崎が大声で、加津美の悲鳴を遮る。「全員が見てる前では、犯人も身動きがとれないだろう」

「だけど、犯人がまだ凶器を持ってたらどうするんですか？」

「その心配はないと思います」見かねた遊が、廊下に出て言った。

「どうしてあなたにそんなことがわかるの？」加津美が遊を睨んだ。

「犯人は、和久井さんが研究室に一人でいるところを狙いました。計画的な犯行です」

「だから何よ？」

「それは逆に言えば、無差別殺人じゃない、ということです。犯人は、自分が和久井さんを殺したという事実を、他の人には知られたくないと思っている。みんなの前では、殺人犯だと特定されるような振る舞いはしないでしょうね」

依田加津美は、遊の言葉を吟味するように黙り込んだ。それから、ぽつりと口を開く。

「もう、他に誰も殺されたりしないってこと？」

「ええ。もちろん、用心するに越したことはありませんけど。でも、むしろ単独行動をしているほうが危険だと思います」

「そうだよ」由貴が優しい声で加津美をなだめる。「いざとなったら、ボクが守ってあげるしさ」

冗談めかした由貴の言葉に、加津美はぎこちなく微笑んだ。長身で男っぽい物腰の由貴は、生き残った男性二人と比較しても頼りがいのある雰囲気を持っている。その彼女に守ってあげると言われたことで、加津美も少し平静さを取り戻してきたようだった。

「……ったく、なんでこんなことに……」

とりあえず、言われたとおりホールへと戻っていった二人の助手を見送って、坂崎が深いため息をついた。それを見て、遊は小さく肩をすくめる。

「さっき鷲見崎さんは、これが計画的な殺人だと言ったわね」部屋の中に残っていた緋紗子が、不意に言った。

「ええ」遊がうなずいた。「何か、おかしかったですか？」

「いえ。ただ、どうしてこの部屋に鍵をかけなければいけなかったのか、という理由が気になったものだから」

「単に死体の発見を遅らせたかったんじゃありませんか？」遊がすぐに答える。

「発見が遅れた場合、何か犯人にメリットがあるの？」緋紗子が腕を組んだ。「普通の環境なら、死体が発見される前に、逃走したりアリバイを作ったりするのが目的なんでしょうけど」

「そうか……そう言われてみれば、変ですね」

遊がうなずく。たしかに緋紗子の言うとおりだった。

今回は、たまたま坂崎が和久井を探していたために、死体がすぐに見つかった。だが、そうでなかったとしても、明日の朝には、和久井がいないことに誰かが気づいていただろう。たったそれだけの時間を稼いだところで、犯人を取り囲む状況が好転するとは思えない。

「鍵をかけなければ、ほかの人に容疑がかかったかもしれないのに、あえて密室状況を作り出したメリットはなんだったのかしら……」遊が誰に言うともなくつぶやく。「須賀道彦さんのときのように、和久井さんが自殺したと思わせたかったのかしら」

「だとしたら、ずいぶんずさんな計画ね」

緋紗子が冷淡な口調で言った。

4

食堂に八人が集まった。佐倉昌明と和久井泰が死んで、《バブル》に残された人間はこれで全員だった。時間は、ちょうど午後十一時になったところだ。

坂崎が説明を始める前から、メンバーの雰囲気は最悪だった。無理もないだろう。集まっている八人の中に、間違いなく殺人犯がいる。そして、あと二晩は誰もこの海底研究施設から逃れることはできないのだ。はじめから怯えていた依田加津美はもちろん、スタッフをとりまとめるべき立場の坂崎までが、横目で全員の顔色を窺っているような状態だった。

「……誰がやったのよ」

坂崎が、簡単な状況説明を終えると同時に、永田衣里が刺々しい声で言った。全員が、困惑した表情で彼女に視線を集める。その反応を見て、衣里は声を荒らげた。

「この中にいるんでしょう。和久井さんを殺した犯人が！　正直に名乗り出なさいよ！」

「あんたじゃないの」依田加津美がぼそっとつぶやく。

「なんですって」衣里が叫ぶ。

「あんたが和久井さんのこと狙ってたのは、みんな知ってるわよ」加津美は続けた。「でも相手にしてもらえなかったんでしょ。だから殺そうと思ったんじゃないの」

「あ……あなた……」

衣里が全身を小刻みに震わせた。怒りと屈辱で、彼女の顔色が真紅に染まる。途切れ途切れの言葉をつないで、彼女はなんとか反論しようとした。

「なんで……なんでわたしがあの人を殺さなきゃならないのよ……わたしはやってないわよ」

「どうだか」加津美が鼻を鳴らす。

「そういうあんたはどうなのよ」衣里がふいに低い声で言った。

「あたし？」加津美が衣里を睨む。

「知ってるのよ。あんたが、前回ここに滞在してたとき、用もないのに和久井さんの研究室にこそこそ出入りしてたこと」

「……だから何よ？」加津美が悪意のこもった笑みを浮かべた。「あれはただの遊びよ。そんなこと、お互いに承知してたわ。子どもじゃないんだから、その程度のことで、いちいち騒がないで欲しいわね。そんな性格だから、和久井さんにも嫌われるのよ」

「ふ……ふざけんじゃないわよ！」衣里がテーブルを叩いて立ち上がる。「ただの遊びですって！　警察が来たときに、そんな言い訳が通用すると思ってるの？」

「待ってください。永田さん。依田さんも！」遊が叫んだ。「お二人とも、肝心なことを忘れてます」

遊の言葉に興味を惹かれたのか、今にもつかみ合いの喧嘩を始めそうな雰囲気だった二人の動きが止まった。他のスタッフの視線も遊に注がれている。

「鷲見崎さん、肝心なことってなんです？」坂崎が訊いた。

「私が和久井さんの姿を最後に見たのは、今日の夕食のときでした」遊は、全員の気持ちを落ち着かせようとしているのか、わざとゆっくり話していた。「それからあとの、ご自分の行動を、皆さん覚えてらっしゃいますよね？」

「私は、そのまま個室のほうに帰りましたね」遊が何を話そうとしているのか気づいたらしく、寺崎緋紗子が真っ先に答えた。「私のほかに居住区画に戻ったのは、坂崎さん？」

「ああ、そうか……」梶尾麻奈美が、両手を胸の前で合わせた。「和久井さんが研究室に戻ってから、私たちはずっと食堂にいましたね。依田さんも永田さんも」

「ええ、あとは私と須賀くんと綱島さんも一緒でした」遊に名前を呼ばれて、由貴と貴志がうなずいた。「坂崎さんが呼びに来るまでは、ずっと」

「ちょ、ちょっと待ってください。そんなはずはない」坂崎があわてて口を挟む。「それじゃあ、ここにいる全員が和久井くんの研究室には近寄ってないということになる」

「ええ、そうです」遊が言った。「もし寺崎さんや坂崎さんが、こっそり和久井さんの研究室に忍び込もうとしても、たぶんホールにいた誰かが気づいたはずです」

「でも、それじゃあ、誰が和久井くんを殺したって言うんだ？」坂崎が、独り言のようにつぶやく。

「そう……それが問題です」遊がまじめくさった口調で答える。「仮に、私たちの目を盗んで和久井さんの研究室までたどり着いたとしても、今度は鍵の問題が残ります」

「鍵って？」

怪訝そうな顔で、麻奈美が訊ねた。坂崎は先ほどの説明で、現場が密室状態であったことを言わなかったのだ。そのことについて、遊と坂崎が補足すると、全員の表情が再び険しくなっていった。

「鍵のことはわからないけど」依田加津美が、彼女らしからぬ落ち着いた声で言った。「永田さんは、あたしらと最後まで一緒にいたわけじゃなかったでしょう」

永田衣里が加津美を睨んだ。

「わたしは、養殖場に行ったのよ。ラボには足を踏み入れてないわ」

「でも、あなたがずっと養殖場にいたことを、証言してくれる人がいるわけじゃないでしょう?」

「あの……依田さん」梶尾麻奈美が、加津美をたしなめるように言った。「私が養殖場に立ち寄ったとき、永田さんはちゃんといましたよ」

「それは、坂崎さんに言われて和久井さんを探しにいったときのことですね?」遊が質問する。

「ええ、そうです。永田さんが養殖場に降りていくところはみんなが見ているし、養殖場からほかのユニットに行くためには、いったんホールを通らなければいけない。そう考えると、永田さんがずっと養殖場にいたということは、信用していいのではないかしら?」

加津美は麻奈美の言葉に反論しなかった。もちろん、謝罪もしなかったが。

「お茶会の途中で抜けたのは、永田くんだけだったのか?」坂崎が訊く。

「そうですね」麻奈美が答えた。「もちろん、みんな、途中でトイレに行ったり、二、三分席をはずす程度のことはしてましたけど……」

「綱島さんが紅茶を取りに行ったわね。あとは須賀くんが、電話をかけにラボに」自分だけが疑われたのが癪だったのか、永田衣里が二人の名前をあげた。

「ラボ？　和久井くんの研究室に行ったのか？」

坂崎が身を乗り出して訊ねる。須賀少年は、ぶるぶると首を振った。

「ちがいます、永田さんの生物学研究室です。ボクが鍵を預かっていたから、その鍵を彼に渡して、それでラボAに」綱島由貴が、須賀少年をかばうように言った。

「それはたしかよ」責任を感じたのか、衣里も彼を擁護した。「わたし、彼がユニットを間違えないか心配だったので、通路に入るところまでちゃんと見てたから。電話してたのは、十分……十五分くらい？」

「そんなものだったと思います」須賀貴志が答える。「母が心配していたもので」

「ああ、そうだろうな……ましてや……」坂崎は、言いかけた言葉を呑み込んだ。ましてや実際に死人が出ている、とでもいいたかったのだろうか。「まあ、須賀くんが初対面の和久井くんを殺す理由もないからな……疑っているわけじゃないんだ」

「私たちにだって、和久井さんを殺す動機はありませんよ」麻奈美がやんわりと抗議する。

「和久井さんを殺す動機はね。佐倉くんだったら、どうだかわからないけど」

永田衣里が冷やかすように言った。梶尾麻奈美が、悲しげな表情で衣里を見る。衣里の言葉は、麻奈美が以前に佐倉と付き合っていたことを言っているのだろうか。さすがの遊も、この場でその真偽を確認することはできなかった。

「綱島さんが席を外していたのは何分間くらい？」坂崎が訊いた。

「そうですね、三分……五分くらいかな」由貴が天井を見上げながら答える。「でも、ボクは紅茶を取りに自分の部屋に戻っただけですよ」

「ええ、たしかに綱島さんの持ってきてくれたお茶を全員で飲みました」麻奈美が言う。

「和久井さんを殺すだけなら二、三分もあれば大丈夫でしょうけど、その上で誰にも気づかれないようラボとアパートメントを往復して、何事もなかったように戻ってくるのは難しいんじゃないかしら」遊も懐疑的な口調でつぶやいた。

「そうですよ。そんなの、絶対無理」由貴が何度もうなずく。

「ああ、たしかに」坂崎も認めた。「だけど……だとしたら誰が……」

「……佐倉くんの亡霊だったりして」永田衣里がそう言って投げ遣りに笑う。麻奈美たちが非難するような目つきで見ていることに気づいて、彼女はあわてて言い足した。「冗談よ、冗談」

「そうか……」遊がはっと顔をあげる。「佐倉さんが犯人なんだわ……」

「だから冗談だって言ってるでしょう」衣里が怒る。

「いえ、そうじゃなくて、佐倉さんは死んでなかったんです」

「はあ……？」衣里が呆れたように言った。「あなた、自分で何を言ってるかわかっているの？　倉庫（ストアハウス）で黒こげになった佐倉くんを見たでしょう？　あの状態で彼が生きてるっていうの？」

「あの死体が佐倉さんだって、どうして言い切れるんですか？」遊が厳しい口調で言った。

「言い切れるって……」衣里がひるむ。

「私たちは、あの死体が長髪で、佐倉さんの服を着ていて、背格好がほとんど同じくらいという、それだけの情報をもとに佐倉さんが死んだと断定しました。死体はひどい火傷（やけど）を負っていて人相の見分けがつかなかったし、ＤＮＡ鑑定をするような設備もここにはない。《バブル》には他に該当する人物もいなかったから、それでも十分だったんです」

「じゃあ、あれは佐倉くんの身代わりだったっていうの？」衣里が、馬鹿馬鹿しいと言わんばかりに笑った。「どこからそんな死体が都合良く現れたっていうのよ」

「もちろん、佐倉さんが運んできたんです」遊はすぐさま言い返す。「彼は、ここに来るときに、大きなバックパックを背負ってました。成人男性が余裕で入るくらいの大きさです。彼は、自分と背格好が良く似た死体をあらかじめどこかで調達して、それを運んできたんですよ」

「その死体に倉庫で火をつけたのか……自分が死んだと思わせるために……」坂崎が呆然とつぶやく。

「ええ……そう考えると、倉庫での火災の謎も解けますね。佐倉さんは生きながら燃料をかけられて、無抵抗のまま焼かれたわけではなかったんです。単に死体を焼いただけだった。だから、ほんの少しの燃料と、導火線のような原始的な発火装置を準備しておけば良かったのだと思います。そうすれば、緊急ロックで閉鎖される前に倉庫を脱出することもできたでしょう。火災報知器が壊されていた理由も、これで説明がつきますね」

「なるほど……」坂崎が唸った。「それで彼は、誰にも見咎められることなく和久井くんを殺すことができたというわけか……」

「ええ」遊がうなずいた。「もちろん、彼一人でできることではありません。この中に共犯者がいて、彼を部屋に匿ったり、食料や情報を与えたりしているはずです。共犯者のアリバイをつくることも、彼の役割でした」

「なるほど……」

坂崎が、また同じ台詞を吐いた。ほかの人間は、みな呆然と遊の説明に聞き入っていた。

遊の説にけちをつけた永田衣里は、気まずそうに下を向いている。

ただ一人、寺崎緋紗子だけが表情を変えていない。彼女は、訝しげな、それでいて今にも笑い出しそうな不思議な表情を浮かべていた。

「今の鷲見崎さんの説明を聞いてのとおりだ」坂崎が、重々しい口調で言った。「この中に、佐倉くんを匿っている人がいたら、正直に申し出てくれ」

全員が、お互いの顔を見つめ合う。だが、名乗り出る者はいなかった。

「全員の部屋を調べれば、すぐにわかることなんだぞ」

坂崎が悲痛な声で、もう一度自首を促す。やはり沈黙――。

そのとき、緋紗子が突然くすくすと笑い始めた。

この場の空気にそぐわぬ彼女の反応に、全員が意表を突かれたように彼女を見つめる。

緋紗子は、端整な顔立ちにそぐわない、子どものような笑みを浮かべながら言った。

「何度訊いても無駄ですよ、坂崎さん」

「どういうことです？」遊が彼女を睨んだ。

「佐倉くんの亡霊など、存在しないということです」緋紗子が自信に満ちた表情で答える。

「なぜそう断言できるんですか？　検死のときに、寺崎さんは、あの死体が佐倉さんのものに間違いないという証拠を見つけたんですか？」

遊が詰問するような口調で訊いた。そんな遊を、観察するように見つめながら、緋紗子が首を振る。

「いいえ。あなたの言うとおり、厳密にあの遺体が佐倉くん本人だと断言できるわけではありません。遺体があの状態でしたからね。ですが、佐倉くんがまだ生きているということは、絶対にあり得ません」

「あり得ない？」

「ええ」緋紗子は抑揚のない無機質な声で続けた。「彼が和久井くんを殺した動機については、この際おいておきましょう。ですが、自分が死んだことにして、彼にどんなメリットがあるのですか？」

「自分と共犯者を容疑者から外すためでしょう？」遊が答える。

「警察が調べれば、あの遺体が佐倉くん本人かどうかすぐにわかるでしょうし、そうなれば、この狭い《バブル》の中で、そういつまでも隠れてはいられないでしょうね。仮に隠れていられたとしても、彼はこの先ずっと地上に戻ることができず、さらに自分の戸籍さえなくしてしまう。そこまでして、彼が自分を死んだことにしなければならない理由はなんです？」

「それは……」遊が口ごもった。

「いいですか、鷲見崎さん」緋紗子は、遊の答えを待たずに言った。「もし本当に佐倉くんが和久井くんを殺したとしたら、殺害現場に鍵をかけたのはなぜです？　共犯者だけならまだしも、ほかのスタッフ全員に確固たるアリバイのある時間帯を、殺害時刻に選んだ理由はなんですか？」

「あ……」遊が口元を押さえる。

「それほどの危険を冒してまで自分を死んだことにしたのに、結果的に彼は、自分以外の人間が犯人ではあり得ない状況を作り出してしまっているではないですか。そんな不自然な条件に目をつぶって佐倉くんが生きていると考えるよりは、この中の誰かが犯人だと考えるほうが自然でしょう？」

「佐倉さんが、和久井さんを殺したあとで本当に自殺するつもりだったとしたらどうですか？」遊が反論する。「そのあと、彼は本当に死ぬつもりで、そして倉庫(ストアハウス)にある身代わりの死体と入れ替わるつもりだったら？」

「ああ、なるほど」緋紗子は小さく笑ったようだった。遊の突飛な発想に驚いているのかもしれない。「佐倉くんが、そこまでして守りたい共犯者がいたのなら、そういう仮説が成り立ちますね。でも、それならば、どうして死体を運んでくるなんて面倒なことをしたのですか？　そんなことをしなくても、和久井くんを殺して、その場で自殺すれば済むことでしょう」

「そうか……そうですね……」

遊は反論することができなかった。悔しそうに唇を噛む。坂崎や、他のスタッフも腕を組んで考え込んだ。結局、議論は振り出しに戻ってしまったわけだ。重苦しい沈黙が、ホール内を満たす。

「あの……」しばらくして、口を開いたのは須賀貴志だった。「誰が犯人かという議論を、このまま続けても無駄じゃないですか？」

「どういう意味だい？」坂崎が訊ねた。

「いえ……これが本当に鷲見崎さんの言うとおり計画的な殺人だったら、素人の僕たちが考えたくらいじゃ犯人は見つからないんじゃないかと思うんです」

「つかまるようなヘマはしないだろうってことね……」と永田衣里。「そうかもね」

「ええ。だったら捜査は警察に任せて、僕たちは犯人を刺激するようなことはしないほうがいいと思います。それで、警察がくるまで、全員がなるべく安全に過ごせるように考えたほうが……正直に言って、僕は怖いです。早く家に帰りたい……」

「あ、ああ……なるほどな」坂崎がうなずく。「たしかにそうだな……ああ、もういちど海上に連絡して、なるべく早く潜水艇をよこしてもらうように掛け合ってみよう。殺人事件ということなら、警察もすぐに来てくれるだろうし」

「もう、何事も起きなければよいのだけど……」

梶尾麻奈美がつぶやいた。それは、ここにいる全員の偽らざる本音だった。

この場にいる犯人も、きっと同じ事を考えている――

なぜか私はそう思った。

5

食堂での会議は、何の結論も出ないまま終わった。

極度の緊張感が続いた反動か、気怠い雰囲気が場を支配していた。全員が疲れて無口になったまま個室に戻る。坂崎は、これから和久井の死について海上プラットホームのスタッフに報告しなければならないのだろうし、それ以外の人間も安らかに眠れるとは思えない。

科学の粋をこらして建造された《バブル》の内部が、二人の男の死によって、色褪せたものに感じられるようになっていた。

時刻は午前二時を過ぎていたが、もちろん遊は眠ろうとしない。

それでもさすがに疲れているのか、遊はベッドの上にだらしなく身体を投げ出した。デスクの上に置かれた私は、《バブル》のLANに接続して、役に立つ情報を探す。

「どう？　何か見つかりそう？」しばらくして起き上がった遊が、私のディスプレイをのぞいて訊いた。

「だめだな。ワクイ氏の個人用のパソコンには、たいしたデータが残っていない。どうやら彼は、自分あてのメールを、頻繁に別のメディアに移してコンピューターの中から消す習慣だったようだ」

「どうして、そんなことを？」遊が首を傾げる。

「ウイルス対策だよ。彼の研究室にある外部ストレージを調べたら、もう少しましな情報が手に入るかもしれないが」

「それは……ちょっと手を出しにくいわね」遊が残念そうにつぶやく。

「ああ、そのとおりだ。あまり余計なことはしないほうがいいだろう。彼が純粋な被害者ならば、それを調べるのは警察の仕事だ」

「……和久井さんの研究内容のほうは？」

「今やっている……」私は和久井のユーザーIDとパスワードを解析して、彼に割り当てられた作業ディレクトリ内部に侵入する。その作業には、三秒ほどかかった。

侵入に成功して、まず最初にやるべきことは、彼の正確な死亡推定時刻を割り出すことだ。一定時間ごとに自動的にバックアップされるファイルを覗けば、昨夜修正されたファイルのタイムスタンプは、すべて昨夜の早い時間で止まっている。

「一番最後に上書きされた作業ファイルの時刻は、午後七時四十六分。夕食を終えた直後くらいだな……」

私は自分自身の記憶ファイルと照合させながら言った。

機械である私の記憶の正確さは、こんなときに役に立つ。いや、こんなときにしか役に立たないというべきか。記憶とは、むしろ忘れられることに価値があると私は信じている。思い出は、写真と同じだ。ディテールが不鮮明なほうが美しい。遊はいつか、和久井の皮肉っぽいしゃべり方を懐かしく思い出すこともあるだろう。

「和久井さんが殺されたのは、その直後だと考えていい？」

「ああ。死の直前までパソコンで作業していた痕跡があったから、彼は遅くとも、それから一時間以内に殺されたと考えて間違いないだろう。熟練したコンピューターユーザーならば、こまめに作業内容を保存するのが常識だからな」

「……でも、それじゃあ証拠にはならないわね」

「ああ……ワクイ氏がバックアップを取らなかったという可能性は否定できないし、そもそもデジタルデータというやつは改竄（かいざん）が容易だからな……おや？」

「サーバー内のデータ領域に、ちょっと不自然な部分がある……消去されたファイルだな。定期的に保存されるはずのデータが、一部分だけ消されている」

「復元できる？」

「おそらく」

私はそう答えて、ファイルの復元ツールを起動した。

コンピューターのファイルは通常、消去されても痕跡が残る。同じデータ領域内に上書きされていなければ、その痕跡を読みとって復元できる可能性が残っているのだ。必然的に、消去されて時間が経っていないファイルのほうが復元が成功する確率は高い。

修復されたデータは、一ワードの定数が羅列された単純な数値データだった。定義された変数の名前から、それが室内の大気状態を測定した結果だということがわかる。

「なによ……これ……」遊がつぶやく。その声が震えていたのは、睡眠不足のせいではないだろう。「倉庫（ストアハウス）ユニットの空気の成分分析？　でも、この日付って……」

私は黙って、遊の言う数字を確認した。消去されていたファイルの作成時刻は、昨日の深夜零時。ワクイ氏が測定できなかったと主張していた時間のデータだ。

「それが和久井さんのコンピューターの中に残ってたの……？」

「しかも、彼はそれを消去しようとした」私は、スピーカーから声を出す。「……サクラ・マサアキの死に、ワクイ氏が関与していたのは確実だな」

「このデータが、佐倉さんの事故に関係しているってこと？」

「ほかにワクイ氏がこれを抹消しようとする理由があるかい？」

遊は黙って首を振る。私は続けた。

「サクラ氏の死亡推定時刻が一昨日(おととい)の午後十時から深夜零時までの間だと考えられていた理由は、火災がその時間帯に発生して空調センサーが故障したと考えられていたからだ」

「だけど、深夜零時まではセンサーが正常に動いていた……」

「そう。つまり火災は深夜零時以降に発生したと考えられる。すると残る問題は、なぜワクイ氏が、このデータを隠さなければならなかったか、ということだが」

「犯行時刻をごまかそうとしたんでしょうね……」遊がつぶやく。「あの日、和久井さんはあたしたちと一緒に零時近くまでお酒を飲んでいたわ」

「ああ……だが、アリバイ工作にしては、あまりにも幼稚だな。ほかに考えられる可能性としては、このデータそのものに、何らかの証拠が残されているということだが……」

「そうか……」

遊は反論せず、ディスプレイ上の数字を凝視する。問題の数字が見つかるのに、たいして時間は必要なかった。一カ所だけ、明らかに異常な数字が紛れていたからだ。

「気温が……異様に低いわ」遊が興奮したように言った。「マイナス二十度よ！」

「いや、センサーが振り切れてるんだ。実際はもっと低かったはず」

「でも、どうして？」遊が、わからないというように首を振る。「ほかの数字は……ぜんぶ正常なのに……」

彼女の言うとおり、前日に比べて異常な数字を示しているのは気温だけだった。酸素分圧が若干高いような気もするが、おそらく誤差の範囲内だろう。メタンや二酸化炭素は、ほとんど検出できないほどである。

「消去されていたデータを復元するときにエラーが発生したのかもしれない」私は慎重に言った。

「いえ……待って。そういえば、佐倉さんの死体を発見したとき、倉庫(ストアハウス)の中が凄く寒かったのを覚えているわ。てっきりユニットの空調が止まったせいで、海水の熱伝導で冷えたんだと思っていたのだけど……」

「ふむ……妙だな……」私は彼女の発言に少し興味をそそられた。「火災の直後なんだ。熱がこもっているというのならまだしも、通常より気温が低いというのはどういうことだ？」

「頭が混乱してきたわ……」遊がこめかみを押さえながら言った。「やっぱり復元時のエラーなのかしら。だとしたら、佐倉さんの死の謎も解けないいまま？」

「いや、進展がなかったわけじゃない。ワクイ氏がこの事故に絡んでいるというのは、重要な手がかりだ。彼が単独で事故を仕組んだのか、それとも共犯者がいるのかはわからないが……」

「共犯者……か」遊がつぶやく。「だとしたら、和久井さんを殺したのは、その共犯者かも」

「なるほど」

私はその発想を面白いと思った。和久井がもし佐倉を殺したのなら、アルコールのような燃料を海上から運んでくる必要があるからだ。助手のどちらか——依田加津美か綱島由貴が共犯ならば、その問題は解決する。

「だけど、この場合、それを考えてもあまり意味がないのよね」遊がため息をつく。「共犯者がいたとしても、和久井さんの部屋に鍵をかけた方法や、研究室のあるユニットに近づく方法は説明できないものね」

「いや……実は、ワクイ氏の研究室に鍵をかける方法はあるんだ」

私がそう言うと、遊が勢いよく身を乗り出した。彼女は少し怒っている。

「どうしてそれを早く言わないのよ！　あたし、さっき恥をかいちゃったじゃない。佐倉さんがまだ生きてるなんて言ってしまって」

「別に恥ではないだろう。途中まではみんな納得していたのだからな」

「そんなことはどうでもいいの。何よ、その方法って？」

「そんなたいした方法じゃない。いいかい、ユトリ、なぜ私たちはあの部屋を密室だと考えた？」

「それは……入り口に鍵がかかってたからでしょう」遊が唇を尖らせながら言う。「鍵は和久井さんと一緒に部屋の中にあって、もう一つのマスターキーは誰も使えない場所にあった。和久井さんが持っていた鍵が本物かどうか確かめたのを忘れたの？」

「そうだな」私は彼女の言葉を認めた。「しかし、マスターキーを本当に誰も使えなかったとは限らない」

「何を……」私の意見を笑い飛ばそうとして、しかし、彼女ははっとした表情を浮かべた。

「そうか……マスターキーが前もってすり替えられていたってこと？」

「そう。それを、もう一度すり替えて、元に戻すことができた人物が、一人だけいるな」

「……坂崎さんね」

私はディスプレイの中でうなずいた。

「それにね、正確にいえば、夕食のあとワクイ氏の研究室に近づいた人間もいた。それもサカザキ氏だ」

「そうか……」

遊が、目を閉じて嘆息する。

つまり、こういうことだ。坂崎武昭は、昼間のうちに、あらかじめ会議室にあるマスターキーをすり替えておいた。おそらく自分の研究室の鍵と交換しておいたのだろう。そして坂崎は、和久井がインターホンに応答しないという口実を作って、彼の研究室へと赴く。そして和久井を殴り殺したあとで、ドアに鍵をかけた。このとき使ったのはもちろん、すり替えておいたマスターキーだ。

彼はいったんホールに戻ってきて、食堂にいた人間に、和久井の部屋には鍵がかかっていたと報告する。そして、念のために和久井の部屋を開けてみる、と言って、会議室にあった偽物のマスターキーを自分のポケットに入れた。彼の手元に、自分の研究室の鍵とマスターキーの二本がそろったわけだ。この時点で、彼の作業はすべて終了したことになる。

あとは、もう一度マスターキーを使って、研究室の鍵を開けるだけだ。遊がのこのことついてきてくれたのは、彼にとっては好都合だっただろう。

「じゃあ……和久井さんを殺したのは、坂崎さんだったたってこと？　佐倉さんを殺した共犯者も」

「さあて……ね」私は曖昧（あいまい）につぶやく。坂崎さん以外にいないのよ。密室の謎も完全に説明しているし」

「そう。少なくとも客観的にはそのとおりだ。警察もきっと、同じことを考えるだろうな」

「まだ何か不満なの？」遊が、不思議そうな表情を浮かべた。

「ユトリ、ひとつだけ忘れないでくれ。私は、君と同じ世界にいるわけじゃない。私がCCDカメラ越しに見たものが、君の見ているものと同じだという保証はないんだ」

「何言ってるのよ、今さら」遊が微笑む。「心配しなくても、あなたのことを御堂（みどう）くんの身代わりだと思ったことは一度もないわよ」

「いや、そういう意味じゃない。私が言いたいのは、こういうことだ。君はワクイ・ヤスシの死体に触れたな？」

「え、ええ……」遊が顔をしかめる。思い出したくない光景が彼女の脳裏に甦（よみがえ）ったのだろう。「しょうがないじゃない。まだ生きているかもしれないと思ったら、確かめないわけにはいかないでしょう」

「それはいい。そのとき、彼の身体はどうだった。まだ温かかったか？」

「え……」遊は、思い出そうとするようにきつく目を閉じた。「いえ、冷たい、というほどではなかったけれど、体温はほとんど残っていなかったわ……」

「断言できる？」私が訊く。

「もちろんよ。だってまだ、あれから何時間も経ってない……あ！」遊がはっとした表情を浮かべた。「そうか……ミドー。変だわ……あなたの仮説には重大な間違いがある……」

「そうだ、ユトリ。サカザキ氏には、殺人を犯すチャンスが一度しかなかった。死体を発見する直前に、ワクイ氏の研究室に、彼を呼びにいったわずかな時間だけだ。そして、もしワクイ氏がそのときに殺されたのなら、君は死んだ直後の彼の遺体に触れたことになる。つまり、死体はまだ温かかったはずなんだ」

「いえ……そんなはずはないわ。彼の死体は、殺されて少なくとも一時間以上経っていたと思う。そのくらいの冷たさだった」

「そうか……やはりな」私はかすかな落胆を覚えながらつぶやいた。「まずいな……」

「どういうこと、ミドー？」

「ああ……重要なのは、あの場所で私が彼の肉体に触れることはできなかったということだ。同様に、警察の人間も彼の遺体には触っていない。きっと警察は、ワクイ氏の遺体を検査に回して死亡推定時刻を割り出すだろうけど、いくら検死の技術が進歩してると言っても、一、二時間程度の誤差は発生するだろう」

「だからなによ?」

「いいか、ユトリ。私は今、与えられた客観的な情報だけでサカザキ氏が犯人だという仮説を組み立てた。警察の中にも、同じことを考える人間がいるだろう。この仮説を覆せるのは、ワクイ氏の体温に関する君とテラサキ・ヒサコの証言だけだ。君たちの証言を信用すれば、私の仮説は成り立たないことになる。だが、君たちの言葉を客観的に証明できるものは何も存在しない」

「どういう意味……?」遊の表情が真剣なものに変わる。「警察があたしたちの証言を採用しなかったら、坂崎さんが犯人にされてしまうってこと?」

「当然そうなるだろうな……」私は肯定した。「《バブル》にいる八人の中に犯人がいることは間違いないんだ。ほかに論理的な解釈があり得ない以上、君たちの主観的な意見は無視されると考えたほうがいい」

「冗談じゃないわよ」遊がかすれた声で言った。「それじゃあ、犯人の思うつぼじゃない。そこまで見越して、犯人は和久井さんの部屋に鍵をかけたっていうの」

「いや……そこまではわからない。だが、そうなる可能性は当然計算していただろうな」

「なんてこと……」遊が怒りで肩を震わせる。

「もちろん、サカザキ氏だけが疑われると決まったわけじゃない。警察に、なんとか信じてもらえるように、テラサキ女史とよく話し合ってみることだな」

「要は、警察が来る前に密室のトリックを暴けばいいんでしょう」

「まあ、そうだな」

私は、なるべく冷めた口調を装って言った。すぐ目の前で人が殺されたせいか、遊は少し熱くなり過ぎている。危険な兆候だった。

だからと言って、今さら遊を止めようとしても無駄なことだ。私はそれを知っている。今の私にできるのは、彼女とともに真犯人を見つけることしかない。

「だが、できるか？」意味のない質問だったが、私は訊かずにはいられなかった。「潜水艇が到着するのは明後日の——いや、もう明日の午後だぞ。その予定は早まるかもしれないし、おそらく警察も一緒にやってくるだろう。時間はあまり残されていない」

「やるわよ」

遊が笑った。その唇が、詩のような言葉を紡いだ。

「大丈夫——あたしには考える時間がある。そのための眠れない長い夜がね……」

第六章

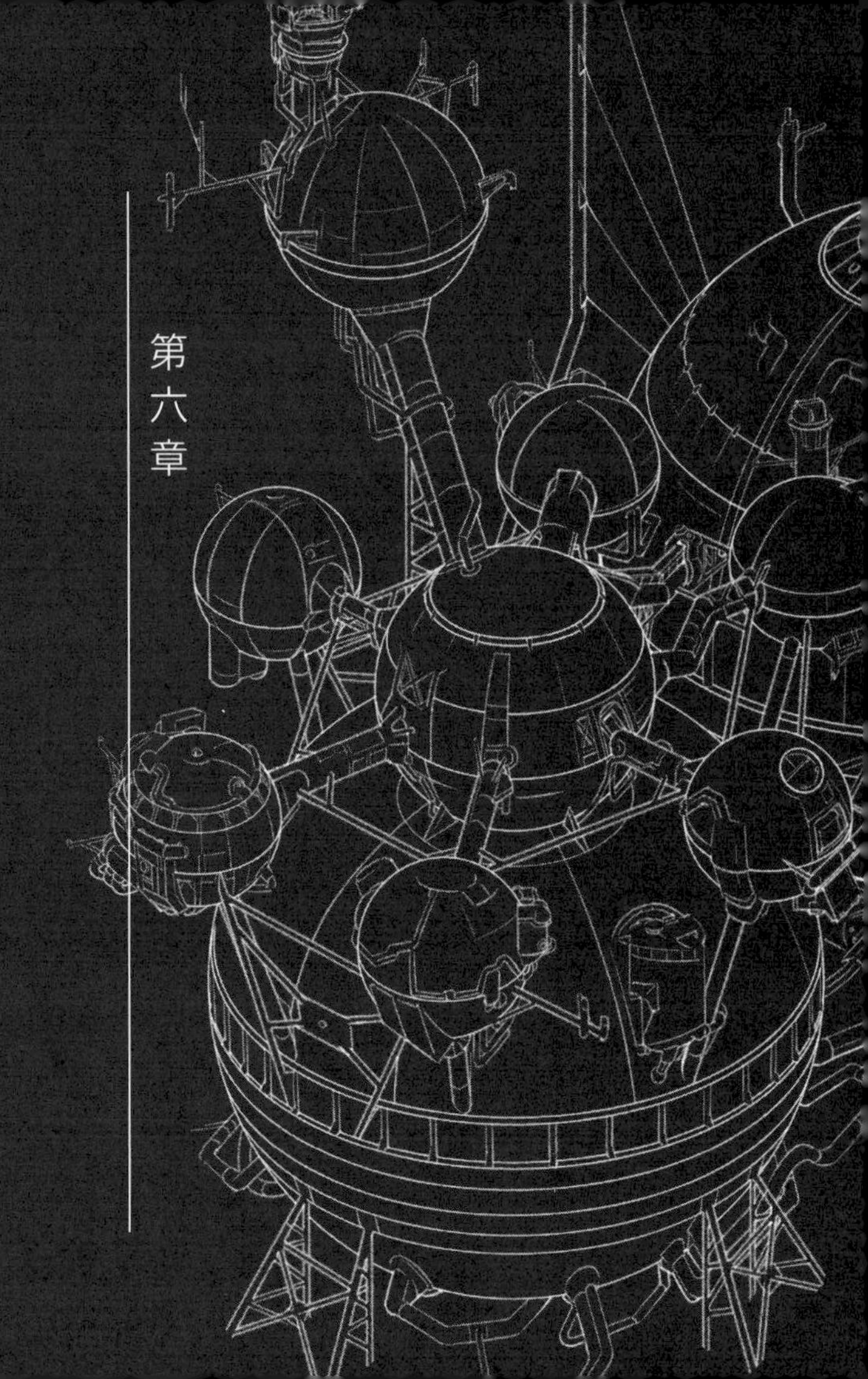

1

時計が午前六時を回ったあと、遊はすぐにホールへと向かった。

それほど意外でもなかったが、ホールにはすでに三人のスタッフの姿があった。食事当番の永田衣里と依田加津美が、厨房で朝食の支度をしている。そして、食堂のテーブルに座って、坂崎武昭がコーヒーをすすっていた。

「やあ、鷲見崎さん。早いですね」

遊に気づいた坂崎が片手をあげる。あいかわらずの快活な声だったが、疲れは隠しきれていない。目の下にはうっすらと隈が滲んでいた。

「鷲見崎さんも、よかったらコーヒーをいかがです？　出涸らしですけど」

「すみません。いただきます」

遊が坂崎に頭を下げた。坂崎が厨房に歩いていき、フィルターがセットされたままのコーヒーメーカーにお湯を注ぐ。

「《バブル》の中では、コーヒーが一番の貴重品なんです」笑いながら坂崎が言った。「海上プラットホームから食料と一緒に運んでもらうんですけど、一人頭の支給量が決まってましてね。好きなだけ飲むってわけにはいきません。僕なんかカフェイン中毒だから、つらくてね」

「すみません、そんな大切なものを」坂崎からカップを受け取りながら、遊が恐縮する。

「いえいえ」坂崎が首を振った。「こちらこそ申し訳ありません。せっかくの取材の最中に、こんな事件に巻き込んでしまって。夕べはあまり眠れなかったんじゃないですか？」

「ええ……まあ」遊が曖昧に微笑む。「坂崎さんも、ほとんど寝てないんでしょう？」

「そうですね。この歳になると、さすがに徹夜がこたえます。今日も忙しくなりそうですからね、せめてコーヒーでも飲んで英気を養おうと思いまして。眠気覚ましもかねてね」

そう言って坂崎は、充血した目をしばたたかせながらコーヒーを口に含んだ。遊も、カップを口に運ぶ。

「ところで、海上プラットホームの人たちの反応はどうですか？」遊が訊ねた。

「驚いてますね」坂崎が疲れた笑みを浮かべて答えた。「施設長の竹野なんかは、もうパニックです。連続で死人が出てますからね。しかも今度は殺人事件だ。海上では大変な騒ぎですよ」

「警察の方と、連絡は？」

「ええ、今日の午前中にはプラットホームのほうに到着することになっています。電話では刑事さんとも直接話をしてるんですけどね……やはり実際に現場を見てもらわなくてはどうしようもないので、とにかく早く来てくれと言っておきました」

「また次の事件が起こらないとも限らないですしね……」

「大丈夫だと思いますけどね」坂崎が顔をしかめる。「さすがにみんな用心しているだろうし、今日の夕方には刑事さんたちを乗せた潜水艇が到着することになっていますから」

「今日の夕方？　明日じゃなくて？」

「ええ、予定を早めてもらったんです。鷲見崎さんと須賀くんには、その便で海上に戻ってもらいます。たぶん、海上プラットホームで事情聴取を受けることになると思いますが」

「そうですか……じゃあ、本当に時間がありませんね」遊がつぶやいた。

「時間がない？」坂崎が首を傾げる。

「ええ……すみません、坂崎さん。今から、もう一度、和久井さんの研究室を調べさせてもらえませんか？」

「え……いや、それはだめですよ。現場保存っていうんですかね……刑事さんにも、部屋に立ち入らないように言われてますし」

「ええ、わかってます。それでも、お願いしたいんです。坂崎さんのためでもあるんです」

「僕のため？」

「はい」

遊はうなずいて、昨夜の私の推論について説明した。このままではあなたが犯人にされてしまう、と言われて、坂崎もさすがに困惑した表情を浮かべる。

「なるほど……まいったな……」坂崎が頭をかいた。「しかし、あの部屋を調べて何かわかりますか？　失礼ですが、鷲見崎さんは犯罪の専門家ではないでしょう？」

「ええ。でも、このまま何もしないで待っているよりいいと思います」遊が坂崎を見つめる。

「わかりました」坂崎は、コーヒーを名残惜しそうに飲み干してため息をついた。「でも、僕も立ち会わせてもらいますよ。いいですね？」

「ええ、もちろん」

遊は立ち上がった。坂崎が、厨房にいた依田加津美に行き先と目的を告げる。朝に弱い加津美は、何も言わずに、ぶすっとした表情のままうなずいた。

　坂崎が、現時点でもっとも疑わしい人物であることに変わりはない。その彼と遊を二人きりにするのは不安だったが、今の坂崎の行動は、私を少しだけ安心させた。坂崎も、遊を警戒している。つまり、彼は自分以外の誰かが犯人だと信じているのだ。だから、第三者に行き先を伝えておきたかったのだろう。

「坂崎さんは、誰が怪しいと考えているんですか？」研究室へ向かう通路で、遊が訊いた。「和久井さんを恨んでいた人物に心当たりはありませんか？」

「見当もつきませんね」坂崎が答える。「ご理解いただけるかどうか自信はないのですが、我々は一緒に暮らしているといっても、ほとんどプライベートな交流がないんですよ。みんな、自分の研究以外に興味がないという人間ばかりなものですから」

「わかります。でも、昨日、依田さんと永田さんが……」

「ああ……ええ」坂崎が気まずそうに言った。「まあ男女が同じ施設の中で長く暮らしていれば、そういうトラブルが発生することがあるのかもしれませんけどね。和久井くんは、あのとおり見目も良かったし、恨みをかうことがなかったとはいいきれません」

「でも、彼女たちには、和久井さんを殺すチャンスがなかった」遊がつぶやく。「そういえば、依田さんたち以外にも、助手として滞在したことのあるスタッフがいらっしゃるんですよね？」

「ええ、これまでに滞在したことがある助手は、のべ七人ですね。佐倉くん、綱島くん、依田くん以外だと、男性が三人と女性が一人」

「女性というのは、友利さんという方ですか？」

「ご存じでしたか？」坂崎が、少し驚いたように訊く。「ええ、そうです。彼女が急に体調を崩したということで、今回は綱島くんに来てもらったんです。綱島くんは二期連続で滞在してもらうことになったので、ちょっとばかりイレギュラーな処置なんですけどね」

「綱島さんも、災難でしたね」

遊が、何か別のことを考えているような口調で言った。服装や言葉遣いは男性的だが、綱島由貴も間違いなく女性だ。彼女と和久井との間に何らかの関係があったとしても、おかしくはない。だが、その由貴にも、和久井を殺す機会はなかった。

坂崎は、和久井の研究室の前で立ち止まると、問題のマスターキーを再び取り出した。どうやら、彼が一晩中マスターキーを持っていたらしい。そういえば、和久井のキーホルダーを持っているのも彼だ。つまり彼には、夜中のうちにもう一度この部屋に忍び込むチャンスがあったことになる。証拠を消すチャンスには、事欠かなかったわけだ。逆に言えば、ほかの人間は研究室に入れなかった、ということでもある。

ドアが開くと、部屋の内側からひんやりとした空気が流れ出してきた。寺崎緋紗子の指示で、この部屋の暖房を停止しているせいだ。暖房を切った理由は、もちろん死体の腐敗を遅らせるためである。その甲斐があって、放置された和久井の死体からはまだ腐臭が発生していない。だが、部屋を満たした寒々しい空気に、死の気配というものを連想せずにはいられなかった。

「昨日と変わった点はありませんね」白い息を吐きながら、遊が言う。

「ええ……あれからこの部屋には誰も入ってませんからね」坂崎が部屋を見回しながら答えた。「で、何から調べましょうか」

「そうですね」

遊は、樹脂パネル張りの床をじっと見つめながらつぶやいた。研究室の中央の床に、七十センチ四方ほどの正方形のハッチを見つけて歩み寄る。須賀道彦の研究室にあったものと同じ、動力部の浄水装置に続くメンテナンス用ハッチだ。

「これ、開けられますか？」

「このハッチですか？」坂崎が驚く。「いや、しかしここは通れませんよ」

「もし、そのドアの鍵が本当に開かなかったのなら」遊は坂崎の顔を見て、わざとゆっくり発音した。「和久井さんを殺した犯人は、ドア以外の場所から出入りしたことになります」

「そのハッチから出入りしたとおっしゃりたいんですか？」

「ほかにありますか？」

遊に訊かれて、坂崎は目立ち始めた無精ひげに触りながら考え込んだ。

《バブル》を構成する球体ユニットは、それぞれが直径二メートル弱のパイプラインによって、ほかのユニットに接続されている。そして、各パイプラインは、ほかのユニットへの通路を兼ねているのだ。

和久井の研究室があるラボＣユニットの場合、接続されているパイプラインは二本。ホールに続くメインの通路以外にも、動力部（プラント）に続くこのメンテナンス用のハッチが存在する。そして、ホールに続く通路を通った者がいない以上、犯人はこのメンテナンス用ハッチを使ったとしか考えられない。

その場合、問題となるのは、このメンテナンス用ハッチが給水タンクに直結しているという、ほかのスタッフの証言である。

「わかりました……開けてみましょう」

坂崎がつぶやいて、ハッチの隣に屈（かが）み込む。内蔵式の取っ手をつかんで持ち上げると、片側をヒンジで固定された樹脂製のフロアパネルは、あっさりと音もなく開いた。

「このハッチって、内側からでも閉めることができますね」その様子を見ながら、遊がつぶやく。「ハッチの蓋を斜めに傾けた状態で通路に潜り込んでしまえば」

「ええ」坂崎が同意する。「《バブル》ってのは、基本的に人手不足ですからね。たいていの作業は、一人でこなせるように設計されてるんです。エントランス・ポートのハッチなんかも、潜水艇側から全部閉じられるようになってますからね。そうでなかったら、施設を放棄するときに、誰か人柱を残していかなくちゃならなくなる」

「思ったとおりです」遊が満足げに言った。「犯人は逃走するときに、この通路を元通り閉めることができたんですね」

「それは、この通路を通り抜けることができたらの話でしょう？」

坂崎が、苦笑しながら言う。彼は、備え付けられた金属製の梯子をたどって、通路の中にゆっくりと降りていった。遊が、研究室にあったマグライトで通路の中を照らす。

中に入ってしまうと、研究室の床下は若干広くなっていた。直径百五十センチといったところか。がっしりとした体格の坂崎でも、問題なく動き回れる広さである。

床下の高さは五十センチほど。突き当たりの床面には、マンホールほどの大きさのハッチがあった。研究室ユニットとパイプラインの境目にある電動式の耐圧ハッチだ。そのハッチをくぐると、さらに数メートル下にはもう一回り大きな耐圧ハッチがある。

る。「その向こう側が動力部ユニットですね？」質問する遊の声が、ユニットの床下に反響する。

「そうです。設計図通りだと、いきなり給水タンクにつながっているはずなんだけど……」そう答えながら、坂崎がハッチのハンドルを回した。「うわっ」

ハンドルを二回転もさせないうちに、坂崎が大きな悲鳴をあげた。ハッチの隙間から霧状の水が勢いよく噴き出し、彼の顔を濡らしたのだ。給水タンク側の水圧が高いために、パッキングが緩んだ場所から水が漏れだしたのである。坂崎はあわててハッチを締め直したが、水の噴出が収まったときには、彼のズボンはずぶ濡れになっていた。

「……ああ、ちくしょう……こんな感じですよ、鷲見崎さん」坂崎が、やり場のない怒りを抑えるように、息を大きく吐き出した。「こんなところを通り抜けるなんて、絶対に無理です」

「すみません。ごめんなさい、本当に……」遊がしゅんとした口調で言った。「あの……坂崎さん、大丈夫ですか？」

「ええ、僕はいいんですけどね」坂崎が、通路の梯子を上ってくる。「でも、通路を濡らしちゃったから、刑事さんたちに怒られるかもしれませんね。あとで……」

「すみません……あたしのせいで」遊がもう一度頭を下げた。

「いえ……でも、これではっきりしましたね。犯人も、この通路を通ることはできなかった。須賀くんが死んだときに、和久井くんが主張していたとおりです」

「須賀さん……そうか……」遊がつぶやく。

「どうかしましたか？」ハンカチで濡れた手を拭きながら、坂崎が首を傾げた。

「いえ……須賀道彦さんも死んだんでしたね。忘れてました。そうか……」

遊は、開けっ放しのハッチの中を睨みながら、右手首のバングルを握りしめていた。

「彼も、死んだ。閉ざされた研究室で……なぜ？」

2

遊と坂崎は、目的もなく和久井の研究室を調べて回ったが、手がかりとなりそうなものは何も見つからなかった。朝食の時間になったので捜査を切り上げると坂崎が言い、遊もそれに従わざるを得なかった。

朝食は、クラブハウスサンドイッチとワカメスープ。食後には貴重品のコーヒーが振舞われた。和久井と佐倉の割り当て分を回したのだと依田加津美が説明する。幸い、不謹慎だと言い出す者はいなかった。坂崎は、美味そうにコーヒーをすすりながら、警察の到着が早まったことを報告する。全員が、ほっとした表情を浮かべた。少なくとも、表向きは。

「いくらなんでも、警官が到着したあとでは、もう事件が起きないだろう」坂崎が言う。

「今夜からは安心して眠れるよ」

「どうだか」永田衣里が不満げにつぶやいた。目が赤い。眠れなかったのか、泣きはらしたのか。おそらく、その両方だろう。「また事情聴取やなんかで、貴重な作業時間を邪魔されるのよね。うんざりだわ」

「警察の人たちの食事も、私たちが手配するんですか?」今夜からの食事当番である梶尾麻奈美が訊いた。「食料の配分を見直さなければいけませんね」

「ああ。そのことだけど」坂崎が真剣な面持ちでスタッフを見回した。「今回は、殺人事件という前提で捜査することになっているので、派遣される捜査員の数が多い。全員がこのまま海底に残っていると、《バブル》のキャパシティを超えてしまう可能性がある」

「どうするんですか?」と麻奈美。

「うん……」坂崎が言いにくそうに切り出す。「実は、施設を維持する最低限の人員を残して、いったん全員海上に上がってもらうことになりそうだ」

「なんですって」永田衣里が悲鳴のような声をあげた。「実験を中断しろってことですか」

「仕方がないだろう。殺人事件なんだ。捜査に協力しないわけにはいかないだろう」

「本気でそんなことをおっしゃっているの？ 坂崎さんだって、わたしの研究内容をご存じでしょう？ 一週間……いいえ、三日も放っておいたら、せっかく改良を進めてきた有用生物が軒並み全滅してしまうのよ。そんなことになったら、これまでの九カ月間が水の泡だわ」

「わかっている」坂崎が苦々しげに答える。

「いいえ、わかっていません！」永田衣里がヒステリックに叫んだ。

「わかっている！」坂崎も怒鳴った。「僕も、毎日観測して集計しなければいけないデータが山のようにあるんだ。だけど、ことは《バブル》の存続に関わる問題なんだ。仕方ないだろう！」

「坂崎さん、待ってください」梶尾麻奈美が、あわてて二人の会話に割り込む。「どういう意味ですか？ 《バブル》の実験自体を中止すると、海上（うえ）では言ってるんですか？」

「ああ……いや、そういう意見が出ているというだけの話だ」坂崎が声のトーンを落として言った。「でも、無理もないだろうな。大きな事故が、こう立て続けに起こっては、スポンサー企業や環境省も黙ってないだろうし。下手をすると、アクアスフィア財団の解体という話にもなりかねない」

「なんてこと……そんな馬鹿な話って……」永田衣里が、目眩を起こしたようにテーブルに突っ伏した。「犯人は誰なのよ、いったい何の恨みがあって……こんな……」

見ると、依田加津美や綱島由貴も深刻な表情を浮かべていた。《バブル》の実験が中止されると、彼女たちは失職する可能性もあるはずだ。重苦しい空気の中で、部外者である遊と須賀少年は、無言のまま食事を続けている。

「とにかく」坂崎が、ため息とともに言葉を吐き出した。「今日の夕方到着する潜水艇で、ここにいる何人かには海上に戻ってもらわなければならない。これは決定事項だ。須賀くんと鷲見崎さんはいいとして……」

「わたしは嫌ですよ」永田衣里が坂崎を睨む。「犯人さえ、さっさと捕まってしまえば何も問題はないんでしょう。わたしは、続けられる限り実験を続けますからね」

頑なに言い切る彼女を見て、坂崎が顔をしかめた。

「私は戻ります」そんな彼を見かねてか、それまで黙っていた寺崎緋紗子が口を開く。「本職の検死官が来るなら、私が残っていてもあまり意味はありませんから。それに、久しぶりに太陽も拝みたいですしね」

「でしたら、私も戻ります」と梶尾麻奈美。「ROVの修理も、この調子では当分お預けでしょうし。だったら、ここにいる必要もありませんから」

「これで、四人か」坂崎が指折り数える。「あと一人か二人乗れるな……」

「あの、すみません」綱島由貴が、おずおずと手を挙げた。「永田さんが残るなら、ボクも残ったほうがいいと思うんですけど……構いませんか？」

「あ、ああ。そうか、仕方ないな。じゃあ、依田くんは海上に戻ってもらうということでいいかな？」

加津美は黙って肩をすくめる。どうやら、同意する、という意味らしい。

「やれやれだな……」

坂崎が時計を見ながらつぶやいた。午前八時四十分。

「次にいつ戻ってこられるかわからないから、荷物は整理しておいたほうがいいですね」

梶尾麻奈美が言った。「それとも、勝手に荷物を持ち出したら怒られるかしら？」

「警察には、事前に連絡しておくよ」と坂崎が請け負う。「海上プラットホームについてから、検査があるかもしれないけど」

「しょうがないですね」麻奈美が力無く微笑んだ。彼女の可憐な横顔にも、焦燥の色が濃い。

「道彦さんの荷物の整理は終わったの？」

遊が須賀貴志(たかし)に訊いた。

須賀貴志は、小さな声で「終わりました」と答えた。

3

重苦しい雰囲気のまま朝食が終わり、スタッフは散り散りに自分の仕事を始めた。

といっても、坂崎武昭は相変わらず警察や上司とのやりとりで忙殺されていたし、海上に戻ることになった三人は、その準備に追われていた。また別の事件が起こったら怖いから、と言って自室に戻った須賀少年と別れて、遊は養殖場（ファーム）ユニットに向かう。そこでは、永田衣里と綱島由貴の二人が、普段どおりの作業を続けているはずだった。

ホール・ユニットの地階に降りた遊は、養殖場（ファーム）へのハッチをくぐったところで足を止める。

「どうした？」彼女のイヤホンに向けて、私が訊いた。

「潮の香りだわ」遊がつぶやく。「こんな匂いを嗅（か）ぐと、自分が海の中にいるってことを思い出すわね」

「なるほどな」

私は彼女の言葉に奇妙に納得していた。逆に言えば、潮の香りがなかったら、遊は自分が海底にいることさえ忘れてしまう、ということだ。それほどまでに《バブル》という施設は、現代人にとって違和感のない生活空間なのだ。

たしかに《バブル》は、完全に閉鎖されていることを除けば、普通のオフィスビルと環境的には大差ない。むしろ、完璧な空調と高速なネットワーク回線を備えた《バブル》のほうが快適なくらいだ。通勤ラッシュや外部の騒音も、この海底施設とは縁がない。それを考えると、坂崎や寺崎緋紗子の言っていた海底都市のビジョンも、あながち的はずれなものではないような気がしてくる。

それでも人間は、外部から完全に切り離されて生き続ける術を持っていない。その最大の障害の一つが、食料供給の問題である。もし、この閉鎖された施設の中に、母なる海を再現し、食料や排泄物を含めた有機物の完全な循環ができるようになったなら、そのときこそ閉鎖された海底都市が現実のものとなるだろう。

その技術は、宇宙開発や砂漠の再開発にも、当然応用することができる。公害の発生しない、閉鎖生態系における完全なリサイクル——皮肉なことだが、それが完全に実用化されたなら、もはや《バブル》のような人工の閉鎖空間を造る必要すらなくなるかもしれない。なぜなら、地球という惑星そのものが、巨大な閉鎖生態系であるからだ。未熟ながら、その可能性を秘めた実験が、この中では行われている。逆に言えば、その技術が実用化されない限り、人類に未来はない。

「わあ……」

養殖場に足を踏み入れた遊が、感嘆の声をあげる。

直径約二十五メートル。《バブル》の中でもっとも大きな球体ユニットの内部は、光と、それを反射する青い水面に満ちていた。養殖施設と水族館と料亭の生け簀を、重層的に積み上げた、と言えばいいのだろうか。巨大化した熱帯魚マニアの部屋とでも呼ぶべきか。ブロックのように積み上げられた数千リットル級の水槽が、揺れる水色の回廊を作り上げている様は壮観と呼ぶ以外に言葉がない。

水槽の中で最初に目につくのは海藻類。テングサ、アマノリ、昆布などの一般的な海藻から、カジメ、ホンダワラなどの馴染みのない藻類、さらには珪藻類や鞭毛藻類などの肉眼では見えない植物プランクトンまでが、無数の水槽の中で揺らめいている。

ほかには、オキアミやカイアシなどの甲殻類、有孔虫や放散虫、腔腸動物などの動物プランクトンの水槽が多い。魚貝類などの水槽が少ないのは、飼育に必要な手間やコストの関係だろう。魚が入った水槽は数えるほどしかなく、泳いでいるのはハダカイワシやソコダラなどの、普段目にすることのない魚ばかりだった。

水槽の中の狭い空間に、これほどまでに多種多様の生物を詰め込むことができるのも、

《バブル》を取り巻く、事実上無限ともいってよいほどの海水を循環利用できるからだ。しかもこの海底施設では、なんの工業的設備も要せずに四百気圧までの水圧を自由に使えるのである。そして、その海水は海面付近では考えられないほど大量の栄養塩類を含んでいる。生物学者である永田衣里が、《バブル》を離れたがらないのも無理はない。この養殖場(ファーム)ユニットは、極めて高度に集約化された海洋生物の培養設備でもあるのだ。

「鷲見崎さん？」

迷路のように入り組んだ水槽の列に戸惑いながら遊が歩いていると、横から綱島由貴に声をかけられた。

「はい」遊が会釈する。「取材ですか？」

「永田さんに言ってあげてください。喜びますよ、きっと」

由貴が微笑みながら言った。彼女は、荷物を運んでいる途中だったようだ。彼女が引っ張っている手押し車には、プロパンガスのボンベに似た無骨な容器が載っている。容器の上部には、メーターと、水道の元栓のようなハンドルがあった。

「重そうですね」容器に興味を惹(ひ)かれたのか、遊が訊ねる。

「え？　ああ、このデュワー瓶ですか？」

「デュワー瓶？」

「ええ。液化窒素を保存しておく専用容器です。ガスボンベを兼ねた魔法瓶みたいなものですね」由貴が肩をすくめながら説明する。「ほとんど中身は残ってないんですけど、造りが頑丈だから重くって。一昨日潜水艇で届いたばかりだと思ったんですけど、間違って空っぽのやつを持って来ちゃったみたいで……今から交換に行くところです」

「液化窒素をこの中で使うんですか？」遊が少し驚いて訊いた。「危なくありませんか？」

「そうですね」由貴が笑った。「それはまあ、直接触ったら凍傷になったりしますけど、気をつけていれば、そんなに危険なものでもないですよ。大学の実験室にいたころは、普通の魔法瓶で運んだりしてましたから。密閉したまま放置すると爆発する危険があるので、本当はいけないんですけどね」

「へえ……」

「《バブル》の中では、液化窒素を使う場所が多いんですよ。梶尾さんの研究室では核磁気共鳴装置を使うときに必要だし、SMESの超伝導マグネットの維持にも使っているし、あとは、和久井さんが機械加工に」由貴の声が少し沈む。「……部品を冷やして収縮させておいてはめ込めば、隙間なくきっちり接合できますから」

「綱島さんや永田さんは、何に利用なさるんですか？」屈み込んでデュワー瓶の写真を撮りながら、遊が質問する。

「標本の保存ですね」由貴がすぐに答えた。「不活性ガス充塡って、ほら、鰹節のパックなんかに使われているのと同じ要領です。あとは、凍結乾燥機を使うときにも必要ですし。ここは、サンプルの運搬や保存が、かなり制限されてるじゃないですか。そんな特殊な環境だからしかたなくやってるんですけど、でも、便利は便利ですね」

「ああ、なるほど」

遊が感心したようにうなずく。

凍結乾燥というのは、インスタント食品などに使われているフリーズドライと呼ばれる技術のことだ。低温で乾燥が行われることから試料の変性が少なく、諸性質が保持されるため、生体試料を取り扱う研究分野では多用されると聞いたことがある。

「じゃあ、永田さんが採取したサンプルを加工するのが綱島さんのお仕事なんですね」

「そう」綱島由貴が悪戯っぽく口元を歪める。「実はボクの修論のテーマも、有用海中生物の保存と運搬に関する研究なんです。だからね、お互いで助け合っているわけです」

「共生関係なんですね？」

「そう」由貴が微笑む。「クマノミとイソギンチャクみたいなものかな。まあ、ああ見えて永田さん、いい人だしね。純情だし」

彼女の最後の言葉は、和久井との関係を指しているのだろうと私は思った。遊は、由貴に礼を言って別れる。

永田衣里は、養殖場（ファーム）ユニットの最奥部にいた。彼女が座っているのは、水槽ごとの水温やpH、塩分濃度などの情報が、一覧で表示されている端末の前だ。実験が中止されるかもしれないという危機感からか、彼女は不機嫌そうにモニターを睨んでいる。

遊が近づくと、その足音を聞きつけて彼女は顔を上げた。

「こんにちは」遊が挨拶をする。

「あら、あなただったの」永田衣里は無愛想にそう言って、それでも微笑んでみせた。

「どう、凄い施設でしょう?」

「はい。驚きました」遊がにっこりと笑って答える。

「まったく、竹野さんたちも何考えているのかしら。お願いね、鷲見崎さん。殺人犯が紛（まぎ）れ込んだなんて感情的な理由で、これだけの施設を放棄するのがいかに馬鹿げたことか、しっかり宣伝しておいてちょうだい」

「ええ……でも永田さんは、怖くないんですか?」

「殺人犯のこと?」永田衣里が、遊に椅子を勧める。「そりゃ怖いわよ。でも、たぶん大丈夫でしょう。だって、わたしなんか殺してもしょうがないもの」

「和久井さんや佐倉さんは殺される理由があったということですか?」

「ああ、ごめんなさい。そういう意味じゃないの。でも、そうね。少なくとも、わたしよりは、いろいろあったでしょうね」ひがみともとれるような口調で、衣里が言った。

「たとえば、依田さんのことですか？」

遊が訊いた。話し相手ができて嬉しいのか、衣里は不快そうな表情も浮かべずにうなずく。どのみち警察が来たら、すべて話すつもりでいたのだろう。部外者である遊に対しても、隠しだてするつもりはないようだ。

「そう。あの子もそうだし、ここだけの話、友利っていう別の助手が夜中に和久井さんの個室から出てくるところを見たこともあるし」

「え」遊が驚く。「友利さん？　彼女も和久井さんと……その、そういう関係だったんですか？」

「知らないわよ、そんなの」衣里が感情を押し殺した声で答えた。「まさか本人に訊くわけにもいかないし」

「依田さんは、そのことを知っているのかしら？」遊がつぶやく。

「さあ」衣里が首を振った。「ただ、彼女がそれを知って嫉妬に狂ったとしても、わたしは驚かないわね」

「永田さんは、依田さんを疑っているんですか？」

「そうはっきり訊かれると困るのよね」衣里は肩をすくめる。「そういうことがあってもおかしくない、と思っただけ。だって、地上にいる友利葉月が、和久井さんを殺すことはできないでしょう」

「でも、依田さんは昨夜、ずっと私たちと一緒にいましたよ」

「ですってね。だから、可能性の話よ。誰がどうやって、和久井さんを殺したかなんて、正直に言って考えたくもないわ」

「佐倉さんの事件はどうです？」さりげない素振りを装って遊が訊く。「昨日、梶尾さんに何か言いかけましたよね？」

「ああ……よく覚えてるわね、そんなこと」衣里は少し呆れたようだった。「それこそ何の根拠もないことよ。学生時代に、梶尾さんが佐倉くんと交際していたことがあるらしいという、それだけの話。あの二人は、もともと同じ大学の同級生ですからね。もっとも、佐倉くんのほうは、何年か留年しているみたいだけど。それに比べて梶尾さんの研究は学会でも注目度が高いし、二人が別れたのも、案外そのへんの事情が原因かもね」

「お二人が交際していたということは、ほかのスタッフの皆さんもご存じのことなんですか？」

「さあ、どうかしら。須賀くんあたりは聞いてたかもしれないけど、別にトラブルが発生してたわけではないしね。ここにいる人たちは、あんまり他人の色恋沙汰に興味があるような人間じゃないから、知らなくても不思議はないわね」

「でも、警察は調べますよ。きっと」

「でしょうね」衣里がうなずいた。「迷惑な話だわ。そんなくだらないことで貴重な時間をとられて、本当に馬鹿馬鹿しい」

「すみません、これも馬鹿げたことかもしれないんですけど」遊が申し訳なさそうに前置きして、続ける。「この養殖場の中にいる生物を使って、可燃性のアルコール類を生成することはできますか？」

遊の質問に、衣里は唖然とした様子だった。その瞳に困惑と怒りの色が一瞬だけ浮かび上がり、それから疲れたような苦笑が浮かぶ。

「呆れた」衣里の声は笑っていた。「それは、わたしを疑っているということ？　佐倉くんを殺した犯人として」

「すみません。ご機嫌を害されたのなら謝ります」遊が頭を下げる。「でも、ひょっとしたらって思ったんです。海藻を発酵させてメタノールやエタノールを抽出することができるんじゃないかって」

「化学的に言えば、不可能ではないわね」衣里が生物学者の顔で答える。「海藻類の大部分は炭水化物ですからね。でも、わたしだったらそんな面倒なことはしないけどな。佐倉くんを殺すだけなら、もっと簡単な方法がいくらでもあるもの」

「でも、佐倉さんは男性ですし、力も強そうでしたから、もし犯人が女性だったら、やはり刃物などは使わないと思うんです」

「違う違う」衣里が笑って首を振る。「刃物なんか使う必要はないわ。毒があるでしょ」

「毒……ですか？」

「そう、フグ毒のテトロドトキシンやスズメダイのシグアトキシンは有名だけど、未だに分析されてない神経毒を持った海生生物は山のようにいるわよ。そこにいる――」と衣里が手近な水槽を指差す。「クラゲや珊瑚虫も毒を持ってるし、そのアメフラシも弱いけど有毒なハロゲン化物を粘液としてまとっているしね」

遊は驚いて、小さな水槽の中を漂っている不格好な軟体動物を見つめた。衣里が続ける。

「この手の毒素は不安定だから、警察の検死官が分析しても特定できない可能性があるの。なにしろ、海洋微生物の種類は陸上の二百倍で、それを分析するだけでも、現在の五百倍もの種類の新薬が発見されるって言われてるくらいだからね。物騒な話だけど、わたしだったら、その可能性に賭けるな」

「……なるほど」遊が、椅子にもたれてつぶやいた。

「誤解しないでね、鷲見崎さん」遊の反応を見て、満足げに微笑みながら衣里が付け加える。「別に毒薬を抽出するために、その辺の生物を飼育してるわけじゃないから。アメフラシの原始的な神経細胞は神経学の研究に使われているし、ある種の抗ガン性物質も分泌してるの。海綿や腔腸生物の多くからは、抗生物質も発見されているしね。綱島さんと入れ替わりで帰った助手の一人が、そういうものの研究をしてるのよ」

「食料だけじゃなくて、薬品の研究もしているわけですね」

「そう。まあ、その二つは同じものという考え方もあるけれども」衣里は、学生に講義する教官のような口調で言った。「人間が地上を耕し始めて、四千年なり五千年なりの時間が経(た)っているわけでしょう。その間、農耕技術は着実に進歩してきた。でも海洋開発においては、人類は今ようやく原始的な養殖に手を着けた段階なの。きっと、まだまだ食料生産性を上げる余地は残っていると思うし、だからと言って、海の多様な生物系を未熟な乱開発によって破壊していいとも思わない。そんなことを——地上と同じ過ちを繰り返そうとするのなら、今度こそ人類は逃げ道を断たれてしまうわね、きっと」

「それが、永田さんが《バブル》での実験に参加された理由ですか？」遊が訊いた。

「ええ、そうでしょうね」衣里が目を閉じてうなずいた。「だからね、余計に許せないの。その研究が、くだらない殺人なんかで中止に追い込まれるなんて。馬鹿げてる。ああ、もう！　本当に馬鹿馬鹿しいわ！」

4

昼食の席に現れたのは、四人だけだった。遊と寺崎緋紗子、梶尾麻奈美と、食事当番の依田加津美だけだ。

永田衣里と綱島由貴は、警察が来る前にできる限りの作業を済ませたいと言って、休みなく働いていたし、電話口から離れられない坂崎武昭は自室で食事を摂っていた。須賀貴志は食欲がない、と言って食事を断った。彼は、須賀道彦の遺品のパソコンを使ってゲームに熱中しているようだった。

「食事が要らないなら、もっと早く言って欲しいな。材料が無駄になったじゃない」

依田加津美がぶつぶつと不満を漏らす。実際は、その言葉ほど怒っているわけではないようだ。とりあえず気に入らないことがあると口に出してみて、ストレスを溜めないようにするのが彼女のスタイルなのだろう。

「人が二人も死んだばかりだから、食欲をなくしても無理はないわ」

麻奈美が貴志をかばった。聞き流して欲しい言葉に反論されたのが不満だったのか、加津美が顔をしかめる。そのまま会話が弾むこともなく、気まずい雰囲気のまま食事は終わった。

ほかのスタッフと違って、遊は荷造りや作業に追われることもない。一通り取材を終えて暇になった彼女は、《バブル》の中をうろうろと散策して回る。

ほんの二十四時間ほど前に和久井泰が案内してくれた動力部を見て、佐倉昌明が死んだ倉庫へ。

火災の傷跡も生々しい無人のユニットの奥、青いビニールシートの下で、佐倉昌明は無言のまま眠っていた。

遊は、昨日見ることができなかった倉庫ユニットの中の小部屋を、すべて回るつもりらしかった。難燃性のパネルで区切られた小部屋の中は、そのほとんどが火災の被害を受けていない。

食料、調味料、リネン類、各種の工業部品、補修部品、試薬、試料、蔵書……

整然と、あるいは雑然と備品が詰め込まれた小部屋の中に、新たな手がかりらしきものは見つからない。初めて目にする場所だ。少しぐらい変わったことがあっても、おそらく見落としてしまうだろう。それでも遊は、孤独な捜査をやめようとしなかった。まるで、見えない何かにせき立てられているかのように。

寺崎緋紗子の言うとおりだと、私は思った。

遊は《バブル》の中に潜む、殺人者に怯えている。

その恐怖から自分の精神を守るために、彼女は真実を暴き犯人を狩りたてようとしている。

彼女の本質は脆く、そしておそろしく不安定なのだ。

照明が壊れたままなので、ユニットの内部は暗い。

頼りない懐中電灯の明かりだけを頼りに、遊は歩く。

静かだった。

静寂が満たす閉鎖空間の中に、遊の呼吸音だけが響く。

その呼吸は浅く速い。

彼女は不安なのだ。

そして、おそらくは私も……

不安。

いや恐怖か……

あなたは怯えている――

緋紗子の言葉が甦る。

怯えている？　何に？

暗闇と、閉ざされた部屋と、

血……

それは記憶だ。

彼女の、記憶。

「大丈夫か……ユトリ？」私は訊く。

「なにが？」遊が訊き返す。尖った声。攻撃的な口調。

「いや……」私は言葉を濁した。

失言だった。

今の遊は怯えていない。

怯えていることに、気づいていない。

眠ってはだめ、

眠ってはだめ……

幼い頃の彼女の声が、私の回路の中に再現される。

それは記憶。

彼女の知らない、記憶。

私が生み出される前の記憶。

封印された、記憶——

闇の中を遊は彷徨(さまよ)い続ける。

もしこの闇の中に、誰かが潜んでいたら——？

私がそんなことを考えていると、焼け焦げた壁を懐中電灯で照らしながら歩く遊の足下で、突然、鈍い音が響いた。

短い悲鳴があがる。

「ユトリ」私は叫んだ。

「痛(い)たた……」遊が懐中電灯を放り出して、うずくまる。

どうやら足下に置かれていた荷物に気づかず、蹴飛ばしてしまったらしい。

「大丈夫か？」私は、ほっとしながら言った。「誰かに襲われたかと思った……」

「違うわよ、向こう脛(ずね)を思いっきりぶつけちゃっただけ。いったーい……」

「不注意だな」

「この苦しみは、機械のあんたにはわからないでしょうね」

「わかりたくもないな……デュワー瓶か」

遊が脚をぶつけたものを確認して、私はつぶやく。

先ほど綱島由貴が運んでいた液化窒素を保存するためのタンクが、邪魔にならないように通路の隅に置かれている。この状態でぶつかるのは、証拠品を求めてふらふら歩いている人間ぐらいだろう。由貴を責めるのは、お門違いというものだ。蹴飛ばされたデュワー瓶も、いい迷惑である。

「歩けるか？」

「ええ。それは大丈夫。でも、あざになっちゃうな、きっと」

遊が、床に転がった懐中電灯に手を伸ばした。クリプトン球の明るい光が、デュワー瓶を照らし出す。『Liquid Nitrogen』の文字。その下に、警告文が黒地に黄色の文字で印刷されている。『危険』。『低温注意』。そして――

「ねえ、ミドー」遊が訊く。「酸欠に注意ってどういうこと？」

「文字通りの意味だろう。酸素が足りなくなることがあるから、注意して取り扱えということだ」

「なんで液化窒素を使うと酸素が足りなくなるわけ？」

「液化窒素が気化したら、空気中の窒素が増えるだろう。相対的に酸素分圧が低下するわけだ」

「ふうん……」遊が曖昧な相づちをうつ。

「納得いかないみたいだな」

「まあね。部屋の中の酸素の量自体は変わらないはずなのに、酸欠になったりするのが少し不思議だなと思っただけよ」

「ああ、それは沸点の関係だ」

「沸点？」

「そう、液化窒素の温度は最高でも摂氏マイナス一九五・八度以下。それに対して酸素の沸点はマイナス一八三度」

「ええと……液化窒素のほうが液化酸素よりも温度が低いのね？」

「そう。だから、液化窒素に触れた酸素は沸点以下まで冷やされて液化する。その結果、空気中の酸素が減って酸欠になるわけ。もっとも《バブル》の中では、その心配はないけどな」

「どうして？」遊が首を傾げる。「そういえば、綱島さんも、さっき、そんなことは何も言ってなかったけど……」

「それは——」

説明を続けようとしたそのとき、私の思考回路の中でいくつかの電子が閃光のように流れた。

人格のすべてをデジタル化するということは、潜在意識が再現されている、ということでもある。それゆえに、人工知能である私も、ときとして人間と同じように途中経過を省いて解答に到達することがあるのだ。

「そうか……」

デジタル化された潜在意識——私の主回路から切り離されてコ・プロセッサ上で演算を続けていた疑問が、ひとつの解答をはじき出す。

人間にたとえるなら、閃く、という言葉を使ってもいい。

「ミドー、聞いてるの？」いきなり音声が途絶えた私を訝しんで、遊が呼んでいた。

「わかった……」

「どうしたのよ？　不具合でも起きたのかと思ったわよ……ミドー？」

「わかったんだ……サクラ・マサアキを殺した方法と犯人が……」

「本当なの」今度は遊が絶句する番だった。

「ああ……簡単な……トリックとさえ呼べないような簡単な仕掛けだ。だが、この《バブル》の中でしか起こり得ない現象だ。そう……犯人は、この《バブル》という施設そのものを凶器にしたんだ」

「何言ってるの、ミドー。さっぱりわからないわ」

「液化窒素だよ」

「液化窒素？」遊が不思議そうな声を出す。「どうして、それが佐倉さんの死と関係するわけ？　窒素なんて難燃性の、不活性分子の代名詞みたいなものじゃない」

「……それについて説明する前に、ここを出よう。もう、このユニットに用はない」

「説明が先」遊が意地を張る。

「わかった。じゃあ、歩きながら説明する」

「いいわ」

遊はうなずいて歩き出した。まだ少し、ぶつけた右脚を引きずっている。

倉庫（ストアハウス）から出ると、通路を照らす蛍光灯の光が眩（まぶ）しかった。

私はＣＣＤカメラの感度を落とす。

「さ、説明を続けてもらいましょうか」遊が言った。

「ああ」私は言った。興奮はすでに醒（さ）めていた。「まず最初に、さっきの話をもう一度繰り返すことになるけど」

「液化窒素の話？」

「そう。液化窒素の温度のほうが、酸素の沸点よりも低いという話。その結果として、興味深い現象が起きる。たとえば金属などの熱伝導性の高い素材で造られた容器に、液化窒素を入れて放置すると、どうなると思う？」

「……どうなるの？」

「じゃあヒントだ。湿度の高い夏の日に、冷たい氷水を入れたコップを放置するとどうなる？」

「結露するわね。空気中の水蒸気が水に戻って、コップの周囲に付着する……あ！」

「液化窒素の場合も、それと同じ現象が起きるわけだ。つまり、空気中の酸素が液化して水滴に変わる」

「液化酸素ができるわけね」

「そう。空気中に溶け込んでいる水蒸気の量なんて微々たるものだけど、冷たいコップの周囲は水たまりができるくらい濡れてしまう。そして、空気中に溶け込んでいる酸素の量は水蒸気の比じゃない。質量で空気の二三パーセント。体積でも二一パーセントが酸素分子でできてるんだからな。大げさな表現をすれば、水道の蛇口を捻ったような勢いで液化酸素が生成される」

「それで酸欠の問題が発生するわけか……」ホールユニットに続く電動ハッチを開きながら、遊がつぶやく。

「地上の場合はね。だが、《バブル》は違う」

「え……あ、そうか！　エアコン！」

「そうだ。室内の酸素分圧が低下すると、それを補うためにエアコンが酸素を放出する。動力部（プラント）の空調ユニットで、水の電気分解で製造された混じりっけなし、純度一〇〇パーセントの酸素をね。サクラ氏が殺された日の零時の空気状態を憶えている？」

「酸素濃度は正常値だった……気温が異様に低いだけで……」

「液化した酸素を呼吸することはできない。当然、《バブル》のセンサーでも、酸素分圧を計測することができなかった。だからエアコンは、液化した量と同じだけの酸素を密閉された倉庫（ストアハウス）の内部に送り続けたんだ」

「あの日、倉庫（ストアハウス）の中でそんなことが行われていたの？」

遊が、倉庫（ストアハウス）ユニットを振り返りながら言った。分厚い電動ハッチで遮断された倉庫（ストアハウス）ユニットの内部の様子は、もうここからではわからない。

「ああ。しかも誰の手も借りずにね」私が答える。「たぶん犯人が液化窒素の容器を仕掛けたのは、助手の三人が荷物の搬入を終えたあと――食事当番が倉庫（ストアハウス）に材料を取りに行った直後くらいだろう。その夜はもう、誰も倉庫（ストアハウス）に近寄らないことを知っていたはずだからな」

「あたしたちは、そんなことも知らずにホールで酒宴を開いていたのね」

「別にきみのせいじゃない」

「それはそうだけど……」

「どうする？　説明をやめるかい？」

「いえ。続けて」

ほかの人間と顔を合わせたくなかったのだろう。遊は、ホールの螺旋（らせん）階段を降りて動力部（プラント）のほうへと向かった。

「倉庫（ストアハウス）の内部は液化酸素で水浸しになっていただろうけど、気密性の高い、それぞれの小部屋に流れ込むことはない。酸素は廊下に溜まって、ちょっとした水たまりを作っただろうね。空気に熱を奪われて液化窒素の温度は少しずつ上昇していっただろうけれど、容器の中に密閉されているために空気中の窒素が増えることはなかった。だから、相対的に室内の酸素分子の量は増加していく。いったん液化した酸素も、徐々に再び気化しはじめるから、そのうちエアコンの噴出は止まっただろう。だけど、そのあとも室内の酸素濃度は上昇を続ける。液化した酸素がすべて気化するまではね。倉庫（ストアハウス）の二酸化炭素除去フィルターも、酸素を吸い出すようにはなっていない」

「そうか……わかったわ、ミドー」遊が片手で顔を覆う。「燃料なんて必要なかった……なんてこと……」

「おそらく、犯人は夜中に……室内の酸素濃度が十分に高まったころを見計らって、サクラ氏を呼びだしたんだろう。適当な理由をつけてね……たとえば、倉庫（ストアハウス）に水漏れの心配があるから、チェックして欲しい、とか」

「倉庫（ストアハウス）に入った佐倉さんは驚いたでしょうね」

「ああ、床が水浸しだったからね。倉庫（ストアハウス）内の気温が異様に低いことにも、気が回らなかっただろう。彼はまず、倉庫（ストアハウス）のハッチを閉めたはずだ。水が、ほかのユニットに流れ込まないように。そして、助けを求めるためにインターホンを使おうとした」

「そのインターホンに発火装置が仕掛けてあったのね」

「そう。難しいことではなかったはずだ。安物のライターに使ってあるのと同じ程度の圧電素子と、ほんのわずかの火種を仕込んでおけば良かったのだから。もし着火に失敗しても、たちの悪い悪戯で済ませられたかもしれない」

「……それはどうかな」

遊は弱々しく微笑んだ。

その反応を無視して、私は続けた。

「酸素の濃度が平衡状態より高まることによって、燃焼という酸化反応は劇的に促進される。濃度の高い酸素の中では、鉄でさえ火花を散らして燃える。炭素化合物でできた人間の身体は、その状況下では、けして燃えにくい存在ではなかった」

「ごめん……ミドー、もうやめて。それ以上は言わなくていいわ」遊は動力部（プラント）に続く通路に力無くもたれて、深いため息をついた。

「爆発的に広がった炎は、サクラ氏を焼き尽くして、倉庫（ストアハウス）の壁を炭化させた時点で消えた。鎮火した要因は二つ。燃焼によって酸素濃度が低下したことと、温度の低下だ」

「温度？」

「そう。火災が発生したことで、気温が上昇し、容器に密閉されていた液化窒素が猛烈な勢いで気化した。その結果、窒素の圧力に負けた容器が破裂して、低温の窒素がユニットの中を満たしたんだ」

「そうか……佐倉さんを発見したときに、倉庫（ストアハウス）の中が冷え切っていた理由は……」

「たぶん、エアコンは火災のあとも停止せずに温風を噴き出し続けていたんだと思う。それでも、あの程度にしか気温は回復しなかったんだ。朝の段階で、もっと詳しく現場を調べていれば、壁や床が凍りついていることに気づいたかもしれない」

「午後になって調査したときには、もう気温も正常に戻っていたしね」遊は目を閉じたままだった。「液化窒素を密閉していた容器というのは、倉庫（ストアハウス）に以前から置きっぱなしだったという金属製のパイプのことね」

「おそらく。効率よく酸素を液化するためにも、容器の表面積が広いほうがいいからな。それに、あのパイプ……内側から裂けたような傷があったように思えたが？」

「ええ。たしかに」遊がうなずいた。「あのパイプを置いたのは自分だと、和久井さんは言ってたわ。やはり彼が佐倉さん殺しの犯人だったのね？」

「気温が正常になるまで、倉庫(ストアハウス)に立ち入らないように全員を誘導したのもワクイ氏だ。彼は、時間が経つことで自分の犯罪の証拠が消えることを知っていた。ワクイ氏が、零時の大気データを隠そうとした理由も、これで説明がつく」

「わかったわ。何の証拠も残っていないのが残念だけど……」

遊が、小さな声で言った。その口惜しそうな表情は、もっと早く真実に到達していれば和久井を問いつめることができたのに、と語っているようだった。

死んでしまった人間の罪を弾劾することが、彼女の望みだったのではない。たどり着いた真実の価値は、もはや色褪(いろあ)せてしまっているのだった。

「でも……もし佐倉さんを殺したのが和久井さんだとしたら、その和久井さんは誰に殺されたの？」遊が訊いた。

「わからない」私は正直に答える。「だが、仮説を組み立てることはできる。ワクイ氏は、おそらく自分が誰かに狙われていることを知っていたんじゃないだろうか」

「そうか……」遊は驚くべき洞察力で、私の言いたいことを読みとったようだった。「和久井さんは、佐倉さんが自分を殺そうとしていると思った。だから、殺される前に、彼を殺そうと考えたのかも」

「そう考えると、もう一つの命題も解ける」

「もう一つの命題？」

「ワクイ氏本人が言っていただろう。なぜ、きみやスガ少年が滞在している危険な日に、サクラ氏を殺さなければいけなかったのか？」

「自分が殺される前に、相手を殺さなければならなかったから……そうか」遊が口元を押さえた。

「なぜ彼が、液化窒素の罠（わな）を仕掛けるなんて回りくどい手口を使ったのかも理解できる」私は続けた。「おそらく彼は、サクラ氏が武装していると考えたんだ。彼は地上から《バブル》に来たばかりで、ワクイ氏を殺す手段を自由に選ぶことができる。それに対して、ワクイ氏は、《バブル》にある道具だけで彼に対抗しなければならなかった。考えに考えた末の、苦肉の策だったんだろう」

「だけど、佐倉さんは犯人じゃなかった……」遊は泣きそうな声で言った。「どうして和久井さんは、彼を殺さなければいけないと思ってしまったの？」

「そう……それが本当の謎なんだ」私は独りごちた。

そのとき、近くで耳障りな電子音が鳴った。

5

喧しい電子音を発しているのは、動力部の制御室にある電話機だった。

直通回線にかかってきたものらしく、ほかの部屋にいるスタッフが電話を受ける気配はない。

遊は、一瞬ためらってから、受話器を持ち上げた。

息を殺して、相手の第一声を待つ。

「和久井さん?」電話口の声の主は女性だった。

「いえ」

遊が答える。相手の女性は、少し戸惑ったようだった。

「……すみません、和久井さんはいらっしゃいますか?」女性が言う。「研究室のほうに電話しても出なかったので、こちらだと思ったんですけど」

「あの、失礼ですが……」

遊が、事務的な口調で訊いた。先に質問することで、自分が部外者だということを悟られないようにするつもりなのだ。

「あ、すみません、以前にそちらでお世話になっていた友利です」

「友利さん」

遊は、必死で驚きを声に出さないようにしていた。

友利葉月は、たしか須賀道彦の助手である。その彼女が、なぜ友人である綱島由貴でなく、和久井あてに電話をしてくるのだろうか？

「あの……和久井さんは、いらっしゃらないんですか？」

「あ、ええ……」遊が言葉を濁す。

「そうですか……」電話の向こうで、しばらく逡巡(しゅんじゅん)しているような間があった。「あの……《バブル》で事故が起きたという噂を聞いたんで……それでちょっと心配になって電話してみただけなんです。また、あとで電話しますから……」

「待って、友利さん！」遊が叫んだ。「事故は起きたの！」

「え……」葉月が、息を呑(の)む気配が伝わってきた。「事故って……和久井さんの身に何かあったんですか？」

「友利さん？」遊のほうが逆に質問する。「あなた、どうして事故に遭ったのが和久井さんだってわかったの？」

「いえ……」自分の失言に気づいたのか、葉月の声が硬くなった。「知りません、そんなこと。それより、和久井さんはどうなったんですか？」

「……亡くなりました」

遊が言った。どうせ黙っていても、遅かれ早かれ彼女の耳に入ることだからだ。

「死んだんですか……そんな……」

葉月の声は震えていた。彼女は言葉を失ったように、それきり黙り込む。

「和久井さんが亡くなった原因を訊かないんですね」しばらくして、遊が言った。「友利さん、あなた知っているのね。和久井さんが殺された原因を」

「いえ」

「友利さん！」

「知りません！」悲鳴のような声で葉月が叫んだ。

「うそ！」遊が強い口調で言う。「だったら、どうして真っ先に和久井さんに連絡しようとしたの？」

「知りません……私、何も知りません！」友利葉月の声が小さくなる。電話を切ろうとしているのだ。

「和久井さんだけじゃないの！」

彼女に電話を切らせまいと、遊が早口で言った。効果はあった。友利葉月は何も話そうとしなかったが、回線はまだつながっている。

「死んだのは、和久井さんだけじゃないの」遊が続けた。

「誰……ですか？」

「佐倉さんよ」

葉月の反応を窺うように、遊はゆっくりと発音した。

遊の持っている手札は、これですべて使い切ったことになる。

「……佐倉さん？」

相手の反応は、しかし予想外のものだった。気の抜けた安堵するような気配と、かすかな戸惑いが葉月の声から伝わってくる。

「佐倉昌明さん」遊が、もう一度言う。「ご存じない？」

「いえ、知ってます……名前くらいは。その方も和久井さんと一緒に殺されたんですか？」

「友利さん」遊が優しい声で言う。彼女は、焦り始めていた。「お願い、先に私の質問に答えて。あなた、何か知っているんでしょう？」

「あなた、誰ですか？」友利葉月が訝しげな声を出す。「《バブル》のスタッフの人じゃありませんね。警察の方ですか？」

「……いえ」遊が正直に答える。潮時だった。

「私……何も知りません。本当に知らないんです」葉月が、かすれた声で言う。彼女は、泣いていた。

電話が切れる。

遊は無言で受話器を壁に戻した。まだ発光を続けている液晶をのぞいてみたが、発信者の番号は非通知になっている。もっとも、電話をかけ直したとしても、友利葉月が知っていることを話してくれるとは思えなかった。

遊は、動力部（プラント）に備え付けてあったパイプ椅子に、勢いよく座り込む。

「聞いてた、ミドー。今の電話」

「ああ」私は答える。

「まいったな……あたしの仮説が崩れちゃった」

「仮説？」

「そう。和久井さんが佐倉さんを殺した理由」

「トモリ・ハヅキを巡っての恋の鞘（さや）当てか？」

「なんだ」遊がつまらなそうに言う。「ミドーも考えてたのか」

「まあ一応は。少し短絡的だとは思っていたけどな」

「悪かったわね」

遊がむくれる。

彼女が考えていたのは、佐倉昌明が恋人の友利葉月を寝取った和久井を殺そうと考えた。だが逆に、それを知った和久井に殺された、という図式だろう。わかりやすい構図だが、それは佐倉昌明が友利葉月と交際していたという前提がないと成り立たない。今の電話の様子を見る限りでは、その可能性は望み薄だった。

それに彼女の仮説では、和久井が殺された理由が説明できない。

「だけど、トモリ・ハヅキは誰かを庇(かば)っているような口振りだったな……」私は、先ほどから気になっていたことを口に出した。

「彼女は犯人を知っているってことね？」

「少なくとも、ワクイ氏を殺す動機のある人間に、心当たりがあるんだろう」

「だから、事故が起きたという噂を聞いて、和久井さんの安否を確かめようとしたわけね」遊が動力部(プラント)の高い天井を睨んで言った。「まさか犯人かもしれない人間に、殺したかどうか訊くわけにもいかないし」

「そう考えると、彼女が庇おうとしている人物も思い当たるな」

「綱島由貴さん、か」

遊がつぶやいた。私は答えない。

親友である彼女を庇うために、友利葉月が何も知らないふりをしているというのは、いかにもありそうなことに思えた。だが――

「あり得ないわ。綱島さんは、和久井さんが殺された夜、あたしたちと一緒にいたんだもの。彼女には、和久井さんを殺すことができなかった」

「そうだな」私も同意した。「結局ここで最初の問題に立ち返るわけだ。誰も、犯行現場に近づいたものがいない。でも、たぶん警察は信じてはくれないだろうな」

「あたしたちの証言を信じてくれないかもしれないってこと？」

「当然だろう。生き残った八人の中の誰かが、ワクイ氏を殺したことは間違いないんだ。最悪、全員で共謀して犯人を庇ってると思われる可能性もある」

「あたしや須賀くんには、知り合ったばかりの犯人を庇う理由がないわよ」

「そんなことは、警察にはわからない。買収されたってことも考えるだろうしね」

「やだな、そういうの」遊が腹立たしげに言った。「本当のことを言ってるのに信じてもらえないって、なんか屈辱的」

「仕方ないさ」私は疑似感情を押し殺した声で答える。「トモリ・ハヅキの行動から推測するなら、ツナシマ・ユキが怪しいのは事実だ。愛憎のもつれということなら、ヨダ・カヅミやナガタ・エリにだって動機はある。それに物理的に犯行が可能な人物ということで言えば、サカザキ氏が最重要の容疑者であることも間違いない」

「要するにみんな怪しいってことじゃない」遊が息を吐く。「それで犯人を特定できなかったらどうなるの？」

「さあな」私は投げ遣りな気分になって答えた。「全員が共犯ってことにするんじゃないか？」

「そうか。なるほどね」

遊は妙に感心した様子だった。

彼女の口元に、弱々しい微笑が浮かぶ。

彼女らしくない微笑——彼女の素顔。

「みんなで騙そうとしてるんだ。きっと、あたしたちも騙されてるのね。和久井さんも佐倉さんも、あたしたちを困らせるためだけに死んだんだわ。死んだっていうのも演技で、どこからかあたしたちの様子を見て笑っているのかも」

「私も……いや、ミドウ・タケヒトも同じ事を考えたことがあるよ」

「御堂くんが？」

「そう。子どものころの話だけど」

「へえ……」

「なぜだろうな。この世界が自分のために造られたセットのように思えたんだ。テレビと同じだね。自分が見ているときだけ、みんなで演技をしているんじゃないかと思った。自分の知らない誰かが、みんなを操って自分を騙そうとしているんじゃないかってね」

「世界中の人たちが全員で、御堂くんのためだけに演技しているの？」

「というよりも、この世界に自分以外の人間なんて存在するんだろうかってのが、そもそもの疑問だったんだよ」

「自分以外の人間はみんな神様に操られているロボットみたいなものだと思ってたわけ？御堂くんを騙すだけに存在するの？」遊がくすくすと笑った。「それは……何て言うか、彼らしいと言えばらしいけど……」

「そう、ロボットだ」私も笑った。「だから、知らない土地で、知っている人に良く似た顔を見つけると、変に納得したりしてね。ああ、神様が同じ役者を使い回してるんだな、なんて」

「傲慢な子どもだったのね」遊がまた笑う。

「そうだな……でも、そのうち気づくんだ。自分以外の人たちにも、ちゃんと感情があって、その人の人生を過ごしているんだってことに」

「相手の人生の中では、自分もただの名もない通行人かもしれないって？」

「そう」

「そうね……」遊がつぶやく。彼女はもう笑ってはいなかった。「あたしも同じなのかもしれない。和久井さんたちが殺された理由を知りたいと思う気持ちも、自己満足のためだけの身勝手な欲望なのかもしれないね」

「自覚してればいいさ」私はできるだけ優しく言ったつもりだった。

「うん」遊は子どものように頼りない声でつぶやいた。「でも……それでもあたしは、真実が知りたい」

6

食事当番のローテーションが有名無実と化していたため、居残り組の永田衣里と綱島由貴が、自主的に夕食の支度をした。メニューは自家製の海苔で巻いたおにぎりで、欲しい者が好きなときに食べれば良いという気が利いた、だが寂しいものだった。

食堂のテーブルにいたのは、遊と依田加津美だけだった。《バブル》に着いたばかりの加津美は、荷ほどきを終えていなかったぶん、地上に戻る準備が早く終わったのだ。

共通の話題が少ないので、いきおい二人の会話は事件の話題が中心になる。

遊が液化窒素を使った佐倉の殺害方法について説明すると、加津美はしきりに感心して、それからは少しずつ会話も弾むようになった。時計は午後五時を過ぎている。夜が近づいて、朝の苦手な彼女の機嫌も良くなっているようだった。

殺された佐倉昌明と友利葉月が交際していた可能性はないか、という遊の質問を、加津美は軽く手を振って一蹴する。

「それはないと思うな。たぶん、その二人は直接顔を合わせたこともないと思う。《バブル》に滞在するシフトが食い違っているからね」

「誰かほかの人とつき合っていたという噂もありませんでしたか？」遊が訊ねる。

「聞いたことないな」加津美はコーヒーカップを口に運びながら言った。「由貴に訊いたら、何か知ってるかもしれないけど。彼女たち同じ女子校の出身だから」

「《バブル》のスタッフの中では？」遊が続けて質問した。

「和久井さんのことを言ってるの？」加津美が遊を睨む。「誰に聞いたの？　永田さん？」

「依田さんも、ご存じだったんですね」

「そりゃそうよ」加津美が鼻を鳴らした。「あたしと葉月は、半年前から三カ月間、同じ期に助手として滞在してたんだから。この狭い施設の中で二股かけられてたら、いくら何でも気づくでしょう」

「険悪な関係になったりしませんでしたか？」

「いや、別に」加津美は平然と首を振る。「それはまあ、最初に知ったときには頭にきたけどさ。もともと、あたしのほうは遊びのつもりだったし、勝手にすればって感じで。だから、こっちとしては、和久井さんに未練なんてないのよ。信じてもらえるかどうかは、わからないけど」

「別に友利さんと張り合うつもりはなかったということですね？」

「うん、そう。本当のところは、葉月もね、和久井さんのことを特別に好きというわけでもなかったみたいなのよね」

「そうなんですか？」遊が驚く。

「まあ、雰囲気っていうかな。何かのイベントでお酒が入ったときに、ふらふらっとね。まあ、彼女、男性に対して免疫がなさそうなタイプだったけどね」

「じゃあ、そのあとはどうなっているんですか？」

「知らないわよ、そんなの」加津美が爆笑する。「他人のことだもの。興味ない。ただ、ちょっと生臭い噂も聞いたことがあるな」

「生臭い噂、ですか?」

「うん」加津美が声を潜めて言った。「葉月が、今回《バブル》に来るのを見送った理由。彼女、妊娠してるんじゃないかって噂があるの」

「妊娠……」

「言っとくけど、あくまでも噂よ」加津美が、唇の前に人差し指を立てる。内緒にしておけ、という意味だろう。

「ええ、わかります」遊は、彼女を安心させようと微笑んだ。

「まあ、あたしも、あの二人からさっさと手を引いて正解だったと思ってるわけ」加津美が続ける。「もし本当に痴情のもつれが事件の原因だったんならさ、一歩間違えばあたしが殺されてたかもしれないじゃない。やっぱ、こういうのは駄目だね。これからは、あたしも心を入れ替えて純愛に生きるわ」

加津美が本気でそう思っているのがわかったからか、遊は何も言い返さなかった。

それ以降、加津美はこの話題には触れようとせず、噂の出所についても「女同士だと、そういうのはわかってしまう」とはぐらかすだけだった。

しばらくして、坂崎武昭がホールに降りてきた。

彼は食堂のテーブルに座っていた遊を見つけて近づいてくる。仮眠をとったのだろうか、朝に見かけたときよりは、少しだけ顔色が良かった。

「海上プラットホームから連絡がありました。潜水艇は、もう向こうを出発したそうです」

坂崎は、普段どおりの大きな声で言った。

こういうタイプの人間は隠し事ができないだろう、と思って私は少し可笑しくなる。それ自体は悪いことではない。可哀想なのは、本人だけが隠し事をしているつもりで、それが周囲の人間に筒抜けになっている場合だ。いや、正確にはそれも可哀想と呼ぶにはあたらない。ただ単に、犯罪者に向かないタイプというだけのことである。私には、彼が犯人だとは思えなかった。遊もおそらく、同じ事を考えているだろう。

「刑事さんたちも乗っているそうですから」坂崎は白い歯を見せて笑う。「もう、これで安心ですね。ご心配をおかけしました」

「でも、あたしたちどうせ入れ違いになっちゃうんですけど」依田加津美が揚げ足を取る。

「それも大丈夫。海上プラットホームには三十名からの警官が待機しているらしいから」

坂崎がすぐに答えた。

「三十名？」遊が目を大きく開けた。「そんなに来てるんですか？」

「殺人事件ですからね」坂崎が真面目な顔でうなずく。「犯人が自棄になって暴れ出さないとも限らないし、どんな事態にでも対処できるように備えてるんでしょう」

「なるほど……それにしても、すごい数ですね。ヘリコプターで来たんですか?」

「いや、アクアスフィア財団が超伝導推進船を持ってるんですよ」

「超伝導推進船?」遊が訊き返す。「なんです、それ?」

「ああ、ええと、要するに船なんですけどね」坂崎が笑いながら答えた。「ただスクリューの代わりに、超伝導磁石を使っているというだけです」

「海上版のリニアモーターカーみたいなものですか?」

「原理的には共通する部分がないわけではありませんが、少し違います。超伝導推進船の場合は、海水に流した電流と、超伝導磁石が生み出す磁場との間に発生するローレンツ力を推進力に使っているんです。ホバークラフトのように、浮いてるわけじゃありません。それでも、普通の船舶より断然スピードが出ますけどね」

「へえ……」遊は感心したようにため息をつく。

「とりあえず、もう事件は起きないでしょう。今晩は安心して眠れますよ」

坂崎が言った。心なしか、依田加津美の表情も明るい。

「そうですね」遊が寂しげに微笑む。

「あと、二時間くらいで潜水艇が到着すると思います。バッテリー容量の関係で、潜水艇はあまり長時間接岸できません。あらかじめエントランス・ポートで待機しておいてください」

坂崎はそう言い残して、螺旋階段を降りていった。永田衣里たちにも、警察が来ることを知らせに行ったのだろう。

遊は、荷物を取りに行く、と加津美に言い残して、居住区画(アパートメント)に向かった。途中、二階の須賀道彦の部屋に立ち寄る。ドアが開いていたのだ。

死んだ兄の部屋で、須賀貴志は最後の荷造りをしていた。

「思ったより、荷物が少ないのね」

遊が背後から声をかけると、貴志は少し驚いたような表情で振り返った。

「その映像ディスクは？」

遊は、須賀道彦の荷物の大半を占める映画ソフトのラックを指差す。

須賀貴志は首を振った。

「ここに残していきます」

「お兄さんの遺品でしょう？」

「ええ、でも、ここにあれば、皆さんが息抜きに観ることもあるでしょうし。もともと、兄の荷物は、こちらで処分してもらう予定でしたから」

須賀貴志は、淡々と言った。大人びたその横顔からは、あまり感情が読みとれない。だが、潜水艇がまもなく来ることを聞かされたからだろうか。もう彼も、正体不明の殺人犯を恐れていないように見えた。

「そう……ね、須賀くん。もう、お兄さんの自殺のことは整理がついたの？」

「あ、はい……」貴志は、遊のほうを見上げたままベッドに腰を降ろした。「そうですね。今はもう、それどころじゃなくなってしまったっていうか」

「すぐ近くで本当の殺人が起きたんですものね」

「ええ。それを考えると、やはり兄は自殺したんだと思えるようになりました。本当の人殺しって、暴力的で綺麗なものじゃないんだなって実感して……」

「そうだね」遊が言った。「そうかもしれない」

「鷲見崎さんは、誰が犯人だと思いますか？」貴志が訊いた。

「犯人？　和久井さんを殺した？」遊が訊き返す。

「はい」

「わからないわ」遊は肩をすくめた。「須賀くんは、何か考えがあるの？」

「いえ」

貴志は首を振る。それきり彼は黙り込んでしまった。

遊は仕方なく、彼のいる部屋を出ようとする、だがドアをくぐる直前、彼女は、透明なゴミ袋の中に入れられた一枚の写真に目を留めた。

どこかの公園で写した写真だろう。須賀貴志に良く似た若い男性が、おとなしそうな黒髪の女性と肩を組んで写っている。

「須賀くん……これ、お兄さんと婚約者の写真じゃないの？」

「え……」突然訊かれて、貴志も戸惑ったようだった。「ええ、そうです」

「捨てちゃっていいの？」

「ほかにどうしろっていうんですか？」貴志は不機嫌そうに答える。「死んだ人間が持っていた写真をもらったって、礼子さんも……そこに写っている彼女も困るだけでしょう」

「それは……その方が決めることだわ」

「いいんです」貴志は遊を睨んだまま言った。「こんなものは、捨てちゃったほうがいいんです。僕も兄のことは忘れます」

「そう……ごめんなさい」

遊は、なぜか彼に謝って部屋を出た。

無言のまま螺旋階段を上る。

借りていた個室に戻って、ほとんど使っていないベッドをきちんと整えた。出しっぱなしにしていたケーブルや着替えをアルミトランクに詰め込む。十五分もかからなかった。

部屋に鍵をかけたところで、ちょうど二〇三号室から出てきた梶尾麻奈美と遭遇する。彼女は、大きな緑色のスーツケースを部屋から運び出すところだった。

「帰り支度は済みました？」愛想のよい笑顔を浮かべて、麻奈美が訊いた。

「あ、はい」遊がうなずく。「潜水艇は、もう海上プラットホームを出たそうですよ」

「みたいですね」麻奈美が笑顔のまま言う。「荷造りを急がないと。さすがに九カ月も暮らしてると、荷物が多くて大変なんです」

「もしよかったら、お手伝いしましょうか？」遊が訊ねる。

「あ、じゃあ、お言葉に甘えて、お願いできますか？」麻奈美が申し訳なさそうに頭を下げた。「このスーツケースを、階段の下まで運ぶだけなんですけど。この階段、急でしょう。どうしようかと思ってたんです。エレベーターなんて気の利いたものは、ここにはありませんから」

「ええ。いいですよ」

遊は、にっこりと微笑んで引き受けた。

麻奈美の部屋に近づくと、控え目なボリュームで再生されていた音楽が聞こえてきた。クラシックの旋律だ。荷造り作業のＢＧＭには不似合いな、美しくも切ない曲。

「この曲……レクイエムですね？　モーツァルト？」遊が訊いた。

「いえ、アイブラー」麻奈美が答える。「不謹慎だと思われるかもしれませんね、こんなときに鎮魂曲なんて」

「いえ……」

遊が首を振った。麻奈美が寂しげに微笑む。

「でも、どうしても聴きたかったんです。ひょっとしたら、もうここには二度とこれないかもしれない。そう思ったら、どうしても……」

7

寺崎緋紗子は、エントランス・ポートにいた。

断熱材で覆われた外壁がむき出しの球体ユニット。銀塩写真を撮ったら緑色に感光しそうな人工的な明かりの下。

滑らかな銀色の、ジュラルミン素材のスーツケースに腰掛けて彼女は目を閉じている。

寺崎緋紗子は、眠っているようにみえた。

眠っているのではない、と私にはわかった。

彼女は、遊んでいる。自分の記憶と思考の奔流の中で遊んでいるのだ。

背筋を伸ばした彼女の優美な姿は、美術館に展示されたアンティークの人形を連想させた。

今にも動き出しそうだ。

「寺崎さん？」遊が呼びかける。

緋紗子の瞳が開く。彼女が遊の姿を認めるまでに、二秒ほどの時間が必要だった。

彼女の世界から、こちらの世界に戻ってくるまでの時間だ。

この世界では、彼女は独りぼっちだった。

「潜水艇が到着するまでは、まだ少し時間があるでしょう？」緋紗子が言った。「あと十五分くらい？」

「あ、ええ。そうです」遊があわててうなずいた。「……時計を見ずに、わかるんですか？」

「あなたにはわからない？」緋紗子が表情を変えずに言う。

「あ、ええ……」遊は肩をすくめた。

「ほかの人たちは？」緋紗子が訊いた。

「まだホールにいます」

「あなたは、私を探しに来たのね？」

「そうです、個室はもう引き払われたみたいだったから……」遊は、ばつが悪そうに答える。「あの……何をなさってたんですか？」

「考え事。今は、自殺する人間の心理について考えていました」

「須賀道彦さんのことですね？」

「いいえ、私自身のことです」

緋紗子は、頰にかかっていた髪を払いながら立ち上がる。今日の彼女は、見慣れた白衣姿ではなく、フェイクレザーの黒いワンピースを着ていた。

「自殺なさるおつもりなんですか？」遊が、緋紗子を睨む。

「いいえ」緋紗子は首を振った。「自殺しない人間が、自殺するときのことを考えては、おかしいかしら？」

「あまり、良いことではないと思います」

「あなたは考えたことがない？」

「はい」遊が言う。

「では考えたほうがいいわ」緋紗子がすぐに続けた。「あなた運動は？」

「運動ですか……？」突然の質問に、遊が戸惑う。「中学生のときにバスケットボールを少しだけ」

「新品のシューズを履いていると、怪我をするってジンクスを聞いたことがない？」

「あります。ほかの人が踏むと大丈夫だって言って、誰かが新しい靴を履いているのを見つけると、みんなで踏みにいったり」

「新しいシューズを履いている人は、汚されるのが嫌で逃げ回ったり？」

「ええ、そうです」

「今のあなたは、それと同じです」緋紗子が淡々とした口調で言った。「自分の中にある恐怖、孤独、不安、そのような弱い意志の存在を認めようとしない」

「あたしが、逃げているっておっしゃりたいんですか？」遊が訊く。

「私には、そう見えます。あなたは、以前にも犯罪に巻き込まれたことがあるのでしょう？」

緋紗子の質問に、遊は答えなかった。唇を噛んで、緋紗子の顔をじっと睨み返しただけだ。

「そのときの恐怖を克服したと、あなたは思いこもうとしている。あなたは、須賀くんの自殺や、佐倉くん、和久井くんが殺された事件を解こうとしているのではなく、解かずにいられなかっただけ。そうしないと、自分が恐怖に押しつぶされそうな気がして。違いますか?」

「違う」遊はかすれた声でつぶやいた。「あたしは……ただ……」

「運動靴は汚れても、その機能には影響しません。価値が下がるわけではない」めずらしいことに、緋紗子が優しく微笑んだ。「あなたも、自分の弱さを受け容れたほうがいい。そうしないと、いつか本当に心に治らない傷を負いますよ」

「あたしは」遊も微笑む。寂しげな、だが強い意志をたたえた瞳で。

「それでも……本当のことを知りたいんです」

「そう……」

緋紗子はそれきり何も言わなかった。

どやどやと人が歩いてくる気配がして、電動ハッチのハンドルが回り始める。潜水艇の到着予定時刻になったので、残りのスタッフもエントランス・ポートにやってきたのだ。

大きなスーツケースを抱えた梶尾麻奈美と依田加津美が先頭で、須賀貴志の荷物は、坂崎武昭と綱島由貴が手伝って運んでいた。最後に、白衣姿の永田衣里が姿を現す。刑事たちの出迎えをするのが気に入らないのか、彼女は不機嫌な表情だった。

「大変な取材でしたね」坂崎が遊に話しかけてくる。「アクシデント続きで、本当に申し訳ありませんでした。ずいぶん長く感じたんじゃないですか？」

「そうですね」遊は愛想笑いを浮かべてうなずいた。

「こんなときに言うのは何ですが」坂崎が苦笑しながら続ける。「いい記事を書いてください ね。《バブル》の存続がかかっているので。もっとも、こんな事件があったあとで記事にしてもらえるかどうかは、わかりませんけど」

「いえ、こんな事件のあとだからこそ記事になりますよ」

遊が答えた。それは社交辞令ではなかった。その記事が、坂崎たちの望む内容になるとは限らないというだけの話だ。

遊がエントランス・ポートの中を見回す。吹き抜けの球体ユニットの天井は、等間隔に配置された梁と構造材の紡ぎ出す模様で、まるで古い聖堂の天蓋のようだった。梶尾麻奈美が聴いていたレクイエムがよく似合いそうだ。

寺崎緋紗子と須賀貴志は静かだった。対照的に、依田加津美や永田衣里は、絶えず誰かと話していないと不安そうにしている。構造材がむき出しの小さな球体ユニットの内部に、彼女たちの声が反響して少しうるさかった。

「これは、潜水艇の音ですか？」

遊が訊ねた。耳を澄ますと、人々の話し声に混じって、洞窟の中を吹き抜ける風のような低い振動が聞こえてくる。

「あ、いや。これは違いますね。潮流の音かな」坂崎が答えた。

「潮流？」遊が訊き返す。「こんな深海にも潮の流れが？」

「ええ」坂崎はにやりと笑った。「潮汐力によって引き起こされる波は波長が長いので、海水の運動が海底まで影響するんです。潮汐による波の速さも、津波と同じルートghの式で表されますから、深度四千メートルだと……時速約七キロメートルってところですね」

「それで、こんな低い音がするんですか？」

「そうです。直接的には内部潮汐波という、潮流が海底の山などを超すときに生じる波が原因なんですけど。それが《バブル》の建物自体と共振を起こすことがあるんです。危険なものではありませんよ」

「潮汐力……潮の満ち引き……」

遊が、小さな声でつぶやいた。

彼女は、自分が声を出したことにも気づかなかったかもしれない。

彼女の瞳は、坂崎のほうを見ていなかった。

細い指が、右手首のバングルをなぞる。

その動きが、不意に止まった。

「坂崎さん！」遊が叫ぶ。「今、何時ですか？」

「え？」突然呼ばれて、坂崎がまごつく。「ええと、午後七時過ぎです。七時五分」

「今、ＳＭＥＳは動いてますか？」

「ＳＭＥＳ……ええ、ちょうど動き始めたところです」

坂崎の言葉を聞くと同時に、遊は自分のトランクを床に投げ出した。まだ開いていた電動ハッチをくぐって、エントランス・ポートを飛び出す。

ほかのスタッフは、その様子を呆気にとられた顔で見ていた。

「鷲見崎さん！」坂崎が、あわてて遊のあとを追いかけてくる。「どこに行くんですか！　もう、潜水艇が到着しますよ！」

遊は答えずに、狭い通路を走り抜けた。

ホールに出ると、迷わず一番近いところにあったラボＢへ向かう通路を選ぶ。そこは、死んだ須賀道彦の研究室があるユニットだった。

「鷲見崎さん！」ようやく遊に追いついた坂崎が、「いったいどうしたんですか？　ＳＭＥＳが何なんです」

「時間だったんです！」

遊が叫んだ。

彼女は、坂崎の制止を振り切って須賀道彦の研究室の扉を開ける。

扉の鍵は、壊れたままだった。

遊は、入り口付近の壁にかかっていた懐中電灯をむしり取る。

「時間？」坂崎が訊き返した。

「そう……和久井さんを殺した犯人が、部屋に鍵をかけていた理由！」

遊は、研究室の床にあるメンテナンス用のハッチを開けた。

坂崎が止める間もなく、狭い通路の中に身を翻す。

垂直に延びた通路の突き当たりには、手動式の耐圧ハッチがあった。円形のハンドルが、うっすらと埃をかぶっている。

「鷲見崎さん！」坂崎が悲鳴のような声をあげる。「だめですよ。そこを開けたら、タンクの水が逆流してきます。今朝、確認したじゃないですか！」

遊は無視して、ハンドルを回した。

坂崎が、遊の行動をやめさせるために、通路に降りてくる。

「犯人は、和久井さんを自殺に擬装するつもりなんてなかった」遊は、憑かれたようにつぶやき続ける。「ただ単に、死体がすぐに発見されなければ、それでよかった。犯行が行われた時間が正確にわからなければ、それが極めて限定された時間に起きたということさえ気づかれなければ、それでよかった。なぜなら——」

遊が、耐圧ハッチを開けた。

噴き出してくる水を警戒して、坂崎が目を細める。

しかし、何も起こらなかった。

水滴が滴る音と、ぶん、という低い唸り(うな)だけが聞こえる。

遊が、懐中電灯で下を照らした。

坂崎が、信じられないような表情でタンクの中をのぞき込む。

深さ約一メートル五十センチほどの、タンクの底が見えた。

それだけだった。

タンクの中に、水はなかった。

第七章

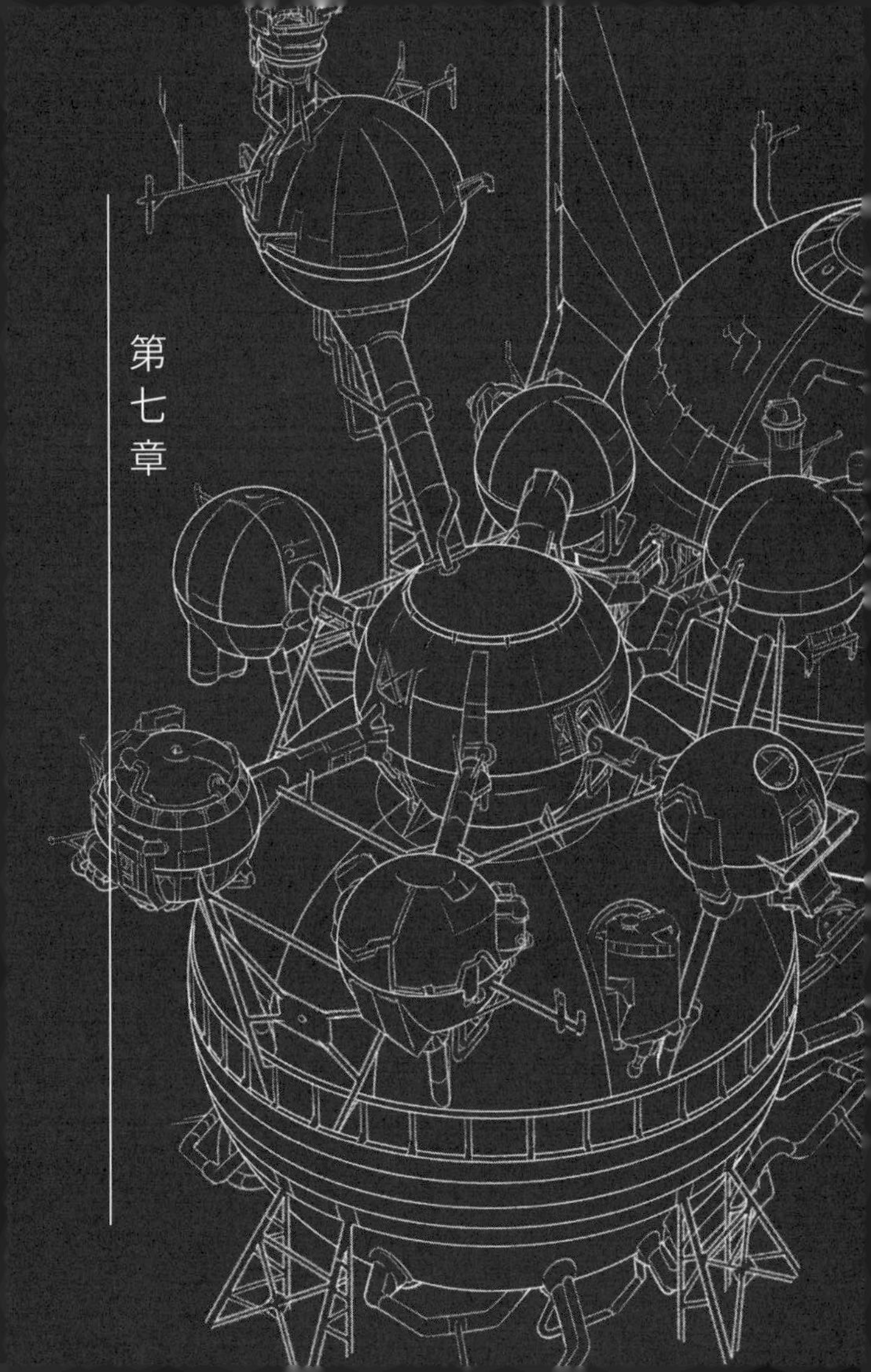

1

《バブル》に到着した刑事は六人だった。

オケアノス五〇〇〇の定員ぎりぎりまで乗ってきたのだ。体格のいい男性ばかりで窮屈な潜水艇の中に長時間閉じこめられていたせいか、刑事たちは少し疲れているようだった。

彼らに名前と所属を告げてから、遊たちは潜水艇に乗り込んだ。

ハッチをくぐったのは、須賀貴志、遊、寺崎緋紗子、そして依田加津美と梶尾麻奈美の順番だった。もちろん、全員が垢抜けないプラスチック製のヘルメットをかぶらされている。

《バブル》に残る坂崎たち三人のスタッフは、警察の対応に追われており、別れの挨拶をすることはできなかった。

寺崎緋紗子と依田加津美が、二人がかりで潜水艇側のハッチを閉鎖し、梶尾麻奈美が、作業状況を運転士に報告した。

「メイティング解除！」

運転士の声が響く。少し遅れて、潜水艇が《バブル》を離れる震動が、遊たちにも伝わってきた。

深度五千メートルまでの水圧に耐えられる球形のキャビンは、けして広くない。五人の乗客たちは、膝をつき合わせて座るような形になる。

艇内の薄暗い非常灯に照らし出されたスタッフたちの瞳は、すべて遊のほうに向けられていた。

「さっきのは、なんだったの？」最初に話を切りだしたのは、依田加津美だった。「鷲見崎さん、あなた何を見つけたの？」

「何かを見つけたわけじゃありません」遊が答えた。

「うそ」加津美がすぐに言う。「だったら、坂崎主任があんな顔で戻ってくるわけないわ」

「ひょっとして、何か新しい手がかりを見つけたんですか？」麻奈美が訊く。普段の彼女よりも、その口調は少し早かった。

「本当なの？」加津美が、低い声を出した。「だったら、あたしたちにも教えて欲しいな」

「いえ、見つけたのは手がかりじゃありません」遊が言った。「もう、手がかりは必要ないんです」

「どういう意味？」加津美が怪訝な表情を作る。「本当のことが。誰が、佐倉くんたちを殺したのか」

「はい」

遊が、緋紗子の瞳を見つめながら言った。

「本当なの？」加津美が動揺する。「犯人がわかったの？」

「ええ。わかりました」遊がうなずく。「犯行に使った手段も、その秘密も。確認できてないのは、その動機だけです。でも、それもおおよその見当はついています」

「それを、確認したいと思う？」緋紗子が訊いた。「犯人がわかっても、それでもあなたはそれを知りたいと思う？」

遊はしばらく沈黙したあとで、はっきりと言った。

「はい」

「そう……」緋紗子が目を閉じる。「では、まず、あなたが到達したという真実について説明を聞きましょう。幸い検証する時間は充分にあります。海上プラットホームまでは、二時間近くかかりますからね」

「そうですね」

遊がもう一度うなずく。梶尾麻奈美と依田加津美は、息を呑んで彼女の説明を待つ。事件に関しては無関心を装っていた須賀少年も、今は遊をじっと見つめていた。

「では、まず最初に、問題点を整理したいと思います」遊が静かに話し始めた。「あたしたちが、《バブル》に着いた最初の夜、佐倉昌明さんが殺されました。死因は、皆さんがご覧になったとおり焼死です。自殺とは考えにくい状態でしたが、火災が発生すると同時に、倉庫は緊急ロックされて密室になる。しかも現場には大がかりな発火装置らしいものは残されていなかった。そうなると他殺ではあり得ない。つまり事故としか考えられない、というのが大方の見解でした。実際、原因不明の事故として処理される可能性は低くなかったと思います」

「やはり、あれは事故ではなかったんですね?」梶尾麻奈美が訊いた。

「はい」遊が言う。「佐倉さんの死を事故に偽装するには、たった一つだけ不自然な箇所がありました。それは、火災報知器の問題です。倉庫で火災が発生したのに、警報は鳴らなかった。けれど緊急ロック機構は正常に作動し、エアコンも酸素供給を停止している。偶然にしては、できすぎています。そうは思いませんか?」

「そうか……」依田加津美がつぶやいた。彼女は、すでに遊から説明を受けている。「和久井さんが、あらかじめ配線に手を加えてたのね」

「そう。佐倉さんを殺した人物は、ほぼ間違いなく和久井さんでしょう。彼以外に、報知器の配線を誰にも気づかれずに変更できる人間はいなかった。犯人だと特定される危険を冒してでも、彼は警報を鳴らしたくなかったんです。なぜなら、火事の直後に倉庫に入られては、せっかく準備した事故への偽装が無駄になるからです」

「倉庫の中が凍っていたから？」

緋紗子が目を閉じたまま言った。麻奈美と須賀貴志が驚く。

「寺崎さんも、気づいていたんですね？」遊が緋紗子を凝視した。「いつからですか？」

「昨日の朝、佐倉くんの死体を検分したときに」緋紗子が静かに答える。「彼の遺体は、内側が凍ったままで溶けきっていませんでした。表面が炭化していたので、そちらに目を奪われていると気づかないでしょうけど、人間の身体は水分が多いですからね」

「そうだったんですか」

遊がつぶやいた。たしかに、佐倉の死体に直接手を触れたのは緋紗子だけだった。和久井でさえ、死体の状況を確認しようとはしなかった。

「すみません、鷲見崎さん」麻奈美が、申し訳なさそうに口を開く。「凍ってたって、どういうことです？　それに、和久井さんが犯人って……」

「あ、ごめんなさい。そうですね、今となっては想像することしかできませんけど、佐倉さんが死んだ夜の和久井さんの行動を再現すると……」遊は、一呼吸おいて続けた。「こんな感じだったと思います。まず、潜水艇が到着して、あたしと須賀くん、そして依田さん、綱島（つなしま）さん、佐倉さんの五人が降りてきました。その場には、梶尾さんもいらっしゃいましたよね」

「ええ」麻奈美がうなずく。

「あたしと須賀くんは、梶尾さんに案内されてエントランス・ポートから出ていきました。依田さんたち助手の三名は、潜水艇が運んできた荷物を、それぞれ決められた場所に搬出します。その作業を指示していたのは、和久井さんでした。ところで、依田さん。潜水艇が運んできた荷物の中に、液化窒素の入ったデュワー瓶がありましたか？」

「あったわ」加津美が答えた。「二十リットルのものが五本か、六本」

「液化窒素は、大がかりなコールド・コンバーターの設備がないと、長期間の保存ができませんからね。定期的に海上から搬入しないといけないんです」麻奈美が補足する。

「なるほど。そのデュワー瓶は、倉庫（ストアハウス）に搬入したんですね。依田さん？」

「たぶん、そうだったと思うわ」

「そのあとの和久井さんの指示は？」

「いえ……別に」加津美が首を振る。「荷物のチェックは和久井さんが自分でやるから、と言ったので、あたしたちは、ほかの作業に」

「その間、和久井さんはずっと倉庫（ストアハウス）に残られたんですね」遊が念を押す。

「そう……か。そう言われてみればそうね……」

「つまり、和久井さんには、時間がたっぷりあったということです。食事当番のお二人が冷凍庫から食材を運び出したあとは、もう誰も倉庫（ストアハウス）には近づいて来ませんからね。作業といっても、たいした仕事じゃありません。熱伝導率の高い金属製のパイプに、液化窒素を充塡（じゅうてん）して、倉庫の廊下の天井付近に燃えやすい紐で吊り下げておくという、それだけのことです」

「液化窒素を？」麻奈美が眉を寄せた。

「はい。液化窒素に冷やされて、周囲の酸素は液体に変わって廊下に溜まります。低下した空気中の酸素分圧を補うために、エアコンは倉庫（ストアハウス）の内部に酸素を送り込み、結果として倉庫（ストアハウス）内部の酸素の絶対量は過剰になりました。あとは、液化した酸素が再び気化するのを待って、佐倉さんを呼び出すだけです。このタイミングを計るのが、もっとも難しいポイントだったと思います。たぶん、前もって何度か実験したんでしょうね。液化窒素も酸素も、少量なら危険な物質ではありませんから」

梶尾麻奈美も、そして須賀貴志も、遊の言葉が意味するところに気づいたのだろう。二人の表情がかすかに強張っていた。遊は説明を続ける。

「佐倉さんを呼び出すのは、難しいことではありませんでした。インターホンで彼に連絡すれば済むことですから。佐倉さんが倉庫に向かう姿をほかの人に見られないように、呼び出しは深夜に行われたと思います。佐倉さんが倉庫についたら、インターホンで状況を知らせるように言い含めておいたかもしれません。当然、インターホンには発火装置が仕掛けられていました。これで佐倉さんの殺害は完了です。過剰酸素による爆発的な燃焼で発火装置は燃え尽き、液化窒素は気化します。時間が経って部屋の温度が正常になれば、証拠は何も残りません。無害な金属パイプ以外は、何も」

「それはわかったわよ」依田加津美が遊の言葉を遮った。「でも、どうして和久井さんは佐倉を殺そうと思ったの？」

「もし、この連続殺人が偶然でないのなら」遊は、髪をかき上げた。「和久井さんは、自分が命を狙われていることを知っていたから、だと思います。正当防衛のつもりだったんです」

「ちょっと待って」加津美の声が潜水艇の中で反響する。「でも、和久井さんが殺されたのは、佐倉が死んだあとなのよ。佐倉は、間違いで殺されたってこと？」

「そうなります」遊がうなずく。「なぜ、そんなことになってしまったのか、それを考える前に、和久井さんが殺された事件についてお話しします」

「いいわ」加津美が、座り心地の悪いシートに背中を押しつけた。「お願い」

「あの日、和久井さんが殺された夜の全員の行動を思い出してください」遊が言った。

「ホールに残っていたのは、和久井さんと坂崎さん、寺崎さん以外の全員でしたね」梶尾麻奈美が指折り数える。「途中で永田さんも抜けられましたけど」

「そうですね」遊が、麻奈美の発言を補足する。「坂崎さんと寺崎さんは居住区画に戻られました。永田さんは螺旋階段を降りて養殖場のほうへ。研究室に向かったのは和久井さんだけでした。永田さんが螺旋階段を降りたのはホールに残っていた全員が見てますし、坂崎さんが居住空間から戻ってきたときも同様です。それに、坂崎さんがインターホンで呼び出したとき、寺崎さんはご自分の部屋にいらっしゃいました」

「誰も和久井さんの研究室には近づいてないのは、わかってることじゃない」加津美が、ぼそりとつぶやく。

「ですが、和久井さんは殺されました」遊は動じない。「さらに、和久井さんの研究室のドアには鍵がかかっていました。このことから、一つだけ断言できることがあります。つまり、ホールを経由せずに、和久井さんの研究室にたどり着ける抜け道が存在する、ということです」

「……メンテナンス用ハッチのことを言っているんですか？」麻奈美が訊ねる。「でも、あの通路は給水タンクに続いていて、通り抜けることができないって、警察も認めているんですよ」

「ええ。あたしも今朝、坂崎さんと一緒に確認しました。あの通路は通れません。無理矢理に通ったとしても、水浸しになった通路の痕跡が残るでしょうね」遊が悪戯っぽく微笑んで付け加える。「昼間だったなら」

「どういうこと？」加津美が身を乗り出した。「浄水装置は二十四時間運転よ。夜になったからといって、給水タンクから水を抜いたりしないわ」

「ええ、わかってます」遊が答える。「でも、道はできるんです。夜になれば」

加津美は、理解できない、というふうに首を振った。

麻奈美も怪訝な表情を浮かべていた。須賀貴志は黙ってうつむいている。

「そういえば、潮汐にこだわっていましたね、鷲見崎さん？」寺崎緋紗子が訊いた。

「はい」遊が微笑んだ。「満潮時には孤島のように思える場所が、潮が引くと地続きになっている――海岸でよく見る景色です。和久井さんが殺された海底の密室について、あたしはその光景を連想しました」

「待ってよ」依田加津美が苦笑を浮かべる。「まさか、潮汐力で給水タンクの水が引っ張られたなんて言うつもりじゃないでしょうね？」

「いえ、もちろん違います。でも、結果としては、それに似た現象が起きたんです」

「何の話？」加津美はまだ笑っていた。

「依田さん、動力部の中を見学したことがありますか？」遊のほうから逆に質問する。

「え、ええ……」加津美がうなずいた。

「では、設備の配置もおわかりですね。給水タンクのすぐ隣には、何がありますか？」

「空調……いえ、電力設備だわ……ＳＭＥＳ？」

「そう……超伝導磁石方式の電力貯蔵設備ですね。それに関して、あたしは昨日、和久井さんから詳しい説明を受けました。《バブル》内の電力は、海上プラットホームに設置された海洋温度差発電施設から、電線によって送られてくることになっているそうです。しかし、海面と深海底の温度差が小さくなる時間帯……すなわち夜間は、温度差発電施設は運転を停止する。その間に使用する電力は、あらかじめＳＭＥＳに蓄えておかなければなりません。その充電の間だけは、ＳＭＥＳ内部の超伝導回路が外部と接続されます。すなわち、外部から大量の電流を受け容れる代償として、回路に強力な磁界が発生します。その時間は、平均すると、日没から三、四時間程度。この季節だと、午後七時から午後十時の前後というところでしょうか」

「和久井さんが殺された時間と一致しますね」

麻奈美がつぶやく。依田加津美も、もう笑ってはいなかった。

「はい。金属製の球体ユニットは、それ自体が磁気シールドの働きを持っています。ですから、SMESで発生した磁界が外部に漏れ出すことがありません。それは逆に言えば、動力部（プラント）の内部は、磁界の影響を受けるということです。そして偶然にも、SMESが発生する磁界は、給水タンクをすっぽりと覆う形になりました」

「それが何か問題なの？」加津美が訊く。「給水タンクの中には真水しかないのよ。磁界の影響を受けるような精密部品は何も使われていないはずだわ」

「ああ……」梶尾麻奈美が、目を大きく開いて口元を手で覆った。「そうか、真水……そうだったのね……」

「そうです」遊が口元を緩める。「依田さんも、きっとご存じだと思いますが、水には反磁性と呼ばれる性質があります。磁石の同じ極同士が反発しあうように、磁場の強いほうから弱いほうに、まるで磁界を避けるように移動します。それが目に見えるような形で現れるためには、かなり強力な磁界が必要になりますけど」

「……モーゼ効果」麻奈美が消え入るような声で言った。

「そう呼ぶらしいですね」遊がうなずく。「そのモーゼ効果という現象によって、給水タンクの中の水はまっ二つに割れました。磁界を避けるように、タンクの両脇に押しやられてしまったんです」

その光景を想像して、その場にいた全員が静かになった。

旧約聖書の出エジプト記で、エジプト人に追われたユダヤの民を逃がすために、預言者モーゼは海を真っ二つに割ったと伝えられている。それと、まったく同じ現象が、深度四千メートルの海底施設の、小さな給水タンクの中で再現されたのだ。

タンクの中の水は、抜かれたのではなかった。ただ、見えない力によって両脇に押し退けられただけだった。神の奇跡ではなく、人間の作り出した機械の見えざる力によって。

そして、ファラオの軍勢ではなく、一人の技術者の命を呑み込んだのだ。

「たぶん、タンクの中に生まれた抜け道は、そんなに大きなものではなかったと思います。かろうじて人間が通れるくらいの大きさだった。でも、それで充分だったんです。和久井さんの研究室に忍び込んで、そっと抜け出すだけでよかったのですから。水さえ存在しなければ、あの小さなタンクの中を通り抜けるのに、何十秒もかからなかったでしょう」

「信じられない」加津美が、何度も首を振る。「本当に、そんなことが起きたの？」

「でも、これが真実です」遊がきっぱりと言う。「ついさっき、坂崎さんと一緒に、それを確認しました。刑事さんたちも、今ごろは信じられないと言いながらタンクの中をのぞき込んでると思います」

「わかったわ……」加津美がため息をついた。「でも、じゃあ、誰が和久井さんを殺したの？　なぜ？」

「そうですね」

遊が、一瞬だけ悲しげに目を伏せた。

何分にも感じられるほんのわずかな沈黙のあと、彼女は顔を上げて同乗者の一人を見つめる。

その人物の肩が、小さく震えたような気がした。

「それは、本人の口から聞くべきことだと思います」遊は、ひどく優しい声で訊ねる。「話してくれますね……須賀貴志くん」

2

艇内を沈黙が満たした。

梶尾麻奈美と依田加津美は、信じられないという表情を同乗者の高校生に向ける。寺崎緋紗子は、じっと瞳を閉じたままだった。須賀貴志は、微動だにしない。健康的に日焼けした彼の肌が今は病人のように青白く思えた。

「そんなはずはないわ」赤く脱色した髪をかきあげて、最初に口をきいたのは依田加津美だった。「彼が和久井さんを殺した犯人だなんて、そんな馬鹿なことはあり得ない」

「彼以外の人間は、犯人ではあり得ないんです」遊がゆっくりと言った。「彼以外の人間に、和久井さんを殺すことはできなかった。たとえ、モーゼ効果の抜け道を使っても」

「でも……」加津美が食い下がる。

「給水タンクに通じる通路があるのは、三つの研究室ユニットだけです。昨夜、和久井さん以外に、研究室ユニットに足を踏み入れたのは、須賀貴志くんだけだった。彼は、電話をかけるために、永田衣里さんと綱島由貴さんが使っている生物学の研究室に行っています。時間にして、十五分か二十分。和久井さんを殺して戻ってくるには、充分な時間です。ひょっとしたら、本当に実家に電話をかける余裕さえあったかもしれない」

「この子には動機がないわ」加津美が、低い声で言った。「《バブル》のスタッフを殺す動機がない。和久井さんと彼は、初対面だったんでしょう。あたしは、和久井さんが彼に挨拶するところを見ているもの」

「ええ。あたしもその場には居合わせました」遊が、加津美に視線を移す。「今、動機とおっしゃいましたけど、ではほかのスタッフの皆さんはどうですか？　和久井さんを殺す動機のあった人はいらっしゃいますか？」

「それは……ええ、少なくとも須賀くんよりは、みんな切実な動機を抱えてるでしょうよ。和久井さんは、あのとおり口も悪かったし、女性にも手が早かった。恨みをかってたとしても驚かないわね。あたしや、永田さんは、疑われても仕方ないと思うし、梶尾さんだって、こっそり口説かれたことは一度や二度じゃないでしょう。坂崎主任との関係も、上手くいっていたとは言い難いわ。それに……」加津美が、一瞬言葉に詰まる。それから緋紗子のほうを睨んで、彼女は続けた。「知ってた？　和久井さんは、本当は寺崎さんのことが好きだったのよ」

　寺崎緋紗子は何も言わず、加津美を見つめ返しただけだった。彼女の端整な顔立ちからは、何の感情も読みとれない。加津美は気まずそうに、緋紗子の黒い瞳から目をそらす。

「ごめんなさい、話を続けます」遊が、急いで話題を戻した。「その程度のトラブルは、たぶん生活を共にしていれば多かれ少なかれ発生する感情だと思います。あたしには、それが殺人に及ぶほど深刻なものだとは思えませんけれど、他人が推し量れるようなものではありませんしね。とにかく、須賀くんには、和久井さんを殺す動機はない。でも、ほかの人には、あったかもしれない。このことに異論はないと思います」

加津美と梶尾麻奈美が、硬い表情のままうなずいた。遊が続ける。

「もともと和久井さんと須賀くんでは年齢も立場も離れすぎています。たとえ間接的にでも、和久井さんと個人的な交友や感情的な諍いがあったとは考えにくい。では、ほかの人とはどうでしょうか?」

「《バブル》のスタッフの中に、須賀くんの知り合いがいたということ?」加津美が、驚いて訊いた。

「はい」遊がうなずいた。「結論から言うと、綱島由貴さん——彼女がそうだったと、あたしは確信しています」

「綱島さんが?」麻奈美が首を傾げる。「でも、彼女と貴志くんだって、年齢は七、八歳離れていますよ。彼のお兄さんとも、綱島さんは学校や所属が違うはずです」

「そう。須賀道彦さんを通じての知り合いではありません。彼女と須賀貴志くんは、ある共通の趣味を介して偶然知り合ったんです」

「趣味?」

麻奈美が須賀貴志を振り返る。彼は無言だったが、今にも泣き出しそうな瞳で、ずっと遊を睨んでいた。

「オートバイ、だと思います」遊が言った。「綱島由貴さんの実家はバイク屋さんを経営しているそうです。高校生でも、オートバイの免許は取れますからね。そのお店に出入りしているうちに、お二人は知り合ったんじゃないでしょうか。須賀貴志くんの容姿は道彦さんとよく似ているそうですし、名字も同じだから、綱島さんが彼に興味を持ったとしても不思議ではないでしょう？」

遊は言葉を切って、須賀貴志を見つめた。須賀貴志が、小さなかすれた声でつぶやく。彼の身体は、小刻みに震えていた。

「どうして……わかったんですか？　僕がバイクに乗っていることが」

「日焼けの跡よ」遊が静かに言った。「あなたの腕は、よく日焼けしているのに、手首から先だけが白い。オートバイに乗るときには、手袋をつけるから、その跡が残っているのでしょう？　ゴルフや、ほかのスポーツに使う手袋の跡とも違うみたいだし」

「そう……ですか」須賀貴志がため息をついた。「たったそれだけのことで？」

「でも、どうして？」加津美が呆然とつぶやく。「どうして君が、和久井さんを殺さなければならなかったわけ？」

「それも、わかっているんですか？」

貴志は彼女の質問に答えず、逆に遊に向かって訊いた。遊がうなずく。

「依田さんは、先ほど彼が《バブル》のスタッフを殺す理由がないと言われましたね。あたしもそう思っていました。もしも須賀道彦さんを殺したのが和久井さんならば、あるいは仇討ちということも考えられる。でも、道彦さんを殺した人間が本当にわかっているのなら、相手を告発すれば済むことです。仮にちゃんとした証拠がないとしても、いきなり殺そうとするとは思えない。それに、人間というのは利己的な生き物です。いくら兄弟の仇でも、自らが逮捕されるような危険を冒すとは考えられません」

「そうね……それはわかるわ」加津美が認めた。

「でも正確には一人だけ、《バブル》のスタッフの中にいたんです。須賀貴志くんが殺したいほど憎む可能性がある人物が」

「どういうことよ……？」加津美が気持ち悪そうな表情を作る。「もったいぶらないで、教えて。誰のことを言っているの？」

「須賀道彦さんです」遊は感情を殺した声で言った。

「え」声をあげたのは梶尾麻奈美だった。

「須賀道彦さんって……彼のお兄さんでしょう」加津美も上擦った声で叫ぶ。

「そう。幼い頃から……貴志くんから見れば、生まれたときから知っている相手です。だから殺したいほど憎む対象になり得た」

遊が、貴志の顔を見ながら言う。

依田加津美も梶尾麻奈美も言葉をなくしていた。

須賀貴志は、弱々しくうなずく。

「兄は、何をやらせても僕より上でした。勉強も、運動も。僕がどれだけ努力しても、誰も誉めてくれなかった。須賀道彦の弟だから、それくらいできて当然だと思われた。兄が首席で卒業した高校に、僕は合格することさえできませんでした。よくある話ですよ。僕が欲しかったものを、あいつはいつも独り占めして当然の顔をしていた……こんなこと、言い訳がましいですか？」

「いいえ」遊が首を振る。

「自分の家庭教師をしてくれている女性が、僕は好きでした」他人の噂話をしているような、淡々とした口調で彼は続けた。「彼女が喜んでくれるからというだけで、一生懸命勉強したりしました。でも、彼女が好きなのは僕じゃなかった。彼女は、あいつのために、僕の勉強を応援していたんだ……それを知ったときに、僕はあいつを殺さなければいけないと思いました」

「だけど……あなたに須賀道彦さんを殺せるわけがない」加津美がつぶやく。「あの人が死んだときに、あなたは《バブル》にいなかったもの」

「そう。貴志くんは、須賀道彦さんを殺さなかった。殺したいと思っただけで」遊が言った。「彼が殺したのは、和久井さんだけ。だけど、彼は和久井さんを殺したいと思ったわけではなかった。本当に和久井さんを殺したかったのは、彼の共犯者です」

「それが、由貴なの？」加津美が訊いた。

「ええ」と遊。「たとえ直接的に和久井さんを殺したのが貴志くんだとしても、《バブル》の構造をよく知る共犯者がいなければ、彼がモーゼ効果を利用することなどできませんでした。その共犯者は、須賀くんの知り合いである綱島さん以外にあり得ません」

「そういえば……」梶尾麻奈美がうつむいたまま口を開いた。「昨日の夜、電話をかけにいく須賀くんに研究室の鍵を渡したのも、綱島さんでしたね。それに、須賀道彦さんが死んだときに、《バブル》にいたのも、常駐スタッフ以外では彼女だけだった……」

「そうですね」遊がうなずく。「貴志くんが殺したかった道彦さんを、綱島由貴さんが自殺に見せかけて殺す。綱島さんが殺したかった和久井さんは、貴志くんが殺す。ごく単純な交換殺人の図式です。道彦さんが死んだときに地上にいた貴志くんは、絶対に疑われることはありません。それに当初の予定では、綱島さんは今回《バブル》の実験に参加する予定はなかった。友利葉月（ともりはづき）さんの代理として、急きょ参加せざるを得ない状況になったわけで、それがなければ彼女も今ごろは地上にいるはずだった。つまり、容疑がかからない安全な立場にいるはずだったんです」

「じゃあ、あなたは本当は知っていたんですね？」麻奈美が、貴志に訊いた。「須賀道彦さんが殺された原因を」

貴志が、小さくうなずいた。「兄の遺品を取りに行くというのは、《バブル》に行くための口実でした。それが、彼女との――綱島さんとの約束だったんです」

「道彦さんの自殺を疑っているというのも、演技だったのね」麻奈美が嘆息する。

「ええ……僕がそういうふうに主張していれば、面倒を嫌った財団の上層部が、きっと《バブル》の見学を許可してくれるだろうと計算していたものですから。でも、鷲見崎さんが僕の言うことを真に受けて、兄が死んだときの様子を調べ始めたときには、さすがに少し焦りましたけど」

そう言って貴志は、自嘲気味に笑った。遊は、それを複雑な表情で見つめていた。

私は、海上プラットホームで綱島由貴が声をかけてきたときのことを思い出す。

彼女は、須賀貴志の言うことを気にするな、と遊に忠告した。今にして思えばあれは、遊が須賀道彦の自殺に対して興味を持たないように、それとなく牽制したつもりだったのだろう。

「信じられない」加津美が、小さな、悲鳴にも似た声で言った。「なんで由貴が……」

「復讐、だと言っていました」貴志が説明する。「親友の女性を、和久井さんが弄んで傷つけたから、と」

「それって、葉月のことを言っているの？」加津美が声を荒らげる。「だって、そんなはずはないわ……葉月だって別に和久井さんのことを……それに、なんで由貴が……」

彼女の疑問に答えるものは、誰もいなかった。

私は、和久井あてにかかってきた友利葉月の電話を思い出す。

少なくとも私には、彼女が真剣に和久井の身を案じているように思えた。だとすれば、友利葉月は和久井のことを憎んでるわけではあるまい。和久井が一方的に彼女を弄んだという表現は、正しくないことになる。

では、綱島由貴を、復讐という狂気に駆り立てた感情は何なのか——

「嫉妬（しっと）……ではないかと、あたしは思っています」しばらく逡巡（しゅんじゅん）したあとで、遊がぽつりと言った。「恋人を寝取られた男性が感じるのに似た感情ではないでしょうか……本人は否定するかもしれませんけど」

「由貴が同性愛者だったってこと？」加津美が、遊を睨みながら言った。

「実際の彼女たちの関係がどのようなものだったのかは、わかりません。でも、そう考えると、すべてがスムーズに流れるんです。和久井さんに対する綱島さんの殺意もそうですし、自分が命を狙われていると知った和久井さんが、なぜ佐倉さんを殺そうとしたのかという理由も」

「あ……」加津美が口元を押さえる。「そうか……和久井さんは、葉月の恋人が自分を恨んでいるということしか知らなかった。だから、当然、その相手は佐倉だと勘違いしたんだわ」

「そう」遊がうなずく。「なぜなら、今回滞在する助手の三人で、男性は佐倉さんだけだったから」

「なんてこと……」加津美が絶句する。彼女の瞳に、涙が盛り上がっていた。

「それに、なぜ計画を変更してまで――自分が疑われる危険を冒してまで、綱島さんが貴志くんと一緒に《バブル》に来たのかも説明がつきます。彼女は、友利さんの頼みを断れなかったんでしょうね。もし綱島さんが断れば、友利さんは、ほかの人に代理を頼まなければいけなくなる。そうなると、友利さんと和久井さんが関係を持ったことがおおやけになる可能性がありますから」

「葉月が、本当に妊娠しているのだったらなおさらね……」

加津美が悲しそうに言った。

遊は、少し間をおいて、同乗者全員の顔を見回す。

「さて、和久井さんと須賀道彦さんの事件に共通しているのは、被害者が自分の研究室で殺されているということですね。そして、お二人の研究室は、それぞれのユニットの下の階層にあった。つまり、同じモーゼ効果の抜け道を使った手口なんです。須賀道彦さんと綱島由貴さんは当然面識がありますから、睡眠薬を入れたコーヒーを飲ませるのは、難しいことではなかったでしょう。特に《バブル》ではコーヒーは貴重品だそうですから、自殺の偽装を済ませたら、あとはただハッチから抜け出せばよかった。逆に、和久井さんを貴志くんが殺すときには苦労したと思います」

「そうですね」

貴志は、あっさりと認めた。悪あがきをするつもりはないようだった。潜水艇の中で暴れても逃げ道はないし、海上には三十名からの警官が待機しているのだ。

そして、誰にも言えない秘密から解放された彼は、むしろ清々した表情を浮かべていた。

「研究室の床から出てくるときに、当然、和久井さんにも気づかれますから……あの瞬間が、一番怖かった。兄の自殺のことを調べているうちに、モーゼ効果の抜け道を発見したんだって興奮して言うと、和久井さんは、僕がハッチから這い出るのを手伝ってくれました。モーゼ効果のことに凄く興味を惹かれたみたいで。僕のことを疑いもしませんでしたね。それで、通路をのぞき込もうとしていたところを殴りました。必死でした……」

「凶器は、なんだったの？」

「マグライトです」貴志は、自分の手に視線を落とした。小さく笑う。「あの暗いタンクの中から出てきたんですから、持ってても不自然じゃないでしょう」

遊は唇をきつく噛んだままうなずいた。

航空機用のアルミ合金で作られたマグライトは、非常時には護身用の武器にもなる。各国の警察や軍隊でも採用されているほどだ。予期せぬ攻撃を受けた和久井は、おそらく自分が殺されたことにも気づかなかっただろう。

「そのマグライトは、今、綱島さんが持っているのね」遊が訊いた。

「はい」貴志が認めた。

「部屋の鍵をかけた理由は？」麻奈美が訊いた。

「犯行時間の特定を防ぐためでしょう？」遊が先に答える。「モーゼ効果による抜け道が形成されるのは、ごく短い間です。その限られた時間帯に、須賀道彦さんと和久井さんの、二つの事件が集中して発生したことがわかると、そのトリックに気づかれる可能性がありました。だから、少しでも死体の発見を遅らせたかったんです」

遊の言葉を聞いて、須賀貴志は小さく頭を下げた。肯定のサインだった。

依田加津美も、寺崎緋紗子も、もう何も言わなかった。

梶尾麻奈美だけが、誰に言うともなくつぶやく。

「綱島さんは……よくそんなトリックを思いつきましたね」

「いいえ、逆だと思います」説明を終えた遊が、脱力して座席にもたれかかる。「彼女は、偶然にもモーゼ効果の存在を知ってしまった。だから、この計画を思いついたんです」

「《バブル》のせいね」加津美が怒りのこもった口調で言った。「あんなものを造ったから……」

「違いますよ」遊は目を閉じて、自分自身に言い聞かせるようにつぶやいた。「道具を造るのは人間です。それを使うのも、その使い方を誤るのも――」

3

予定を繰り上げて運航されたにもかかわらず、オケアノス五〇〇〇は何の問題もなく海上プラットホームに到着した。クレーンで吊り上げられた船体から、逃げ出すようにして最初に降りたのは依田加津美。続いて梶尾麻奈美が降りた。寺崎緋紗子に促されて遊が降りて、彼女もそれに続いた。須賀貴志は、最後にのろのろと梯子を上った。

錆の浮いたボーディング・ブリッジの手すり越しに、竹野施設長の姿が見えた。彼は、灰色の作業服を着ている。その隣に、刑事らしき人物が四、五名。背広を着込んだ彼らの姿は、この設備にはどこか不似合いだった。

依田加津美が何か叫んでいるのが聞こえる。彼女の指は、須賀少年に向けられていた。刑事たちが、ボーディング・ブリッジに向かって、ゆっくりと歩き出す。

遊は大きくため息をついた。

潮の香りと錆止め塗料の臭気が混じった独特の臭いで、空気に色がついているように思えた。

その臭いを私は感じることができない。

今は、それが少しだけ有り難かった。

4

警察の事情聴取が終わったときには、深夜零時を回っていた。

遊は、質問されたことにだけ簡潔に答えた。須賀貴志や綱島由貴が殺人を犯した動機について、彼女が語ることはなかった。

暗い波間を、煌々(こうこう)と輝く海上プラットホームのライトが照らしている。多くの作業員が、夜を徹して作業を進めているのだ。坂崎武昭(たけあき)をはじめとする残りのスタッフを収容するため、オケアノス五〇〇は明日の午後にも、もう一度潜行することになっていた。

大挙して押し寄せた警察官によって、海上プラットホームの宿泊施設はとっくにパンクしていた。ベッドにあぶれた若い刑事たちの何人かは、会議室のテーブルに突っ伏したまま仮眠をとっている。寝息を立てる彼らの横を通り抜けて、遊はラウンジへと向かった。ラウンジの中は暗かった。薄明るい非常灯が、古びた丸テーブルをぼんやりと浮かび上がらせている。

自販機から離れた一番奥のテーブルに、梶尾麻奈美は座っていた。大きな緑色のスーツケースに寄りかかるようにして、彼女は窓の外を眺めていた。

遊に気づいて、麻奈美は小さく頭を下げる。

「事情聴取は終わったんですね」

「はい」遊は彼女に近づいた。テーブルの下にトランクをおいて、向かい側の席に腰を降ろす。

「梶尾さん、今、少しだけお話をしてもいいですか?」

「ええ、もちろん」麻奈美が微笑む。「取材の続きですか?」

「いえ」遊が頭に手を当てる。「……実は、話をしたいと言っているのは、あたしじゃないんです」

遊の言葉に、麻奈美は怪訝そうな顔をした。

パーカのポケットから、遊は、銀色の携帯情報デバイスを取り出す。それは、私の本体だった。私は、手帳サイズのポリシリコン・ディスプレイに、御堂健人を模したコンピュータ―グラフィックを浮かび上がらせる。

「はじめまして」と私は言った。

「これは……？」麻奈美が首を傾げる。「携帯電話……でも、ここでは携帯は使えませんよね？ネット経由ですか？」

「そのようなものだと思ってくださって結構です」私は、ディスプレイの中で微笑んだ。「すみません、質問させて欲しいとお願いしたのは私です。私のことは、ミドウと呼んでください」

「御堂さん？　え」麻奈美が驚く。「御堂健人……博士ですか？」

「ええ」私は答える。「ただし、紛い物ですけど」

「紛い物？　え、でも……まさか、そんな……」

「そうです」私はうなずく。「私は、コンピューターの中だけに存在する仮想人格です」

「人工知能――なんですか」

麻奈美は絶句する。御堂健人の名前を知っていたのだから当然だが、彼女もアプリカント理論に関する最低限の知識は持っているようだ。ただ、最先端の電子工学の産物であるアプリカントの実物が、まさか一介の雑誌記者のポケットから出てくるとは思ってもみなかったのだろう。彼女はまだ半信半疑の表情を浮かべていた。

「ええ」私は続けた。「ですから、私と話した内容を、あなたが咎められることはありません。誰に気兼ねする必要もない。もし、お望みなら、ユトリにもしばらく遠くに行ってもらいましょう。だから、私にだけは真実を教えてください。あなたの、科学者としてのプライドにかけて……」

私の言葉を聞いて、梶尾麻奈美が小さく笑った。どうやら、彼女も私を話し相手として認めてくれたようだった。

「わかりました、御堂さん」麻奈美がおかしそうに言う。「科学者は機械には嘘をつきません。私にわかることでしたら、何でもお話しすると約束しましょう。ええ、鷲見崎さんも、いてくださって構いませんよ」

「ありがとうございます」私は礼を言った。

「ご質問は、事件に関することですか？」麻奈美が質問した。

「ええ」私は肯定した。「気づいてましたか？」

「いえ……」麻奈美は首を振った。「何のことですか？」

「潜水艇の中でお話ししたユトリの仮説には、一つだけ説明漏れがあったんです」

「そうなんですか？」麻奈美が意外そうな表情を作る。「でも須賀くんは罪を認めたし、和久井さんが佐倉くんを殺した方法についても解明されたじゃないですか」

「ええ。でも、まだ疑問は残っています。それは、ワクイ氏が、なぜ命を狙われていることに気づいたか、という命題です」

「友利さんが、和久井さんに知らせたんじゃないですか？」麻奈美がすぐに答えた。

「いいえ」私は首を振る。「ツナシマ・ユキがワクイ氏を憎んでいるという事実は、あまり一般的でない動機に裏打ちされています。それだけに、ワクイ氏がそれに対応できない可能性は、充分に予測できました。もしも、トモリ・ハヅキ嬢がワクイ氏に警告するつもりだったなら、彼女はツナシマ・ユキの名前を出したはずです」

「そうとは言い切れないと思います」麻奈美が反論する。「友利さんが言い出せなかったということは、あり得ないことではないでしょう。彼女に対して綱島さんが抱いている感情は、けして他人に説明しやすいものではありませんから」

「それはありません」私は断定した。「ワクイ氏の心境を想像してみてください。彼は、追いつめられていたんです。逆に相手を殺してしまおうと思うほどに。もし、トモリ嬢が暗殺者の正体を知っている素振りをみせたなら、何としてでも訊き出そうとしたはずです」

麻奈美は、沈黙した。遊はその間、息を殺して私たちの会話を見守っていた。

私は続ける。

「考えられるのは、次の二つの可能性です。ひとつは、ワクイ氏が、盗聴や立ち聞きなどの不確実な手段で、自分が狙われていることを知った場合。たとえば、ツナシマ・ユキがスガ少年と電話で打ち合わせているのを、たまたま盗み聞きしたという可能性です。それなら、実行犯の名前がわからないことを説明できます」

「でも、それならば綱島さんを問いつめれば済むことですね」麻奈美が口を挟む。

「そう」私は同意した。「したがって、残されたもう一つの可能性しか、あり得ないことになります。つまり、ワクイ氏に、彼が狙われていることを進言した第四の人物が存在する、ということです。しかもワクイ氏は、その人物が誰か知らない、という条件もつきます」

「ごめんなさい」麻奈美が、私の説明を止めた。「わからなくなってしまいました。なぜ、その人物は、和久井さんから正体を隠さなければいけないのですか?」

「わかりませんか?」私は言った。「その人物の目的は、ワクイ氏を助けることではなかった。彼に、サクラ氏を殺させることが本当の狙いだったんです」

「……和久井さんが佐倉くんを殺すように、わざと仕向けたということですか？」

「そうです」

「なぜ？」麻奈美が訊いた。

「それをお訊きしたくて、あなたの前に姿を現す気になったんです」

私は微笑みながら言った。こんなときに、ほかにどんな表情を浮かべればいいのか、私にはわからなかった。

「……私を疑っているんですね？」麻奈美が静かに訊いた。

「ほかに、いないんです」

「佐倉くんを恨んでいる人間が？」

「そうではありません。こんな回りくどく不確実な方法を使わなければ、サクラ・マサアキを殺すことができなかった人物が、あなた以外にいなかったんです」私は、スピーカーの音量を少し落として続けた。「医師であるテラサキ女史は劇薬を自由に使えます。生物学者であるナガタ嬢も、飼育している海洋生物から致死毒を抽出できると言ってました。ヨダ嬢、ツナシマ嬢のお二方は、容疑者が限定される海底ではなく、地上でサクラ氏を殺すことができた。サカザキ氏は、個室のマスターキーを自由に使える立場にある。全員が犯罪を犯す機会があった。あなただけが、サクラ氏を殺す実際的な手段を何も持たなかったんです。もちろん、自分が殺したという証拠が残っても構わないなら、話は別ですが」

「私を疑う根拠は、それだけですか？」麻奈美が困ったような表情を浮かべた。

「もうひとつ」私は、少し迷ってから切り出す。「実は、《バブル》のネットワークを調べさせてもらいました」

「無断で？」麻奈美が眉をひそめた。

「私を告発されますか？」私が訊く。

「いえ……」麻奈美は苦笑して首を振った。

「そのときに、興味深いことに気づきました。サクラ氏に割り当てられた作業ディレクトリの中身が、完全に消去されていたんです」

「佐倉くん本人が消したのではないのですか？」

「消去が行われたのは、サクラ氏が殺されたあとだったんですよ」私は続ける。「すると、サクラ氏以外の誰かが彼以外にアクセスできないはずの作業領域に侵入して、データを消し去ったことになる。しかし、《バブル》のサーバーは、比較的セキュリティが堅牢で、外部から侵入するのは容易ではありません。相当な手練れのコンピューター技術者でなければ無理だ、と考えているときに、面白いものを見つけました」

「見つけた？」

「ROVの制御室のキーボードに、マジックで書かれていた文字です。ご存じですか？」

私の質問に、麻奈美は答えなかった。彼女に代わって、遊がつぶやく。

「Prunus285……」

「そう」私は、ディスプレイの中から、麻奈美を見つめた。「これは、サクラ氏がログインする際に使用するパスワードです。Prunusは桜の学名、285は千葉県佐倉市の郵便番号ですね。わかりやすいパスワードですが、彼が《バブル》に戻ってくるのは三カ月ぶりですから、忘れないようにキーボードに書き残して行ったとしても不思議はありません。そしてスガ・ミチヒコ氏が亡き今となっては、その無防備に書き記されたパスワードを目にする機会があったのは……」

「私だけ、というわけですね」

麻奈美が、笑った。勝ち誇った笑みではなく、苦笑にも似た寂しい微笑みだった。

「証拠と呼べるほどのものではありません」私は答える。「これは、犯罪ですらない。ワクイ氏が、誰かに狙われていることを、方法はどうあれ伝えようとしただけですからね。誰も、あなたを裁くことはできません。私は、ただ真実が知りたいだけなんです」

麻奈美は黙って私を見おろしていた。小柄な彼女が、今は一層小さく見えた。抜けるような白い肌が、海上の夜の闇にぼんやりと溶け込んでいる。

「あなたとサクラ氏は、学生時代に交際していたことがあるそうですね？」私は訊いた。

「そのことが原因ですか？」

麻奈美は、だまって首を振った。今度こそはっきりと苦笑する。

やがて、彼女は静かに話し始めた。

「本当のことを言っても、信じてもらえないかもしれませんね」

「いえ、信じます」私がすぐに言う。

「たった一枚の金貨が原因なんです」

「金貨？」私は咄嗟に、佐倉昌明が身につけていた古い金貨のペンダントを連想した。だがもちろん、彼女が言っているのは、そんなもののことではないのだろう。

「私と佐倉くんの専門は資源工学ですから、海底から試料を採取することが多いんです。四、五カ月前、佐倉くんが前回《バブル》に滞在していたときに、彼は海底から採取した汚泥の中に、一枚の古い金貨が混じっているのを発見したんです。小判、と言ったほうがいいのかもしれません。日本のものかどうかさえ、わかりませんでしたけど」

「まさか……」私の人格が一瞬揺らいだ。「財宝を積んだ難破船が、この付近に？」

「いいえ、それはわかりません。たまたま一枚だけ、貿易船からこぼれ落ちただけかもしれないですしね。木造船の船体は、もはや原形を留めていないでしょうし」

「でも、《バブル》建設の前に、この付近の海底は充分に調査したのではありませんか？」

「もちろん、そうです。けれど、海中の距離感覚は、陸上とはまったく条件が違うということを忘れないでください。光も電磁波も、海中では使い物になりません。ライトの届く範囲から、ほんの数メートル離れてしまえば、そこに何かがあっても見ることはできないのです。空から眺めるだけでも海は広大です。でも、海の中に入れば、それはもっと巨大な空間になるんです」

「金貨を発見したという事実は、報告されたのですか？」

「いいえ。私と、須賀さん――須賀道彦さんは、それを隠蔽しようとしました」

「なぜです？」

「もし万が一、財宝を積んだ船が本当にこの付近に沈んでいたら、大がかりな引き上げ作業が実施されるかもしれません。それが怖かったんです。そうなったら、この付近の海底は確実に荒らされて、微量元素の測定作業などは今後何年間も不可能になります。《バブル》自体も、そのための前線基地として徴発されてしまうでしょうね」

「そうかもしれませんね」私も彼女の懸念を理解した。「既存の海上プラットホームの設備を使えば、比較的安価に引き上げ作業が進められますからね。タイタニック号などの引き上げにくらべれば、はるかに条件がいい」

「スポンサー企業の経営陣の目には、間違いなく地道な基礎研究などよりも魅力的に映るでしょうね」麻奈美が自嘲気味に言った。「《バブル》建設に関わる投資を、一気に回収できるチャンスですから。もちろん、本当に難破船なんてものが、あったとしての話ですけれど」

「サクラ氏は、その存在を信じていたんですね」

「ROVの部品を交換しなければいけないと言ってたのを憶えていますか?」麻奈美が訊く。「佐倉くんは、自分が沈没船の第一発見者になれば、相応の報酬が得られると考えていたみたいです。海外のサルベージ業者に位置情報を売りつけるつもりだったのかもしれません。とにかく彼は、調査にかこつけて、周囲の海底をこっそり調べて回ったんです。ROVの破損は、たぶん、そのときの過負荷が原因です」

「あなたとスガ・ミチヒコ氏は、彼を止めようとしたんですね」

「ええ。もちろん何度も説得しました。ですが、須賀さんは亡くなってしまったし、私には彼を止めることができません。彼は、昔から、私の言うことを聞いてはくれなかったんです。それに、個人的に親しくなれば、どうしても他人に知られたくない秘密の一つや二つ、握られてしまいますしね」

「だから、ワクイ氏に殺させようとしたんですか?」

「おまじない……みたいなものだったんですよ」麻奈美は瞳を伏せた。その瞳は、少し赤くなっていた。「言葉は悪いですけれど、この程度のことで彼が死んでくれれば、儲けものだって」

「ワクイ氏には、どうやって彼が狙われていることを知らせたんですか？」

「電子メールです」麻奈美が答えた。「転送サービスを利用して、《バブル》の外部から送られてきたように偽装しました。和久井さんは、たぶん、地上にいる誰か——おそらく友利葉月さんの周囲の人間から送られてきたと思っていたはずです」

私を握っている、遊の手が小さく震えていた。だが、彼女は何も言わなかった。

麻奈美は、そんな遊から目をそらしたまま、かすれた声で続けた。

「作業は、呆気(あっけ)ないほど簡単でした。彼の危機感をあおるような内容で、数日おきに短いメールを送るだけ。友利さんが《バブル》にいたときに、和久井さんとの関係について相談を受けたことがあったので、文面には信憑性(しんぴょうせい)があったはずです」

「……わかりました」

私は微笑みを浮かべようとした。その処理が、かすかに遅れて、ディスプレイの中の笑みはぎこちないものになった。遊が嘆息する気配が伝わってきた。

麻奈美は、弱々しい笑みを浮かべて私たちを見ていた。

彼女は、和久井を自由に操って自分の目的を果たした。

コンピューターのモニター越しに。自分の手で触れることもなく。

あたかも、水槽の中に浮かんでいたロボットを操るように――

私はふと、彼女の部屋で聴いたレクイエムを思い出す。

誰も彼女を裁くことはできない。彼女もそれを知っている。

だが、潮騒を聞くたびに、彼女の耳にはあのレクイエムが甦るだろう。

潮の香りは、純粋な酸素に焼かれた青年の姿を、彼女に思い出させるだろう。

海だけは、けして彼女を許さない。

「最後に一つだけ聞かせてください」私は言った。「なぜ、あなたはツナシマ嬢とスガ少年の犯行計画を知ることができたんですか？　《バブル》の個室は分厚い断熱材と防音素材で遮蔽されています。立ち聞きだって、そう簡単にはできるはずがない」

「ほんの些細な偶然なんです」麻奈美はゆっくりと答えた。「私と綱島さんの個室が隣同士だったことを、ご存じですか？　私たちの部屋は、空調のダクトの配管を共有しています。だから、音源の位置によっては、反響して隣の部屋の声が聞こえてくることがあるんです。普通の声なら聞こえないくらいの小さな反響ですけど、電話の声は、本人が意識してなくても意外と大きかったりしますからね」

「クロストーク現象……」

遊が、呆然とつぶやいた。

5

大気中の光の散乱と、地球の重力の精一杯の努力によって、未明の空が白みはじめていた。

月はまだ半欠けの白い塊(かたまり)として空に浮かんでいたが、星はもう見えなくなっていた。溶け合っていた海と夜空の境界線が、新たに描き直されていく。

海上プラットホームのデッキから見える三六〇度の完全な水平線を、遊は座ったまま眺めていた。潜水艇のメンテナンス作業も終わり、洋上の施設にも今は凪(なぎ)の静寂が訪れている。

一時間ほど前に、遊の事情聴取を担当した刑事と少しだけ話をした。

須賀貴志は、警察に協力的だったらしい。あまりにも素直に取り調べに応じたので、刑事のほうが拍子抜けしたようだった。彼が淡々と自供した犯行内容は、ほぼ遊が推理した内容と同じだった。

遊の想像した内容と決定的に違っていたのは、須賀貴志と綱島由貴の関係だった。二人は、ネット上の、オートバイファンが集まるチャットルームで知り合ったのだという。彼らは何十通ものメールをやりとりし、頻繁に電話をかけ合っていたが、貴志が《バブル》を訪れるまで、直接顔を合わせたことはなかった。須賀貴志は、綱島由貴の実家がバイクショップであることさえ知らなかったと答えた。彼らは、お互いに見知らぬ人間の手を使って、自分の親しい人間を殺そうとしたのだ。

《バブル》に残っていた綱島由貴も、最終的に犯行を認めた。彼女たちの研究室にあったマグライトからは、ルミノール反応が検出された。凶器を拭き取った布から検出された血液も、和久井の血液型と一致したという。唯一の、物的な証拠だった。

「結局、寺崎さんの言うとおりだったわね」遊が言った。「人の意志が、肉体と同じ場所にあると思うのは幻想だって。須賀道彦さんも、和久井さんも……彼らを殺そうとした意志は、実行犯とまるで違う場所にあったんですものね。佐倉さんを殺そうとした梶尾さんの意志も」

「彼女が正しかったのは、もう一つある」私もつぶやく。「今回の事件の背後にあるのは、孤独に怯えた人間の行為だったということだ。自分が狙われていることを、ワクイ・ヤスシが一度でも誰かに相談していれば、こんな事件は起きなかった。ツナシマ・ユキは、トモリ・ハヅキやワクイ氏と直接話し合うべきだった。顔も知らないチャットの相手を頼ったりしないでな。カジオ・マナミも、いたずらに想像に怯える必要はなかったんだ」

「……あたしには、わかる気がするな。彼らの気持ちも」そう言って遊は、右手首のバングルを撫でた。「面と向かってでは言えないこと……メールや電話だから言えることってのも、世の中にはいっぱいあるのよ」

「だが、それは、道具を使う人間の中に、最初から存在する気持ちなのだろう？」

「そうね。だけど、道具を使えば、踏み越えなきゃいけないボーダーラインが下がるのはたしかよね。泳げない人でも、アクアラングを着ければ水の中に潜れるようになるのと同じ」

「昆虫に素手で触れない人間も、ゴム手袋を使えば触れるのと同じだな」

「嫌なたとえね」遊が顔をしかめる。「でも、そう……道具って、そういうものよね。触らなければいけないものに触れるようにするためだけのもの。殺虫剤が虫を殺すわけじゃない。虫を殺すのは人間の意志だわ。人を殺そうとするのも――《バブル》のように、巨大な道具の中で生活していると、それさえも見失ってしまいそうになるけれど……」

「同じ事さ。人間の社会なんてのも、ただの道具だからな」

私が言った。遊は、何も答えずため息をついただけだった。

誰かが近づいてくる気配を感じて、遊は振り返る。

黒いワンピースに身を包んだ美女が、デッキの階段を上ってくるところだった。彼女の黒い瞳が、遊の姿を認めて、一瞬だけ細まった。微笑んだのかもしれない。

「眠らないの？」彼女が訊いた。

「寺崎さん……」遊が、寺崎緋紗子を見上げて睨む。

緋紗子は、ゆっくりと近づいてきて、遊の隣に腰を降ろした。

癖のない彼女の前髪が、ふわりと舞い上がる。

「探し求めていた真実が見つかっても、まだ眠れない？」緋紗子が訊いた。

「寺崎さん、あなたは、何を知っているんですか？」遊が、ようやく言った。「あなたは気づいていたんでしょう。今度の事件のことも……なぜ、和久井さんを助けてあげなかったんですか？」

「買いかぶらないでくださいね」ひどく警戒している遊を見て、緋紗子は少しだけ楽しそうだった。「私にわかっていたのは、須賀道彦さんが彼の弟の意志で殺された可能性がある、ということだけです。モーゼ効果なんて現象は存在することも知りませんでしたし、ましてや佐倉くんが和久井くんに殺されることなど考えてもみませんでした」

「でも、須賀貴志くんが怪しいとわかっていたのなら、彼の犯罪を未然に防ぐことだって

「……」

「鷲見崎さん」緋紗子が、ぞっとするほど優しい声で言った。「私は、あなたのような自己満足の正義の使者ではありません」

「……どういう意味ですか？」

「怒らないでね。褒めているつもりなのよ、これでも」緋紗子が続けた。「交換殺人のような犯罪行為に関わる契約は無効です。顔も知らない相手に対する殺人教唆が立証されるかどうかは、微妙なところでしょう。つまり須賀道彦さんの殺害に関して、須賀貴志くんは何の責任も問われない可能性が高かった」

「……まさか」彼女の言葉の意味することに気づいて、遊の表情が凍った。「まさか、お兄さんを殺した罪を須賀貴志くんに償わせるために、彼が本当の犯罪を犯すのを待っていたんじゃ……」

「そこまで明確に意識して行動していたわけではありませんが、まるで予測していなかったというと、嘘になりますね。もちろん、共犯者が綱島さんだということや、彼らが和久井くんを殺そうとしているということは知りませんでしたよ」

遊は絶句した。彼女は、だまって緋紗子の顔を見つめる。

風が少し出てきたのだろうか。どこかで、波の音が聞こえた。

「だが……」沈黙に耐えきれず、私は言った。「それは、ずいぶん分の悪い賭けだったはずだ」

携帯デバイスから突然流れ出した声にも、寺崎緋紗子は驚かなかった。

「初めて口をきいてくれましたね」緋紗子が微笑む。

「共犯者が特定できないのなら、次は自分が狙われる可能性もあったはずだ」

「そう……私も知らないところで誰かの恨みをかっていたかもしれませんしね」

「なぜ、そうまでしてスガ・ミチヒコを殺した人間を告発しようとした？」

「さあ」緋紗子は、瞳を閉じて首を振った。

「愛していたんですね？」遊が訊ねた。「須賀さんのことを」

「観察する人間も、観察対象からの影響を受けずにはいられない、ということです」緋紗子は、遊の質問をはぐらかした。「あなたのことですよ、鷲見崎さん。見なくてもいいものばかりに目を向けていると、いつか本当に大切なものを見失います」

「ええ」遊がうなずいた。「わかっています」

「では結構」緋紗子は、スカートの裾を押さえて立ち上がった。「本当は、一つだけ言い忘れていたことを伝えにきたんです」

「言い忘れていたこと？」遊が訊き返す。

「そう。あなたが連れているその携帯情報デバイス」

「この対話プログラムのことですか？」

「そう……御堂健人は、アプリカントと呼んでいたかしらね」寺崎緋紗子はあっさりと言った。

「……なんで？」絶句した遊が、ようやく声を絞り出す。

「どうして、それを知って……」

「それに気づいたのは、偶然でも推理でもないの。私は、あなたがそれを持っていることを知っていたのよ。一昨日、私の研究室で言ったのは、ただのはったり。それを謝ろうと思っていたの」

「どういうことです？」遊が困惑した表情を浮かべた。「……知ってたって」

「だって」緋紗子は淡々と言った。「聞いていたんですもの。それをあなたにプレゼントするということをね。それを造った本人に」

「え」遊が驚く。「まさか御堂健人と知り合いなんですか？」

「ええ、そう」緋紗子がうなずく。「それを造るときに、健人の人格をサンプリングしたのは私です」

「ええ」遊は目眩を起こしたように、ふらふらと頭を振って空を仰いだ。「……でも、ミドーの制作に協力した心理学者は……たしか御堂くんのお姉さんって……じゃあ……」

「健人には口止めされていたんだけど」緋紗子は歯を見せて笑った。「あなたはきっと真実を知りたがると思ったから」

「寺崎さん!」遊が、緋紗子につかみかかりそうな勢いで訊いた。「御堂くんを……彼が今どこにいるか、知っているんですか?」

「いいえ」緋紗子が首を横に振る。「失踪する直前に、心配いらない、という電話が一本あったきり。もう、二年以上も音沙汰なしね」

「そう、ですか……」遊が肩を落とす。

「鷲見崎さんは、健人を追いかけるために科学雑誌の記者になったのね?」優しい声で、緋紗子が訊いた。

「いいえ、そんな……違います!」遊が大きな声を出す。「誰が……あんなヤツのために……」

「そう」緋紗子がふっと微笑む。「あなたになら、健人を見つけだせるかもしれない、と思ったのだけど」

「え……」

「じゃあね、鷲見崎さん」寺崎緋紗子が立ち上がる。

「……またきっと会えると思うわ」

そう言い残すと、まだ呆然としている遊を残して、彼女は颯爽と立ち去った。

御堂健人には、母親の違う二人の姉がいる。

私と遊は、それを知っていたが、本人に会うのは初めてだった。

しばらくして、ようやく立ち直った遊が、憤然と言った。

「……あんた知ってたの、ミドー？」

「まさか」私が答える。「彼女が御堂健人を手伝っていたのは、私が動き始めるずっと前の段階だぞ。人間で言えば、生まれる前のことだ。憶えているはずがない。それにしても……」

「御堂のやつ……」

遊は口の中で悪態を吐いたが、もう怒ってはいなかった。水平線から射し込む光を避けるように、彼女はうつむいて瞳を閉じた。

私は、海を眺めた。

海面は穏やかだった。

《バブル》の中で繰り返された惨劇も、今はその深い青が覆い隠していた。

咎人たちの思いも、残された者の情熱も悲しみも、すべては泡沫の中へ——

今はまだ、人は海を忘れて生きる術を知らない。今はまだ、この美しき水の揺らぎが、人の犯した罪を、癒してくれるだろう。今は、まだ――

吹き始めた風が、遊の髪をかすかに揺らした。

陽光を浴びた波間が、きらきらと輝いていた。

それはまるで、海が太陽に撫でさすられて目覚めようとしているように見えた。

遊はまだ目を閉じていた。

膝を立てて、少女のように背中を丸めたまま。

「長い夜だったな……」

私がつぶやいた。返事はない。

彼女は、眠りに落ちていた。

●主要参考文献

「海洋のしくみ」東京大学海洋研究所編／日本実業出版社

「深海底の科学［日本列島を潜ってみれば］」藤岡換太郎／日本放送出版協会

「改訂版　海からの発想」工藤昌男／東海大学出版会

「海水の科学と工業」日本海水学会、ソルト・サイエンス研究財団共編／東海大学出版会

「ブルー・リボリューション［海洋の世紀］」ルーク・カイバース／武部俊一・石田裕貴夫訳／朝日新聞社

「宇宙から深海底へ［図説海洋概論］」酒匂敏次監修・東海大学海洋学部編／講談社

「海の不思議がわかる本」D・グロウブズ／釜野徳明監訳・野中浩一訳／HBJ出版局

「巨大ロボット誕生」鹿野司／秀和システム

「大不幸ゲーム—ネットワーク社会に潜む真実」逢沢明／光文社

「発想のタネになる科学の本」馬場錬成＆Quark編／講談社

「バイオスフィア実験生活」アビゲイル・アリング、マーク・ネルソン共著／平田明隆訳／講談社

「はじめてナットク！超伝導」村上雅人／講談社
「海底二万里」ジュール・ヴェルヌ／荒川浩充訳／東京創元社

近未来のビジョンに彩られた本格ミステリ

福井健太（書評家）

現実とは異なる技術や現象を導入し、特殊ルールに則した謎解きを展開する――そんなミステリはもはや珍しくないが、SFミステリがその先駆だったことは確かだろう。SFの設定と謎解きを絡めることは、推理の可能性を広げることに通じる。そのセンスに長けた作家の一人が三雲岳斗（みくもがくと）だ。

三雲岳斗は一九七〇年大分県生まれ。上智大学外国語学部卒。バイクの輸入商社に数年間勤めた後、小説家になるために退職。九八年に『コールド・ゲヘナ』で第五回電撃ゲーム小説大賞（現在の電撃小説大賞）銀賞を獲得し、翌年に同作で単行本デビュー。九九年には『M.G.H. 楽園の鏡像』で第一回日本SF新人賞、『アース・リバース』で第五回スニーカー大賞特別賞に輝いている。

テレビアニメ化された『アスラクライン』『ストライク・ザ・ブラッド』『ダンタリアンの書架』などのライトノベルのイメージが強いものの、一般文芸レーベルの作品も少なくない。たとえば『聖遺の天使』『旧宮殿にて　15世紀末、ミラノ、レオナルドの愉悦』はレオナルド・ダ・ヴィンチが探偵役の歴史ミステリ。後者所収の「二つの鍵」は第五十八回日本推理作家協会賞の候補に挙げられた。『少女ノイズ』は記憶の欠けた青年と孤独な少女が謎を追う連作集。ロボット少女の登場する『ワイヤレスハートチャイルド』、他人の記憶を追体験できる近未来を描く『忘られのリメメント』のようなSFミステリもある。三雲岳斗は堂々たるミステリ作家でもあるのだ。

その技量が最初に発揮されたのは、SFの賞に投じられた『M.G.H.　楽園の鏡像』だった。従妹の医学生・森鷹舞衣の計略に嵌まり、応募資格のために偽装結婚をさせられた研究者・鷲見崎凌は、舞衣とともに日本初の多目的宇宙ステーション《白鳳》の見学に訪れる。二人は無重力ホールで与圧服ごと墜落したような科学者の変死体を発見し、殺人犯の正体と奇抜なトリックを推理する――という同作は、二〇〇〇年に四六判ハードカバー、〇六年に徳間デュアル文庫、二一年に徳間文庫で刊行された。二〇〇〇年には姉妹篇『海底密室』が徳間デュアル文庫で上梓されている。本書はその新装版だ。

人工知能の研究で注目を浴びた天才・御堂健人は、最終論文の公開直前に研究データを持って失踪し、自身の人格を複製した人工知能（を積んだ携帯情報デバイス）のモニタリングを旧友の科学誌記者・鷲見崎遊(ゆとり)に依頼した。その人工知能(アプリカント)が「私」ことe・御堂健人（ミドー）である。

水深四千メートルの海底に建てられた実験施設《バブル》を取材するため、遊は四人の同行者たち——高校生ほどの美少年・須賀貴志(すがたかし)、海洋生物学の研究員・綱島由貴(つなしまゆき)、大学院生の派遣スタッフ・佐倉昌明(さくらまさあき)、地球物理学専攻の研究生・依田加津美(よだかつみ)とともにヘリコプターで海上プラットホームに向かった。遊はそこで施設長の竹野(たけの)と面会し、二週間前に常駐スタッフの須賀道彦(みちひこ)が変死したことを知る。道彦は密室状態の研究室で手首を切ったらしく、弟の貴志は殺人を疑っているようだ。唯一の交通機関である潜水艇で《バブル》に着いた遊は海洋資源工学者の梶尾麻奈美(かじおまなみ)、海洋建設工学者の和久井泰(わくいやすし)、養殖場の管理者・永田衣里(ながたえり)、医師の寺崎緋紗子(てらさきひさこ)、主任の坂崎武昭(さかざきたけあき)といった面々に話を聞くが、真相は判然としなかった。

睡眠を必要としない重度の不眠症(インソムニア)である遊がミドーと議論していると、スタッフたちが早朝の個室に押しかけてきた。誰かが倉庫(ストアハウス)に立て籠もったらしい。手動でロックを解除したところ、倉庫(ストアハウス)の奥には焼け焦げた佐倉の死体があった。事故にしては遺体の損傷が激しく、逃げ出そうとした痕跡が見られない。火災時には緊急ロックが掛かるため、他殺であれば犯人が逃げられない。いずれにせよ不可解な状況だった。ミドーは《バブル》のネットワークに侵入し、佐倉の個人的なファイルが削除されたことに気付く。いっぽう遊は道彦も殺されたと推理するが、そこへ新たな密室殺人が起きてしまう。本作の前半はそんなストーリーだ。

クローズドサークルで起きた異様な殺人事件のトリックに挑む――という体裁は『M・G・H・楽園の鏡像』と同じだが、物語のバランスはいささか異なる。本作（徳間デュアル文庫版）の解説において、山田正紀は「前作がSFミステリーというハイブリッド種であったのに比して、この『海底密室』という作品はほぼ純粋なミステリーといっていいと思う」と述べていた。前作の「いかにして無重力状態の宇宙ステーションにあって墜落死が可能であったか」という謎の新しさはセンス・オブ・ワンダーに重なるが、本作の謎は「なぜ犯人は容疑者を容易に絞り込むことができる閉ざされた空間での犯行を重ねなければならなかったか」であり、解決の新しさを重視したより純粋なミステリが志向されている――という趣旨である。

この観点からさらに踏み込んでみよう。犯行現場の選択をはじめとして、不可解な死を演出した意図、密室状況を作るメリット、全員にアリバイのある時間帯を選んだ理由など、本作では動機の謎が次々に示される。幾度も強調されるこれが、プロットの推進力の要であることは明らかだ。近未来的なクローズドサークル、派手な物理トリックといった前作の売りを残しつつ、ハウダニットからホワイダニットに重心を移し、双方を活かしたドラマを組み上げる。本作はそうして生まれた野心作にほかならない。
思惑を秘めた人々を閉鎖空間に配し、それぞれの行動を織り合わせた後、縺れた糸を一本ずつ解いていく。オーソドックスなスタイルだからこそ、そこでは書き手の能力が問われることになる。事態を複雑化させるだけではなく、盲点を突く逆転劇や理由のある錯誤を盛り込んだ著者の手つきは、まさしく良質の本格ミステリ作家のそれだ。心理誘導を逆手に取って真相を隠し、ミステリの古典的なモチーフを投入し、隔絶された空間そのものを犯行計画に使う——この発想法にも同じことが言える。極端なまでに人工的なクローズドサークルを舞台にすることで、人間関係の密集した箱庭感を印象づけているのも興味深い。本作は第一によく練られた本格ミステリであり、そこにSFの装飾が加わったものと捉えるほうが妥当だろう。

先に書いたことの繰り返しになるが、著者は人気ライトノベル作家であると同時に、エッジの利いたキャラクターや物理トリックを愛好し、巧みなプロットを紡ぐ本格ミステリ作家でもある。ライトノベルのレーベルでは『ストライク・ザ・ブラッド』が全二十四巻（番外編も含む）で完結し、新シリーズ『虚ろなるレガリア Corpse Reviver』が始まったところだが、本格ミステリを待っているファンも多いはずだ。ライトノベルだけに接してきた人は、本作で著者の新たな魅力に出逢えるに違いない。
最後に前作との繋がりも見ておこう。鷲見崎という珍しい名字から察するに、遊が凌の親戚である可能性は高そうだが、本作には「鷲見崎家は、女ばかりの三人姉妹だ」「家族がばらばらになって暮らしている」とある。正確な年代なども含めて、そのあたりの詳細は明かされていない。未発表の設定やエピソード（御堂の消息など）の気配もあるだけに、今回の新装版刊行をきっかけとして、続篇が書かれることにも期待したい。

二〇二一年六月

本書は2000年6月徳間デュアル文庫で刊行されたものを、加筆修正をいたしました。なお、本作品はフィクションであり実在の個人・団体などとは一切関係がありません。

徳間文庫

海底密室（かいていみっしつ）

2021年8月15日　初刷

著者　三雲岳斗（みくもがくと）
発行者　小宮英行
発行所　株式会社徳間書店
東京都品川区上大崎三-一-一　〒141-8202
目黒セントラルスクエア
電話　編集〇三（五四〇三）四三四九
　　　販売〇四九（二九三）五五二一
振替　〇〇一四〇-〇-四四三九二
印刷
製本　大日本印刷株式会社

ISBN978-4-19-894669-2　（乱丁、落丁本はお取りかえいたします）